David Safier, 1966 geboren, zählt zu den erfolgreichsten Autoren der letzten Jahre. Seine ersten beiden Romane «Mieses Karma» und «Jesus liebt mich» erreichten Millionenauflagen. Auch im Ausland sind seine Bücher Bestseller. Als Drehbuchautor wurde David Safier für seine TV-Serie «Berlin, Berlin» mit dem Grimme-Preis sowie dem International Emmy (dem amerikanischen Fernseh-Oscar) ausgezeichnet. David Safier lebt und arbeitet in Bremen, ist verheiratet, hat zwei Kinder und einen Hund.

Im Rowohlt Taschenbuch Verlag sind bisher erschienen: «Mieses Karma» (rororo 24455) und «Jesus liebt mich» (rororo 24811).

«Eine witzige und unterhaltsame Zeitreise.»
MÜNCHNER MERKUR

David Safier

PLÖTZLICH SHAKESPEARE

Roman

Rowohlt Taschenbuch Verlag

Das auf den Seiten 125 ff. sowie 263 f. zitierte Sonett XVIII
von William Shakespeare folgt der Übersetzung
von Max Josef Wolff.

Veröffentlicht im Rowohlt Taschenbuch Verlag,
Reinbek bei Hamburg, Juni 2011
Copyright © 2010 by Rowohlt Verlag GmbH,
Reinbek bei Hamburg
Satz aus der Haarlemmer PostScript
bei hanseatenSatz-bremen, Bremen
Umschlaggestaltung any.way, Barbara Hanke / Cordula Schmidt
Umschlagabbildung Ulf K.
Druck und Bindung CPI – Clausen & Bosse, Leck
Printed in Germany
ISBN 978 3 499 24812 2

Für Marion, Ben und Daniel …
… und natürlich auch Max,

ohne euer Sein wäre meins ein «Nicht-Sein».

Warnung an den Leser

Dieses Buch ist in historischer Hinsicht
beeindruckend unfundiert.

Au Mann, ich war ja so etwas von einem Frauenklischee! Im Vergleich zu mir waren sogar die Heldinnen in Hollywood-filmen richtig originell: Seit Jahren war ich Single, meine biologische Uhr ging mir auf den Wecker, und ich badete im Swimmingpool des Selbstmitleids: Meine große Liebe wollte seine große Liebe heiraten, und bei dieser handelte es sich leider nicht um mich.

«Was hat sie, was ich nicht habe?», greinte ich, während ich aus meinem bemerkenswert unaufgeräumten Küchen-regal eine Flasche Ramazzotti herausholte.

«Sie hat Stil, Rosa», antwortete mein schwuler bester Freund Holgi, der im Gegensatz zu den schwulen besten Freunden von Hollywoodheldinnen nicht umwerfend aus-sah, sondern eher wie ein kleiner Hobbit.

«Es gibt Fragen, auf die man keine Antwort will», seufzte ich und stellte Flasche und Glas auf den Tisch.

«Und sie sieht aus wie ein Topmodel», redete Holgi den-noch weiter. Er glaubte nun mal fest daran, dass Freunde ab-solut ehrlich miteinander umgehen sollten.

Und dummerweise hatte er recht: Während Olivia eine Fi-gur hatte, die selbst Heidi Klum vor Neid in die Tischkante beißen lassen würde, besaß ich Orangenhaut, zu dicke Wa-den und sah bei schlechtem Licht aus wie ein Hängebauch-puma.

Wie gesagt, ich war voll das Klischee.

«Und sie hat studiert.»

«Hab ich auch!», protestierte ich.

«Du Grundschullehramt in Wuppertal. Sie Medizin in Harvard.»

«Sei still», antwortete ich und schenkte mir den Ramazzotti ein.

«Sie kommt eben aus der gleichen Schicht wie er, Rosa.»

«Was genau hast du an ‹Sei still› nicht verstanden? Das ‹Sei› oder das ‹still›?», fragte ich.

«Und sie ist nicht so schnippisch wie du», grinste er.

«Dir ist schon klar», lächelte ich nun süßsauer, «dass ich hier viele Geräte habe, mit denen man jemandem die Männlichkeit nehmen kann … die Nudelzange … die Saftpresse … den Elektromixer …»

«Und sie hat gute Manieren.»

«Ich habe also schlechte?», fragte ich und nippte schon mal an meinem Ramazzotti.

«Na ja, Rosa, du lachst immer zu laut, rülpst manchmal und drohst, sehr netten, attraktiven Kerlen ihre Männlichkeit zu rauben. Außerdem fluchst du, als wärst du die uneheliche Tochter von Uli Hoeneß und Donald Duck.»

«Den Zeugungsakt zwischen den beiden möchte ich mir lieber nicht vorstellen», antwortete ich.

Leider hatte mein Kumpel auch mit den Manieren recht. Während Jan immer genau wusste, wie man sich in einem noblen Restaurant zu benehmen hatte, war ich schon froh, wenn ich das Fischmesser als solches erkannte und mich bei der Lektüre der Speisekarte nicht blamierte mit Fragen wie ‹Ist Vitello Tonnato nicht ein italienischer Sänger?›.

Ich starrte auf das Foto der Hochzeitseinladung: Jan und Olivia waren ein Bilderbuchpaar, eins, wie Jan und ich es nie hätten sein können. Dabei glaubten wir mal fest daran, dass wir beide füreinander bestimmt waren. Damals, als wir uns kennenlernten, an jenem Tag, an dem ich ihm das Leben rettete. Es war am Strand von Sylt gewesen, ich war Mitte zwanzig und im Campingurlaub mit Holgi, Jan machte Urlaub mit seinen Harvard-Freunden im Ferienhaus seiner Eltern in Kampen. Ja genau, wir stammten nicht nur aus zwei verschiedenen Welten, sondern aus zwei verschiedenen Universen.

Hätte Jan nicht beim Schwimmen einen Krampf bekommen und ich es nicht bemerkt, wären wir uns wohl nie begegnet. Und er wäre ertrunken. So aber schwamm ich die paar Meter zu ihm hin – damals hatte ich noch so etwas Ähnliches wie Kondition –, tauchte unter und zog den fast schon bewusstlosen Jan an die Oberfläche. Rettungsschwimmer kamen mit einem Schnellboot hinzu und hievten uns hinein. Erst auf dem Boden des Bootes öffnete Jan wieder die Augen. Er sah mich mit seinen wunderbaren grünen Augen an und hauchte verzaubert: «Du hast die schönsten Augen, die ich je gesehen habe.»

Und ich hauchte zurück: «Danke gleichfalls.»

Es war Liebe auf den ersten Hauch.

Jans Mutter, die mich nicht ausstehen konnte, bewertete diese erste Begegnung hingegen etwas weniger romantisch: «Seine Liebe zu dir wurde durch Sauerstoffmangel ausgelöst.»

Überhaupt war ich Jans nobler Familie ein Dorn im Auge, erst recht, nachdem sie meine Eltern vorgestellt bekommen hatte. Jan und ich hatten in unserem Liebeswahn gedacht, es sei eine zauberhafte Idee, wenn sich unsere Eltern mal bei einem zwanglosen Essen kennenlernten. Leider entwickelte sich diese Begegnung zu dem übelsten Treffen zweier unterschiedlicher Parteien seit der Schlacht von Stalingrad.

Anfangs gaben sich alle noch Mühe: Jans Eltern erzählten beflissen von ihrem Urlaub in einem Golfclub auf den Seychellen, und meine Eltern erzählten jovial von ihrem Stamm-Campingplatz. Dabei erwähnte meine Mutter launig, dass sie sich am Badesee einen ganz unangenehmen Vagina-Pilz zugezogen hatte.

Jans Mutter schob daraufhin ihren Teller beiseite.

Mein Vater bemerkte das allerdings nicht und fühlte sich bemüßigt zu erwähnen, dass er jetzt auch eine Anti-Pilz-Salbe brauche. Jetzt schob auch Jans Vater seinen Teller beiseite. Und ich fragte mich, ob ich mich in meinem Alter noch von jemandem adoptieren lassen könnte. Jans Mutter bezeichnete meine Eltern pikiert als ‹originell rustikal›, woraufhin meine Mutter antwortete: ‹Besser rustikal als aufgeblasen.› Ab da nahm der Abend die Rolltreppe abwärts: Er endete noch vor dem Dessert mit der Empfehlung meiner Mutter an Jans Mutter, doch ‹mal den Stock aus dem Hintern zu ziehen›, und der Empfehlung von Jans Mutter an ihren Sohn, ‹sich eine Frau aus einem besseren Stall zu suchen›.

Am Ende saßen Jan und ich alleine am Restauranttisch, ich futterte traurig drei der sechs bestellten Portionen Tiramisu und war weder von meinem noch von Jans Stall sonderlich begeistert.

Ich wollte nun endlich den Ramazzotti runterkippen, da machte Holgi weiter: «Da gibt es aber auch etwas, was du hast und Olivia nicht.»

«Eltern, die über Vagina-Pilze reden?»

«Auch. Aber ich meine etwas anderes.»

Ich verdrehte die Augen, ich wollte nichts mehr hören.

«Keine Sorge, ich will mit meiner ganzen Auflistung nachher noch auf etwas hinaus», lächelte Holgi aufmunternd.

Vielleicht, so dachte ich mir, würde ich also auch mal was Nettes von ihm hören. Also beschloss ich mitzuspielen: «Also gut, was hat die Schnepfe nicht?»

«Olivia hat ihn nicht betrogen.»

«Ich habe Jan auch nie betrogen!», protestierte ich und kippte den Ramazzotti in einem Zug runter.

«Hast du wohl, Rosa», hielt Holgi nett lächelnd dagegen.

«Das ist Definitionssache», erwiderte ich kleinlaut, genau wissend, dass der Definitionsspielraum relativ klein war. Es war vor genau zwei Jahren gewesen. Über die Zeit hinweg hatte sich unsere wunderbare Liebe verändert. Wir hatten als ‹Romeo und Julia› begonnen und wurden zu ‹Romeo und Trampeltier›. So fühlte ich mich jedenfalls, ging ich doch mit meinem Selbstbewusstsein zu Fuß. Jan war mittlerweile ein erfolgreicher Zahnarzt mit eigener Riesenpraxis und angeschlossenem Dentallabor in der Düsseldorfer City, ich nur eine kleine Grundschullehrerin, die nicht allzu viel Freude an ihrem Job hatte. Von Tag zu Tag fragte ich mich mehr, was so ein wunderbarer, erfolgreicher und weltgewandter Mann wie Jan mit so einer durchschnittlichen Frau wie mir wollte. Eine Frage, die sich übrigens auch viele Menschen in seinem Bekanntenkreis stellten.

Jeden Augenblick rechnete ich damit, dass Jan mich mit einer der vielen tollen Frauen betrügen würde, die ihm Freunde, Eltern und Kollegen ständig vorstellten, in der Hoffnung, Jan würde endlich erkennen, dass es besser wäre, mich in die Wüste zu schicken, möglichst in eine ohne Wasserstellen.

Entsprechend aufbauend für mein Selbstbewusstsein war es daher, als mich der Sport- und Sachkundelehrer Axel auf einer Kollegiumsfeier anbaggerte. Axel war ein leichtfüßiger, extrem charmanter Frauenheld, der Ähnlichkeit mit Hugh

Jackman hatte und schätzungsweise mit allen Grundschullehrerinnen der westlichen Welt im Bett war. Nur mich hatte er noch nicht verführen können, weil ich meinen Jan so sehr liebte. Das war sicher auch das Einzige, was mich für ihn attraktiv machte, Axel brauchte mein Foto wohl noch für sein Treffer-versenkt-Sammelalbum.

Während wir bei der Feier einen Obstpunsch nach dem anderen schlürften und dabei die leckeren, mit Alkohol getränkten Früchte aßen, flirtete Axel mit mir. Er machte mir diverse Komplimente und brachte es sogar fertig, dass ich den Begriff «Vollweib» richtig schmeichelhaft fand. Als Axel mir schließlich anbot, mich nach Hause zu begleiten, wurde es mir dann doch zu heiß, war doch klar, dass er mich erst über einen kleinen Abstecher in seine Wohnung nach Hause bringen wollte. Ich verabschiedete mich hastig von ihm und eilte nach draußen, wo mir eine schwüle, sommerliche Gewitterluft entgegenschlug. Axel ließ jedoch nicht locker, folgte mir nach draußen und raunte mit tiefer Stimme in mein Ohr: «Du willst es doch auch, Rosa.»

Eloquenz war nicht gerade seine Stärke. Dafür war es Spontaneität. Entschlossen nahm er mich in die Arme, zog mich zu sich ... und ... was soll ich sagen ... ich war betrunken ... es war heiß und schwül ... und ich bin doch auch nur eine Frau.

Axel küsste mich wild, aber das passte zu einem Typen, der aussah wie der Schauspieler, der ‹Wolverine› im Kino darstellte. Während mein Gewissen noch letzte Versuche machte, eine Warnung zu formulieren, jubilierte meine Libido. Im Chor mit meinem geschundenen Selbstbewusstsein, das sich durch das Interesse dieses attraktiven Mannes aufgewertet fühlte. Schade eigentlich, dass Jan auf die spontane Idee gekommen war, mich von der Feier abzuholen, da ein

Gewitter angesagt war und er wusste, dass ich Angst davor hatte. Er war so ein lieber, fürsorglicher Mensch.

Als er Axel und mich beim Knutschen erwischte, fragte er geschockt: «Rosa ... was machst du denn da?»

Axel antwortete: «Nach was sieht es denn aus?» Feinfühligkeit war auch nicht seine Stärke.

Ich aber starrte nur in Jans entsetztes Gesicht. Ich hätte ihm in diesem Moment sagen sollen, dass ich das aus Minderwertigkeitskomplexen heraus getan hatte, dass die Ablehnung seiner Freunde und seiner Familie mich fertigmachte ... aber stattdessen stammelte ich: «Ich, ähem ... hatte da was im Mund, und er wollte mir helfen ...»

Jan kämpfte mit den Tränen: Die Frau, zu der er all die Jahre trotz aller Widerstände gehalten hatte – knutschte fremd. Und damit war bewiesen, dass alle recht hatten: Ich war es nicht wert, seine Julia zu sein. Für Jan brach in diesem Moment eine Welt zusammen. Genauer gesagt: unsere gemeinsame Welt. Und ich hatte auf den Selbstzerstörungsknopf gedrückt.

Ich stellte das Ramazzottiglas vor Holgi auf dem Tisch ab und wollte nach dieser Erinnerung lieber gleich aus der Flasche trinken.

«Da gibt es aber auch etwas, was du hast und Olivia nicht ...», hob Holgi im freundlichen Tonfall an.

«Ich will es nicht hören.»

«Du ...»

«Ich hab den Eindruck, du bist es, der nicht hören will!», motzte ich. Er sollte endlich aufhören, in meinen Wunden zu pulen, man konnte es mit der Ehrlichkeit unter Freunden auch übertreiben.

«Du hast mehr Herz als sie, Rosa!»

Ich blickte völlig erstaunt zu dem aufmunternd lächelnden Holgi.

«Und du hast jede Menge Temperament», bekräftigte er anerkennend. «Richtig viel Pfeffer im Hintern.»

«Der ist ja auch groß genug für eine ganze Pfefferplantage», grinste ich.

«Und du hast Humor. Und wegen alldem bist du auch eine viel tollere Frau als Olivia.»

Diese Aussage von Holgi wärmte mein Herz mehr, als jeder Ramazzotti es hätte tun können. Das war das Schöne, wenn man einen Freund hatte, der immer ehrlich war. Er war auch im Lob aufrichtig.

Ich blickte nochmal auf das Foto der Hochzeitseinladung und fragte mich, ob Jan nicht womöglich doch noch etwas für mich empfand, insgeheim vielleicht immer noch dachte, ich wäre die tollere Frau als Olivia. Schließlich hatte er mich ja nur verlassen, weil ich ihm das Herz gebrochen hatte. Vielleicht sollte ich nochmal um ihn kämpfen, einfach schnurstracks zu ihm in seine Zahnarztpraxis gehen und ihn daran erinnern, dass wir beide einmal dachten, wir wären füreinander bestimmt. Ihm vorschlagen, dass wir es vielleicht nochmal versuchen sollten und er der blöden Olivia sagen könnte, dass sie den Stock in ihrem Hintern alleine in ihrem guten Stall spazieren führen konnte ... und während ich das so dachte, schenkte ich mir nach.

Drei Ramazzotti später war ich auf dem Weg zum Zahnarzt.

Ich wollte Jan zurückerobern. Wie die Heldinnen in den Hollywoodfilmen.

Wenn schon Klischee, dann richtig!

2

Als Holgi merkte, dass ich zu Jan gehen wollte, folgte er mir zur Tür meiner kleinen Mietwohnung und sagte dabei Dinge wie «Auweia», «Herrjemine» und «Du, ich kenn da einen wirklich sehr guten Psychologen».

Ich klärte ihn auf, dass ich ein Klischee war und die Klischee-Heldinnen in den Hollywoodfilmen auch immer damit Erfolg hatten, wenn sie in der letzten Sekunde um Verzeihung baten und ihre Liebe gestanden. Meistens machten sie das direkt vor dem Traualtar, und da die Hochzeit erst übermorgen stattfinden sollte, war ich vergleichsweise früh dran.

«Aber», so gab Holgi zu bedenken, «diese Frauen haben alle bis zum Finale eine Entwicklung durchgemacht und ihren Charakter verändert. Das Einzige, was sich bei dir in all den Jahren verändert hat, ist die Figur.»

Das stimmte, gegen mich war das Krümelmonster ein echt zurückhaltendes Kerlchen.

«Und da gibt es noch einen Grund, warum du nicht zu ihm gehen solltest», erklärte Holgi und stellte sich zwischen mich und die Wohnungstür.

«Welchen?»

«Jan ist gar nicht so toll, wie du denkst.»

Ich blickte erstaunt: «Wieso das denn?»

«Hallo? ... Der Mann ist Zahnarzt!»

Ich schob Holgi beiseite, ging aus der Wohnung und hörte, wie er mir verzweifelt hinterherrief: «Der Psychologe ist aber gut ... sogar sehr gut ..., er hat mir sogar bei meinem Penisneid geholfen ...!»

Aber ich hörte nicht mehr auf Holgi und fuhr stattdessen in die Düsseldorfer Innenstadt zu Jans großer Zahnarztpraxis. Die junge, blonde Zahnarzthelferin am Empfang erklärte mit aufgesetztem Zahnweiß-Lächeln, dass Jan noch bis 18 Uhr Termine hätte, und wandte sich dann wieder ihrem Computer zu. Ich blickte auf die Uhr und stellte fest, dass ich nicht in der Lage war, noch ein paar Stunden zu warten, hatte ich doch gerade genau den richtigen Alkoholpegel, um meinen verrückten Plan durchzuziehen. In ein paar Stunden würde ich meinen ganzen Schwung und meinen angetrunkenen Mut bestimmt verloren haben.

«Ich habe jetzt aber einen Behandlungstermin bei ihm!», erklärte ich daher energisch.

Die Frau schaute in ihren Computer und sagte dann: «Sie sind wohl kaum Herr Bergmann?»

«Ich meine, in zehn Minuten», korrigierte ich hastig meinen Bluff.

«Ach, dann sind Sie Frau Reiter.»

«Ja, klar bin ich Frau Reiter», erwiderte ich überdreht. Die Zahnarzthelferin sah mich zweifelnd an. Dann stellte sie fest, dass ich (bzw. Frau Reiter) schon bei der Behandlung zuvor die Krankenkassenkarte für das Quartal abgegeben hatte, und wies mir Behandlungszimmer eins zu. Ich ging dort hinein, und es war wie alle Zahnarztbehandlungszimmer auch: ein schöner kleiner Vorhof der Hölle. Es roch nach Desinfektionsmittel, Neonlicht schien, und im Hintergrund hörte man klassische Musik. Als ich mir gerade die Folterinstrumente ansah und mich fragte, warum die Menschheit zwar zum Mond fliegen konnte, es aber nicht schaffte, eine humane Zahnmedizin zu entwickeln, hörte ich, wie sich Schritte näherten. Mein Herz schlug höher, gleich würde ich Jan wiedersehen. Ich atmete tief durch, ging in Gedanken nochmal die Worte durch, die ich ihm sagen wollte. Die Tür ging auf, und … Olivia kam rein.

Ich bekam Schnappatmung.

Olivia hatte ihre Haare nach hinten zu einem Zopf gebunden und trug einen weißen Kittel, dennoch besaß sie selbst in diesem Outfit die Frechheit, sehr viel besser, stilvoller und aristokratischer auszusehen als ich. Dem Kittel nach zu urteilen arbeitete sie jetzt mit Jan in der Praxis. Und sie war mindestens genauso erstaunt, mich zu sehen, ihrerseits: «Rosa? … Ich dachte, Frau Reiter …?»

Was sollte ich jetzt sagen? Ihr gestehen, dass ich geflunkert hatte, weil ich ihr ihren Zukünftigen ausspannen wollte?

«Ähem … ich … ich … wurde als Termin dazwischengeschoben, ich bin hier zur Vorsorge», stotterte ich.

Olivia überlegte kurz und sagte dann: «Na gut … dann setz dich mal hin …»

«Ich … ich dachte, Jan …»

«Der hat eine OP nebenan, ich kann das auch machen.»

Ich schluckte.

«Oder vertraust du mir nicht?», fragte sie bohrend nach.

Natürlich tat ich das nicht. Sie hatte mich noch nie ausstehen können, weil sie Jan schon liebte, bevor ich ihn aus dem Meer gefischt hatte.

«Ähem, doch … doch … na klar … vertraue ich dir», erwiderte ich und setzte mich unschlüssig auf den Stuhl. Olivia machte einen auf super-professionell, nahm eins von diesen kleinen Zahnspiegeldingsbums in die Hand und forderte mich auf: «Dann mach doch bitte mal den Mund auf.»

Ich tat, wie mir geheißen, und sie sagte, leicht angewidert: «Uhh.»

«‹Uhh› … Wieso ‹uhh›?», fragte ich besorgt. Ich war seit zwei Jahren nicht mehr beim Zahnarzt gewesen, weil mich ein Besuch zu sehr an Jan erinnert hätte.

«Du hast eine ganz schöne Alkoholfahne», antwortete Olivia etwas indigniert.

Ich wurde rot.

«Und das dahinten sieht nicht gut aus.»

«Nicht gut?»

Mir wurde mulmig.

«Mit ‹nicht gut› meine ich böse.»

«Böse?!?»

Jetzt bekam ich es mit der Angst zu tun.

«Richtig böse. Ein Riesenloch. Aber keine Sorge, das kriegen wir gleich hin», erklärte Olivia und nahm einen Bohrer in die Hand.

«Das … das müssen wir doch gar nicht hinkriegen», erwiderte ich panisch.

«Doch, das müssen wir», erklärte sie kühl sachlich. Dann drückte sie auf eine Sprechanlage und sprach hinein: «Frau Asmus, ich brauche Watte in Behandlungszimmer eins.»

«Watte, wieso brauchst du Watte?», fragte ich irritiert.

«Um die Instrumente etwas zu säubern.»

«Ach so», erwiderte ich.

«Und zum Blutstillen.»

«ZUM BLUTSTILLEN?!?»

Ich konnte es nicht fassen.

«Keine Sorge», sagte Olivia.

Keine Sorge? Keine Sorge?!? Die blöde Kuh hatte gut reden, sie war ja auch auf der richtigen Seite des Bohrers.

«Mach einfach eine Handbewegung, wenn es wehtut», schlug sie vor.

Sie machte den Bohrer an, der surrte los, und ich wedelte

augenblicklich mit meiner Hand, bevor der Bohrkopf sich meinem Mund nähern konnte.

«Das kann doch noch gar nicht wehgetan haben», erklärte Olivia und drückte mich in den Sessel. Der Bohrer surrte nun vor meinem Gesicht, jetzt konnte ich nicht mehr fliehen, ohne dass das Ding mir ein Zickzack-Muster in die Wange ritzen und ich dann aussehen würde, als wäre ich einem Tätowierer in die Hände gefallen, der an Parkinson litt.

Der Bohrer enterte meinen Mund, und Olivia sagte: «Oh, jetzt habe ich ganz vergessen, dich zu fragen, ob du eine Betäubung willst. Ist doch okay so, oder?»

Als sie das fragte, glaubte ich bei Olivia die Andeutung eines sadistischen Lächelns zu sehen. Und meine fuchtelnde Handbewegung übersah sie dabei geflissentlich.

3

Zehn Minuten später saß ich da mit Schmerzen und jeder Menge Watte im Mund. Olivia hatte den Bohrer ausgestellt und fragte: «So schlimm war es doch nicht, oder?»

Doch, es war sogar unglaublich schlimm. Aber ich wollte Olivia nicht die Genugtuung geben, das einzugestehen. Deswegen machte ich tapfer ein Daumen-hoch-Zeichen. Mit der ganzen Watte im Mund konnte ich kein Wort herausbringen.

Im Radio spielten sie gerade Abba. Mir schoss durch den Kopf, dass Abba sich einst nach den Anfangsbuchstaben ihrer Gründungsmitglieder – Agnetha, Björn, Benny und Anni-Frid benannt hatte, und ich fragte mich, wie Abba wohl geheißen hätte, wenn die Namen Frieder, Bjarne, Merle und Friedafrid gelautet hätten. FBMF? Oder was wäre gewesen, wenn die Musiker folgende Namen gehabt hätten: Frietjof, Ulla, Catherine und Karlsson?

In diesem Augenblick eilte Jan, ebenfalls im Kittel, ins Zimmer und berichtete empört: «Da hat sich jemand als Frau Reiter ausgegeben, die steht jetzt im Wartezimmer und ist total aufgebracht …»

Da entdeckte er mich und blieb mitten in der Bewegung stehen. Er sah für seine fast vierzig immer noch toll aus, so viel besser als ich mit vierunddreißig. Ich war bei seinem Anblick völlig hin und weg. Ich liebte diesen Mann. Über alles!

Jan war hingegen weniger hin noch weg, sondern einfach nur völlig verblüfft: «Rosa … hast du dich als Frau Reiter ausgegeben?»

Ich hatte keine Ahnung, was ich antworten sollte. Aber ich konnte Jan noch nie anlügen, und daher nickte ich leicht.

«Warum?», wollte er nun wissen.

«Weil sie betrunken ist», erläuterte Olivia.

Jan näherte sich meinem Mund und schnupperte meine Fahne. Besorgt sagte er: «Ach du meine Güte, das stimmt ja.»

Ich wäre am liebsten vor lauter Scham im Zahnarztstuhl versunken. Meine große Wiedereroberungsaktion hatte ich mir irgendwie ganz anders vorgestellt.

«Warum bist du hier?», wollte Jan nun mit unsicherer Stimme wissen.

Ich stand auf und nahm mir die Watte aus dem Mund. Es tat zwar sehr weh, aber das war mir jetzt egal. Hollywoodheldinnen kennen keinen Schmerz.

«Das ist nicht gut für das Heilen der Wunde», tadelte Olivia.

«Da hat sie recht», erklärte Jan.

Es war herzerwärmend zu erleben, dass er sich immer noch um mich sorgen konnte.

«Ich muss dir dringend etwas sagen», erklärte ich Jan. Dann deutete ich auf Olivia und ergänzte: «Unter vier Augen.»

Jan zögerte. Olivia machte das sichtlich nervös.

«Du wirst doch nicht auf diese Frau hören?», fragte sie mit einem leicht panischen Unterton.

Dass sie Angst hatte, gefiel mir. Anscheinend nahm sie mich noch als Bedrohung wahr. Das war ein gutes Zeichen. ‹Abba› sang nun ‹The winner takes it all…›. Gleich würde sich herausstellen, wer von uns beiden der ‹winner› sein sollte.

«Bitte warte draußen», bat Jan. Olivia konnte es nicht fassen. Aber Jan blieb mit seinem Blick standhaft, so verließ sie wortlos das Behandlungszimmer. Und ich nahm das ebenfalls als gutes Zeichen: Für mich schickte Jan seine zukünftige Braut weg. Durfte ich da etwa nicht hoffen?

«Also, Rosa … was willst du mir sagen?», fragte Jan. Auch er war nervös. Spürte er, was kommen würde? Hoffte er sogar darauf? Durfte ich darauf hoffen, dass er darauf hoffte?

Nervös begann ich loszuplappern: «Ich bin gekommen, um dir zu sagen, dass mir der ganze Mist leidtut, den ich damals veranstaltet habe, und ich würde ihn unglaublich gerne ungeschehen machen, aber leider kann man ja nicht in die Vergangenheit reisen …»

Ich kicherte etwas nervös, nahm einen Schluck Wasser aus einem dieser kleinen Plastikbecher von dem Zahnarztstuhl, die immer nachgefüllt werden, und redete dann weiter: «Ich will mich dafür bei dir entschuldigen …»

Er schwieg, war durcheinander, versuchte das alles zu verarbeiten, bekam es aber sichtlich nicht hin. Dann sagte ich den einzigen Satz, auf den es hier ankam, all mein Gestammel zuvor war irrelevant, es ging doch nur um diesen einen Satz und Jans Antwort darauf. Und so erklärte ich tapfer: «Ich liebe dich immer noch.»

Jan musste schlucken. Und ich musste jetzt auf eine Antwort warten. Die Zeit dehnte sich, es waren vielleicht nur Sekunden, aber tatsächlich kamen sie mir vor wie Stunden, Tage, Jahre, Äonen. In dieser gefühlten Zeit hätten Zivilisationen entstehen und wieder vergehen können. Hätte Albert Einstein diesen Moment mitfühlen können, er hätte seine Relativitätstheorie neu geschrieben. Endlich hob Jan zu einer Antwort an. Mein Herzschlag setzte vor Aufregung fast aus. Dieses Behandlungszimmer, dieser Vorhof der Hölle, könnte sich jeden Augenblick in den Himmel verwandeln. All meine Träume könnten wahr werden. Mein tristes Leben könnte wieder einen Sinn bekommen.

Und dann erklärte er mit leiser Stimme: «Aber ich liebe dich nicht mehr.»

Es war, als ob mir jemand das Herz zerquetschte, so sehr schmerzte es.

Jan sah mich entschuldigend an, es tat ihm sichtlich leid, mir so wehzutun.

«Ich habe dich geliebt», begann er sich zu erklären, «und ich war nach der Geschichte damals am Boden zerstört ...» Er lächelte schwach, aber ich war zu schwach, um schwach zurückzulächeln. «Doch bin ich durch diese Erfahrung auch reifer geworden», redete er weiter. «Ich weiß jetzt besser, was ich will, und die Liebe mit Olivia ist eine tiefe, erwachsene Liebe ... eine reife Liebe ... Wir wissen, dass wir füreinander bestimmt sind ... und ... und ...»

Er sah in meinem Gesicht, dass ich nicht wirklich hören wollte, warum es mit Olivia so viel großartiger war als mit mir, und stellte fest: «… und ich sollte vielleicht nicht mehr weiterreden.»

Er sah mich nun an, schwieg, und bevor er so etwas Albernes wie «Wir können ja Freunde bleiben» sagen würde, entließ ich ihn aus seiner Unsicherheit: «Geh ruhig zu ihr, ich finde schon allein hinaus.»

Er nickte, sah mich noch einmal kurz an und ging dann zu seiner Olivia in den Gang und umarmte sie, was sie sichtlich erleichterte. Sie hatte wirklich Angst vor mir gehabt.

Ich betrachtete die beiden: Ihre Liebe war also reif, wunderbar und groß, sie waren füreinander bestimmt … das hatte Jan gesagt. Nicht nur, dass er mich nicht mehr liebte. Er liebte Olivia mehr, als er mich je geliebt hatte. In meinem Inneren zerbrach nun alles. All meine Hoffnung, all meine Lebensfreude und all mein Selbstbewusstsein.

Dazu sang Abba: ‹The looser is standing small.›

Und ich dachte mir: Frietjof, Ulla, Catherine und Karlsson.

Jetzt hasste ich es total, ein Klischee zu sein.

Und ich wünschte mir so sehr, nicht mehr ich zu sein.

4

Währenddessen im Leben von
William Shakespeare,
London, 12. Mai 1594

Sir Francis Drake, der Admiral der Königin, hatte sein mächtiges Schwert gezogen und brüllte mich an: «William Shakespeare! Du wagst es, mit meinem Weibe das Bett zu teilen, während ich draußen auf See für England kämpfe?»

Dabei stand ich splitterfasernackt vor ihm. In seinem edlen Schlafgemach. Neben seinem ebenfalls nackten Eheweib Diana.

Augenscheinlich war der Admiral früher als von uns allen erwartet von seiner jüngsten Seefahrt in die Heimat zurückgekehrt, und wir hatten seine Schritte auf der Holztreppe nicht gehört, vermutlich weil sie von unserem eigenen wollüstigen Gestöhne übertönt wurden. Selbstverständlich hatte ich schon vorher gewusst, dass ich mich in höchste Gefahr begebe, wenn ich Beischlaf vollziehe mit dem Weib von Englands größtem Helden, dem Bezwinger der spanischen Armada. Allerdings lag allein in dieser Tatsache der erotische Reiz, das lustvolle Prickeln, die gesamte Begehrlichkeit von Diana begründet. Gab es doch viele Frauen, die sie an Schönheit übertrafen. Dies konnte man Diana allerdings nicht zum Vorwurf machen, schließlich besaß sie schon ein reifes, fast überreifes Alter, war sie doch siebenundzwanzig Jahre alt.

Und was ihre Liebeskünste betraf, nun, die waren lediglich mäßig entwickelt. Um der Wahrheit Genüge zu tun, hätten sie Grund gegeben, Klagegesänge anzustimmen.

«Das wirst du sühnen, Shakespeare!» Der Zorn des mit einem feinen Ballonhemd und enganliegenden Seidenhosen elegant gekleideten Edelmannes ließ seine Adern so hervortreten,

dass ich durchaus auf eine schnelle Rettung durch einen plötzlichen Schlaganfall seinerseits hoffen mochte.

Die zitternde Diana betrachtete indessen furchtsam ihren Ehemann und beschloss, sich mit einer Ohnmacht aus der Affäre zu ziehen.

«Mir schwindelt es», rief sie schrill aus, wohl hoffend, dass einer von uns beiden sie auffangen möge. Sie sank zu Boden. Doch keiner von uns beiden eilte zu Hilfe.

Ich nicht, weil mein nackter Hals von dem Schwerte bedroht war, und Sir Francis nicht, weil er viel zu sehr damit beschäftigt war, mir die Klinge an den Hals zu halten. Diana stieß mit dem Kopf gegen den aus edlen Hölzern der neuen Länder geschnitzten Bettpfosten, was ein hohles Geräusch verursachte, von dem man sich nicht ganz sicher sein konnte, ob es von dem Bettpfosten stammte oder von Dianas Kopf.

Ich sah kurz hinab und empfand sogar etwas Mitleid mit ihr, aber nicht halb so viel wie mit mir selbst: Sir Francis würde mich hier auf der Stelle auf seinem Bärenfell mit einem Schwerthieb töten. Ich würde also nie die großen Theaterstücke schreiben dürfen, von denen ich seit meiner Kindheit im kleinen Stratford träumte, sondern nur bekannt für die mittelmäßigen sein, die ich bisher geschrieben hatte. Ich würde nie reich werden und nie wieder dem bedeutungslosen Beischlaf mit schönen Frauen frönen. Auch würde ich nie mehr mit meinen lieben Schauspielerfreunden raufen, saufen und huren, oder ihnen dabei zusehen, wie sie für hohe Summen um die Wette furzten … gut, auf Letzteres mochte ich womöglich noch verzichten …

Aber vor allen Dingen würde ich nie wieder meine Kinder sehen, nie wieder ihr wunderbares Lachen hören dürfen … ein Gedanke, der mir unendliche Trauer bereitete.

«Wehr dich, Shakespeare!», unterbrach Drake meine senti-

mentalen Gedanken an das Leben, das ich nicht mehr weiterführen durfte.

«Eine exzellente Idee», erwiderte ich, «doch wie soll ich mich wehren, wo Sie mir doch die Klinge an den Hals legen?»

Drake zog ein weiteres Schwert aus einer Halterung an der Wand und warf es mir zu. Ich fing es nicht sonderlich elegant auf, war es doch viel größer als die Klingen, mit denen wir auf der Bühne unsere Theater-Scheingefechte aufführten. Das Schwert lag schwer in meiner Hand. Jetzt galt es: Ich konnte um mein Leben betteln wie eine jämmerliche Maus oder gegen den besten Fechter des Königreichs um mein Leben kämpfen wie ein echter Mann!

Ich entschied mich für die jämmerliche Maus.

«Verschont mich», bettelte ich und kniete mich auf den Boden. «Bitte tötet mich nicht, edler Lord, gewähret Gnade.»

Mein Verhalten war eingestandenermaßen nicht sehr würdevoll, doch dafür klug und weise, denn was half einem all die Würde, wenn man seinen Kopf unter dem Arm trug?

«Ob du dich wehrst oder nicht, Shakespeare, deine Tat muss gesühnt werden.» Drake hob das Schwert zum Schlag. Diana wachte auf, sah, dass ihr Ehemann mich enthaupten wollte, und schloss schnell wieder die Augen.

So kam ich nicht weiter. Rasch änderte ich meine Taktik. «Ich werde euch nie wieder Hörner aufsetzen, habe ich doch keinerlei Verlangen mehr nach eurem Weibe. Sie wissen doch, sie ist im Bett wie ein Brett.»

Jetzt öffnete Diana wieder die Lider und rief aus: «Enthaupte ihn!»

«Ich werde deinen Kopf vor den Stadttoren aufspießen!», zürnte Drake und ging einen Schritt auf mich zu.

Da ich nicht als krude Belustigung für verrohte Bauern enden wollte, die nach London kamen, um ihre Waren feilzubieten, suchte ich hastig nach einem Ausweg aus meiner furchtbaren Lage. Und der einzige Ausweg bestand in einer klugen Finte: «Sir Francis, hinter Ihnen …!»

Ich gestehe ein, es war keine besonders originelle Finte, eher eine, wie man sie in einem miesen komödiantischen Werk eines meiner Dramatikerkollegen fand, aber sie erfüllte ihren Zweck. Sir Francis, der es gewohnt war, dass ihm katholische Meuchelmörder der spanischen Krone heimtückisch auflauerten, blickte hinter sich. In diesem Moment sprang ich vom Boden auf, eilte zum Fenster seines Stadtpalastes und blickte hinab auf die im Dunkeln sanft dahinfließende Themse. Obwohl ich wusste, dass das Wasser außerordentlich kalt sein würde, kletterte ich flink durch das Fenster auf den steinernen Sims und sprang ohne Zögern hinunter. Als ich durch das eisige Wasser tauchte, zürnte ich für einen Augenblick dem Umstand, dass Drakes Bedienstete ausgerechnet hier die Fäkalien aus dem Haus entsorgten.

Zurück an der Oberfläche, schnappte ich nach Luft und begann um mein Leben zu schwimmen. Ich blickte mich um zu Drake, der wutentbrannt am Fenster stand. Aber er sprang mir nicht hinterher, um die Verfolgung aufzunehmen. Anscheinend wusste auch er, wo die Bediensteten seine Fäkalien zu entsorgen pflegten.

«Ich werde dich töten, William Shakespeare!», schrie er mir hinterher.

Ich war zu schwach, ihm eine geistreiche Replik zurückzurufen. Ich schwamm einfach nur die Themse hinab, die nur durch einige wenige Fackeln am Ufer schwach erleuchtet war. Das kalte Wasser ließ meine nackte Haut frieren, doch meine Adern froren noch mehr beim Gedanken daran, dass Diana meinen Tod wollte. Ebenjene Diana, die noch vor wenigen Minuten ausgerufen hatte, dass sie mich auf ewig liebe. So waren nun mal die Frauen in der Großstadt London, sie betrogen ihren Gemahl und forderten dann den Kopf des Geliebten. Doch dies machte mir nichts aus, ich wollte Frauen ohnehin nur noch meinen Körper widmen und nie wieder mein Herz! Denn eins habe ich im Leben gelernt: Wenn man der Liebe verfällt, kann man nur um zwei Dinge bitten: ein Stück Seil und einen wackeligen Stuhl.

5

Nach diversen weiteren Kummer-Ramazzottis verfrachtete mich Holgi sicher in mein Bett. Während er mich liebevoll zudeckte, sagte er den blödesten Satz, den man einer Frau, die an Liebeskummer litt, nur sagen konnte: «Auch andere Mütter haben hübsche Söhne.» Und er ergänzte auch noch: «Und diese Söhne sind keine Zahnärzte.»

Es war ja nicht so, dass ich nicht schon versucht hatte, mich mit anderen Männern zu verabreden. Ich hatte mich in den letzten beiden Jahren bei Single-Börsen mit Namen wie Elite-Liebe.de angemeldet und dort mit Männern angebandelt, die genauso wenig Elite waren wie ich. Auf den Partnerbörsen fand man eben nur beschädigte Ware.

Zuerst gab es Thomas, einen netten, aber etwas langweiligen Journalisten, bei dem ich im Bett nur abwechselnd dachte: «Was veranstaltet der denn da?» und «Das ist ja drollig.»

Danach kam Peter, der in seinem Profil angab, sich für Lyrik zu interessieren, und ein schickes Foto eingestellt hatte. Bei unserem ersten Treffen stellte sich dann leider heraus, dass Peter ‹erotische Gedichte› schrieb, das Foto gefälscht war und er in Wahrheit aussah wie Gollum.

Schließlich trat der Sozialarbeiter Olaf in mein Leben, allerdings tat er dies nur halbherzig, war er doch noch nicht über seine Ex-Frau Eva hinweg. Er trauerte so sehr um sie, dass er für sie sogar einen eigenen Song geschrieben hatte:

«*I love you Eva,*
and I will go,
wherever you are, Eva,
even if it is Jever!»

Nachdem er mir das in einer schwachen Minute vorgesungen hatte, wollte ich am liebsten auch nach Jever.

Aber ich konnte ihn auch ein bisschen verstehen, schließlich sang ich doch selbst in Gedanken: «I love you Jan, and I will go, wherever you are, Jan, even if it is Aserbaidschan.»

Das war das Problem mit diesen Partnerbörsen, sie versuchten für einen Leute zu finden, die so ähnlich waren wie man selber. Und ich fand daher nur Männer, die genauso kaputt waren wie ich. Doch ich wollte niemanden, der mir ähnlich war. Ich wollte jemand, der anders war. Ich wollte immer nur Jan.

«Du weißt doch, ich habe es mit anderen Männern schon versucht», antwortete ich Holgi, leicht Ramazzotti-lallend. Aber er erwiderte: «Du brauchst ja erst mal keinen Mann fürs Leben, nimm dir doch einen für einen One-Night-Stand.»

Und dann begann er spontan zu singen, wie er es gerne mal tat: «One-Night-Stand, One-Night-Stand, hast du Frust, so habe einen One-Night-Stand, danach willst du zwar duschen und deine Lust verfluchen, aber du vergisst den Frust bei einem One-Night-Staaaaaaaaand!»

Er sah mich erwartungsvoll an. Doch ich konnte mir so

einen One-Night-Stand nicht vorstellen. Ich war nicht in der Stimmung für so etwas. Und selbst wenn. Mit welchem Mann außer Jan hätte ich Sex haben wollen?

6

Am nächsten Vormittag hatte ich einen unglaublichen Kater, der auch nicht gerade dadurch besser wurde, dass ich in der Schulpause die Hofaufsicht hatte. Circa zweihundert Grundschüler machten dort einen Lärm wie achthundert normale Menschen, und ich dachte mir, dass es auf einer Flughafenlandebahn sicherlich leiser wäre, selbst wenn eine Concorde crashlanden würde.

Ich war nur aus Verlegenheit Lehrerin geworden, mein Traum war es eigentlich gewesen, Musicals zu schreiben, seitdem ich mit sieben Jahren bei ‹Arielle, die Meerjungfrau› gehört hatte, wie Sebastian, die Krabbe ‹Unter dem Meer› sang. Mit fünfzehn hatte ich dann auch tatsächlich mein erstes Musical geschrieben, es hieß ‹Wolfsmond› und handelte von einem jungen Mädchen, das sich in einen Werwolf verliebte und mit ihm im großen Schluss-Duett des Stückes sang: ‹In unsren Herzen wohnt / eine Liebe größer als der Mond› (wie gesagt, ich war fünfzehn). Dummerweise hatte ich das Musical meinem Deutschlehrer gezeigt, der fand, es sei wahrscheinlicher, dass ich zum Mars fliege, als dass ich in Zukunft Musicals schreibe. Das beendete meine Schriftstellerkarriere, bevor sie überhaupt begonnen hatte, und so entschied ich mich nach dem Abi für ein Lehramtsstudium. Für diesen Job war ich, was viele meiner Kollegen auch waren: relativ ungeeignet. Vielleicht hätte ich den Beruf wechseln sollen, aber ich hatte keine Idee, was ich sonst mit meinem Leben anstellen sollte. Zudem war ich ein großer Freund von Ferien und regelmäßigen Gehaltsüberweisungen. Von nervigen Kindern hingegen war ich nicht so ein großer Freund. Von ehrgeizigen Eltern noch viel weniger, von der Schulbehörde mit ihren ständig wechselnden Reformideen ganz zu schweigen (ob die dort eigentlich alle LSD nahmen?).

Während ich gerade über mein verkorkstes Leben im Allgemeinen und meinen peinlichen Auftritt bei Jan im Speziellen nachdachte, kam der kleine Max, ein lockiger Zweitklässler, auf mich zu und schimpfte: «Kevin ist ein Micker!»

«Micker?», fragte ich irritiert.

«Ja, ein echter Muttermicker.»

Der Kleine hatte ganz offensichtlich eine Konsonantenschwäche.

«Und warum ist er das?», fragte ich, obwohl es mich nicht sonderlich interessierte.

«Er hat Leon mit Handschellen an die Heizung im Klassenzimmer gekettet.»

«WAS?»

Jetzt hatte er doch meine Aufmerksamkeit.

«Mit den Handschellen von seinem Papa. Der ist Polizist. Er hat sie heimlich mit in die Schule genommen.»

«Micker!», fluchte ich.

«Sag ich doch», meinte Max und führte mich in den Klassenraum, wo der kleine Leon – Typ dickes Opferkind – tatsächlich an die Heizung gekettet war und jammerte: «Ich muss Pipi!»

Ich rüttelte an den Handschellen, hatte aber keine Ahnung, wie ich sie aufkriegen sollte. Gerade wollte ich den Hausmeister rufen, da kam der Sportlehrer Axel hinzu und erklärte: «Ich mach das schon. Ich hab mit Handschellen Erfahrung ...»

«... von der man in Anwesenheit von Zweitklässlern vielleicht besser nicht reden sollte», unterbrach ich ihn.

Er grinste, öffnete die Handschellen geschickt mit einem Draht, und Leon rannte schnell aufs Klo, um Pipi zu machen. Von Kevin keine Spur. Der kleine Max verkündete: «Jetzt mach ich Kevin fertig.»

«Du solltest nicht streiten», versuchte ich halbherzig einen Streit zu verhindern, obwohl ich eigentlich fand, dass der kleine Kevin ein bisschen Kloppe verdient hatte.

«Kevin ist aber ein Mixer», schimpfte Max und rannte los.

«Mixer?», fragte Axel irritiert.

«Konsonantenschwäche», erklärte ich.

«Ach, deswegen rief er gestern: ‹Timmy ist ein Schwanzkutscher!›»

Ich seufzte und schlug dann vor: «Wir sollten ihn in einen Förderunterricht geben.»

«Und wir beide sollten heute Abend endlich mal was unternehmen», grinste Axel breit. Er hatte mich das seit dem Kuss-Desaster vor zwei Jahren immer mal wieder gefragt. Aber jedes Mal hatte ich abgelehnt, was mich für ihn anscheinend von Mal zu Mal noch interessanter machte.

«Ich habe Freikarten für den Zirkus», lächelte er. «Hast du nicht Lust, mich zu begleiten?»

Normalerweise hätte ich ihm wieder einen Korb gegeben, aber in meinem Kopf hörte ich plötzlich Holgis Stimme: «One-Night-Stand, One-Night-Stand ...»

7

Axel trug an diesem Abend ein besonders körperbetontes Shirt und darüber eine coole Lederjacke. Er hatte so gar keine Ähnlichkeit mit meinem intellektuellen, stilsicheren Jan; und das war auch gut so. Bei Axel musste man auch kein schlechtes Gewissen haben, ihn nur für belanglosen Sex auszunutzen, schließlich war für ihn eine Beziehung, die länger als eine Woche hielt, schon ein Langstreckenrekord.

Die Vorstellung begann. Eine chinesische Akrobatin betrat die Manege. Sie konnte ihren Körper so kunstvoll verdrehen, dass Axel meinte: «So eine Liebhaberin würde mir Angst einjagen.»

Ich dachte mir, dass er bei mir deswegen nachher im Bett keine Angst haben musste, war ich doch eher unterdurchschnittlich beweglich.

Nachdem die chinesische Akrobatin ihre Darbietung, bei deren bloßem Anblick ich schon Gelenkschmerzen bekam, beendet hatte, kündigte der Conférencier den großen Akt an: «Gleich, meine Damen und Herren, erleben Sie den unvergleichlichen, den einzigartigen, den mystischen Magier Prospero!»

Sphärische Musik ertönte, und ein Mann betrat die Manege, der aussah wie ein Komparse aus einem Vampirfilm: Er war von großer, hagerer Gestalt, hatte dunkle, durchdringende Augen und trug schwarze Klamotten. Darüber einen wehenden schwarzen Umhang. Man konnte sich gut vorstellen, dass er in einem Sarg mit Heimaterde aus Transsylvanien schlief. In der Mitte der Manege angekommen, verkündete er mit einer mystisch klingenden Stimme: «Die Seele des Menschen ist unsterblich und wird immer wieder neu geboren.»

«Hoffentlich nicht jedes Mal als Lehrer», alberte Axel.

Hoffentlich nicht immer als ich, ergänzte ich in Gedanken.

«Ich habe», fuhr Prospero fort, «die altehrwürdige Kunst der Rückführung bei den Shinyen-Mönchen in Tibet erlernt. Sie haben mir gezeigt, dass ich einst ein mächtiger Krieger beim Mongolenfürsten Ablai Khan war.»

«Und nachher haben sie sich hinter seinem Rücken vor Lachen abgerollt», scherzte Axel weiter.

Aber ich lachte nicht mit, dieser Mann in der Manege beeindruckte mich. Irgendetwas bewegte er in meinem Inneren, als würde er von einer tieferen Wahrheit künden.

«Ich werde nun», erklärte Prospero mit großer Geste, «einen von Ihnen in ein früheres Leben zurückversetzen. Und dieser Zuschauer wird das ganze Potenzial seiner unsterblichen Seele entdecken und fortan nutzen können. Er wird also zu sich selber finden!»

Das war ein ziemlich beeindruckendes Versprechen, wie ich fand.

«Wer meldet sich freiwillig?», wollte Prospero wissen und stolzierte dabei wehenden Umhangs durch die Manege.

«Freiwillig ist nie gut», kommentierte Axel.

Prospero ging in das Publikum, und ich wurde plötzlich unruhig. Der würde doch nicht ausgerechnet mich in die Manege holen, oder? Ich stand nicht so darauf, im Mittelpunkt zu stehen, und hatte mit dem Zahnarztbesuch meinen Bedarf an peinlichen Auftritten für dieses Leben übererfüllt. Merkwürdigerweise verspürte ich aber noch ein viel tiefer sitzendes Gefühl: Irgendetwas rumorte in mir, hatte Angst davor, in ein früheres Leben abzutauchen. Verrückt, hatte ich doch nie zuvor über Wiedergeburt ernsthaft nachgedacht. Außerdem wusste mein Verstand doch, dass es so was wohl gar nicht gab und der Kerl, der durch die Zuschauerreihen ging, ähnlich seriös war wie ein albanischer Hütchenspieler. Oder ein Finanzproduktverkäufer.

Ich versuchte mich zu beruhigen: Es gab so viele Zuschauer hier im Publikum, außerdem saß ich ziemlich weit oben im Rang, der Hypnotiseur würde sich garantiert für jemand anderen entscheiden. Als er dennoch zielsicher auf unseren Rang zuging, begann ich am ganzen Leib zu zittern.

8
Währenddessen im Leben von William Shakespeare, London, 13. Mai 1594

«William, kein Mensch will ein unglückliches Ende in einer Komödie», schimpfte Kempe mit seiner lauten Baritonstimme, als wir des Morgens durch die engen Gassen von Southwark gingen. Zwischen den windschiefen Häusern boten Händler und Händlerinnen lauthals ihre Waren feil: Gänse, Sandalen oder den eigenen Körper. Jawohl, hier in Southwark hatte das Gesetz Londons keinerlei Einfluss. Gesindel, wie Huren oder Schauspieler, konnte hier frei atmen – auch wenn das freie Atmen dank der vielen auf der Straße urinierenden Bettler nur mäßige Freude bereitete.

Bordelle waren in Southwark ebenso erlaubt wie Theater. So hatte der Besitzer unseres ‹Rose Theatre›, der ewig geldgeile Philip Henslowe, gleich neben dem ‹Rose› auch ein Hurenhaus eröffnet, in das er die Theaterbesucher nach der Vorstellung lockte. Wenig verwunderlich also, dass er von mir stets verlangte, meine Stücke mit vielen Szenen wilden Liebesspiels zu würzen.

«Will, wir hatten doch gerade die Pest in der Stadt ...», fuhr Kempe fort, der in seinen strahlend gelben Strumpfhosen und seiner farbenfrohen Papageienweste aus der Menge heraus-stach. Gegen ihn wirkte ich in meinem buchstäblich letzten Wollhemd – mein vorletztes hatte ich ja in Drakes Schlafge-mach zurücklassen müssen – wahrlich blass.

«... schreib also bitte das Ende von ‹Liebes Leid und Lust› um und lass alle am Ende heiraten.»

«Dann wird das Stück zu einer Tragödie», erwiderte ich.

Kempe runzelte die Stirn, und ich erläuterte: «In der Komödie findet das Liebespaar stets im fünften Akt zusammen. Aber gäbe es noch einen sechsten Akt, würde dieser den weiteren Verlauf der Liebe zeigen, und die Komödie würde dadurch zur Tragödie.»

«William», meinte Kempe mitfühlend, «du hast einen sehr traurigen Blick auf die Liebe.»

«Einen realistischen», erwiderte ich und ergänzte: «Der rea-listische Blick auf die Liebe ist immer der traurige.»

«Will, ich hoffe aus tiefstem Herzen, dass du irgendwann an deiner Seele heilen kannst. Sonst wirst du, fürchte ich, nie ein herausragender Dramatiker.»

Bevor ich Kempe darauf eine Replik geben konnte, sah ich vor dem ‹Rose› eine kleine, junge Frau mit schwarzen Haaren. Es war Phoebe, die Tochter des Theaterbesitzers Henslowe. Phoebe schielte etwas und war nicht unbedingt eine Schönheit, aber sie war auch nicht gar so hässlich, dass man lieber in die wilden Kolonien auswanderte, als sie anzusehen.

«Deine Verehrerin ist da», grinste Kempe und warnte mich, bevor er in das Theater verschwand: «Behandele sie gut, sonst lässt Henslowe eine andere Truppe in seinem Theater spielen.»

Phoebe ging auf mich zu und fragte schüchtern: «Lieber Wil-liam, hast du meinen Brief gelesen, den ich dir gestern unter der Tür durchschob?»

«Ja», log ich ohne Umschweife. Ich hatte ihn selbstverständlich nicht gelesen, weil ich mich nach meinem nächtlichen Schwimmausflug in der Themse schnell in mein Bett gelegt hatte zum Aufwärmen.

«Bist du mit meinem Begehr einverstanden?», fragte Phoebe mich hoffnungsvoll.

«Ja, sicherlich», bluffte ich weiter. Was auch immer in dem Brief geschrieben stand, ich wollte und durfte die Tochter des Theaterbesitzers nicht vor den Kopf stoßen.

«Wirklich?», fragte sie.

«Selbstverständlich», erwiderte ich.

«Dann wirst du mich also heute Nacht entjungfern!», strahlte Phoebe mich an.

Ich bekam einen Hustenanfall.

«Hast du etwas?»

«Nein ... nein ...», hustete ich weiter.

«Du wirst es doch tun?», fragte sie sichtlich verunsichert.

Ich betrachtete ihr nicht allzu attraktives Äußeres, schluckte deswegen, dachte dann bei mir: Ein Mann muss tun, was ein Mann tun muss!

«Aber wir müssen aufpassen, dass mein Vater nichts davon erfährt», erklärte Phoebe, «denn wenn er es erfährt, musst du mich heiraten. Und wenn du dich weigerst, wirst du von seinen Spießgesellen gefoltert.»

Das wurde ja immer fröhlicher.

Ich fragte mich, ob ich ihr verraten sollte, dass ich schon verheiratet war, entschied mich aber dagegen. Niemand in London brauchte zu wissen, was für ein Los ich in meiner Heimat zurückgelassen hatte.

Daher erklärte ich bemüht charmierend: «Sei heute um Mitternacht in meinem bescheidenen Gemach.»

Phoebe gab mir einen Kuss auf die Wange und ging fröhlich

tänzelnd weg, während ich mir schwor, den Rest meines Lebens jeden Brief gleich bei Erhalt zu lesen. Kaum hatte ich diesen Schwur geleistet, hörte ich mit einem Male Pferdegetrappel und laute Schreie. Ich blickte mich um, sah, wie Händler, Penner und Huren panisch zur Seite sprangen, um nicht niedergetrampelt zu werden. Auf den Rössern saßen Männer in edlen Gewändern, Männer, wie man sie in Southwark eigentlich nie sah, sondern nur am Hofe der Königin. Den Edelmännern voran ritt Sir Francis Drake! Über dem Lärm schrie er: «William Shakespeare, ich fordere dich zum Duell.»

Wahrlich, dachte ich bei mir, der Mut, die Tatkraft und die Waghalsigkeit dieses Mannes werden nur von einer Eigenschaft übertroffen: seiner Penetranz.

9

«Keine Sorge, der Hypnotiseur kann uns hier oben nicht sehen.» Axel hatte bemerkt, dass ich vor Angst zitterte. Er nahm meine Hand, um mich zu beruhigen. Sanft und zärtlich. Das überraschte mich, war er doch sonst eher von der zupackenden Sorte. Ich sah zu ihm, und er lächelte mich versonnen an. Lag da so etwas wie Verliebtheit in seinem Blick? Das konnte ja wohl kaum sein. Axel war niemand, der sich verlieben konnte. Und schon gar nicht in jemanden wie mich. Oder etwa doch? Weil ich die Einzige war, die ihm jahrelang einen Korb gegeben hatte? Ich zog meine Hand rasch weg. Axels Augen wirkten daraufhin für einen ganz kurzen Moment traurig. Mein Gott, er war doch nicht wirklich …?

Hastig blickte ich wieder nach vorn und sah, dass Prospero immer näher kam. Mein Herz klopfte schneller. Der Magier kam direkt auf uns zu. Als ob er meine Anwesenheit spürte. Er war nur noch zwei Reihen entfernt. Mein Atem stockte. Doch dann hielt er vor einem kleinen dicken Mann: «Kommen Sie bitte mit mir.»

«Gott sei Dank», atmete ich durch.

Prospero hörte das und sah mich mit durchdringendem Blick an. Dann ging er mit dem Mann runter in die Manege.

Ich hatte nun überall am Körper Angstschweiß. Vor dem One-Night-Stand müsste ich sicherlich nochmal duschen.

Axel wollte erneut meine Hand nehmen, doch diesmal zog ich sie schon weg, bevor er überhaupt in die Nähe kam, und rückte auch noch von ihm ab. Diese für ihn ungewohnte Ablehnung ließ ihn losplappern: «Rosa, ich weiß, du denkst, ich bin ein Aufreißer ... und dass ich mit dir nur mal so ins Bett will, aber ich will nicht mit dir ins Bett ...»

«Na, das ist ja sehr charmant», grinste ich.

«Sorry, so habe ich das nicht gemeint ... es ist nur, ich habe mich verändert ... ich bin jetzt fünfunddreißig und ... ich suche jetzt etwas Festes im Leben ...»

Das war mal wieder typisch. Ausgerechnet jetzt, wo ich einmal in meinem Leben einen One-Night-Stand haben wollte, wurde der Don Juan für Grundschullehrerinnen erwachsen.

Ich wollte dieses Gespräch nicht weiterführen und bedeutete Axel zu schweigen. Er nickte verunsichert, und wir blickten in die Manege. Dort gestand der rundliche Mann dem Magier, dass er ein schwaches Selbstbewusstsein besaß, und ich dachte nur: Willkommen im Club.

Prospero erklärte pompös, dass er diesen schüchternen Mann in ein früheres Leben schicken und er dadurch das Potenzial seiner unsterblichen Seele entdecken würde. Da-

41

bei gestikulierte und tönte der Magier, als ob er die Klaus-Kinski-Schule für Knallchargieren besucht hätte. Prospero nahm ein großes goldenes Pendel, der dicke Mann blickte darauf und verfiel unter den Beschwörungen des Hypnotiseurs in Trance. Dann redete er plötzlich auf Englisch, mit einem breiten Akzent: «Where am I?»

«What's your name?», stellte Prospero eine Gegenfrage.

«William Cody», antwortete der dicke Mann.

Axel raunte mir zu: «William Cody ... das ist Buffalo Bill, der Westernheld.»

Der kleine dicke Mann stand auf, sprach plötzlich nicht nur eine andere Sprache, sondern er hinkte auch nicht mehr. Prospero forderte einen Assistenten auf, schnell die Waffen der Zirkus-Pistolenartistin zu holen. Der dicke Mann nahm die Colts in die Hand und richtete sie direkt ins Publikum. Wir alle befürchteten, Nebendarsteller in einem zünftigen Amoklauf zu werden, und duckten uns weg. Doch bevor es zu einer ausgewachsenen Panik kam, schritt Prospero ein und forderte Cody auf, Kunstschüsse vorzuführen. Dies tat er auch, und wie! Erst auf Zielscheiben, immer ins Schwarze. Gleich darauf schoss er brennende Kerzen aus, und im Finale ließ er einen Zirkuspapagei in die Lüfte fliegen. Der Vogel flatterte unter die Kuppel, und Cody feuerte dreimal auf das Tier. Das fiel aber nicht zu Boden, sondern flatterte panisch weiter. Stattdessen schwebten drei sauber abgeschossene Federn ganz langsam in die Manege runter.

«Da staunt der Pistolero, und der Tierschützer wundert sich», scherzte Axel bemüht, doch ich hörte nicht hin, die Verwandlung des unsicheren dicken Mannes war einfach zu faszinierend und atemberaubend.

Prospero brachte Cody wieder dazu, auf das Pendel zu sehen, worauf der zu seinem alten deutschen, hinkenden Selbst wurde. Mit einem kleinen Unterschied: Der Hypnotiseur fragte ihn: «Wie fühlen Sie sich jetzt?»

Der Mann lächelte zufrieden: «Mutiger.»

Das ganze Publikum begann zu applaudieren. Und ich mit.

Das erste Mal in meinem Leben war ich neidisch auf einen Übergewichtigen.

Als Axel und ich nach der Vorstellung aus dem Zelt traten, brauchten wir eine ganze Weile, bis wir wieder miteinander sprachen. Ich war mir nicht klar, ob ich den Abend mit ihm noch verlängern wollte. Axel spürte natürlich, dass ich reserviert war. Verunsichert fragte er, ob wir uns nicht demnächst nochmal verabreden wollten. Dieser Mann suchte tatsächlich eine Beziehung. Ausgerechnet er. Ausgerechnet mit mir. Konnte das Leben noch absurder werden?

Es wäre nicht fair gewesen, ihn in dem Glauben zu lassen, dass ich auch nach etwas Festem suchte.

«Axel, darf ich ehrlich sein?»

«Ja, klar, Rosa.»

«Ich wollte mit dir nur eine schöne Nacht.»

«Okay …», atmete er tief durch. «Das ist ehrlich.»

«Und die will ich auch nicht mehr.»

«Das ist schon fast zu ehrlich.»

«Denn du suchst nach einer Beziehung, und dann ist das dir gegenüber nicht fair.»

«Och», lächelte Axel etwas verquer, «so ein bisschen Unfairness kann ich aber ganz gut ab.»

«Ich mag es aber nicht, unfair zu sein», erwiderte ich leise.

Axel war getroffen. Und diese Verletzlichkeit berührte

mich – der Don Juan hatte ein Herz, und er hatte Gefühle. Und die standen ihm gut. Aber er hatte einen ganz entscheidenden Nachteil: Er war nicht Jan.

Als Axel sich verabschiedet hatte, kaufte ich mir erst mal eine Frustzuckerwatte, wandelte mit dieser traurig über das nächtliche Zirkusgelände und bemerkte, wie der kleine dicke Mann, der einst Buffalo Bill war, auf einen Zirkuswagen zuging. Er schien glücklich und zufrieden zu sein. Kein Wunder: Prospero hatte ihm ja das Potenzial seiner Seele gezeigt. Keine Ahnung, wie, bestimmt war es alles nur Hokuspokus. Ganz sicher sogar! Dennoch wünschte ich mir auch ein bisschen was von diesem wundervollen Hokuspokus: Jan wollte eine andere heiraten, ich hatte einen Beruf, der mir ungefähr so viel Freude bereitete wie ein spontaner Akneausbruch, und ich wusste nicht, wo es mit meinem Leben hingehen sollte. Selbst einen One-Night-Stand bekam ich nicht auf die Reihe. Wenn meine Seele noch irgendein Potenzial haben sollte, hatte ich wirklich nicht den blassesten Schimmer, welches das sein konnte.

10
WÄHRENDDESSEN IM LEBEN VON
WILLIAM SHAKESPEARE

Das Leben hatte anscheinend keinerlei Freude daran, einem Freude zu bereiten, mutmaßte ich, als Drakes Pferd vor mir stehen blieb. Das Leben war wohl eher ein fröhlicher Sadist, und ich war sein Lieblingsopfer.

«Jetzt kannst du nicht mehr vor mir fliehen», tönte der Held

Englands, während seine Männer mich einkreisten. Flucht war in der Tat keine Option mehr.

«Sir, Sie haben das großartige Talent, das Offensichtliche hervorzuheben», erwiderte ich.

Drake war über diese Bemerkung nicht amüsiert, aber es war einerlei, ob ich ihn noch mehr erzürnte, der Mann wollte ohnehin mein Lebenslicht auslöschen.

«Du kannst den Ort und die Waffen für unser Duell wählen», bot er gönnerhaft an. Er war nicht nur der beste Fechter des Königreiches, sondern auch der beste Schütze, bei jeder Waffe wäre er im Vorteil gewesen.

«Was wählst du als Waffe, Wicht?», begehrte er zu wissen.

«Kartoffeln», antwortete ich.

Drake traute seinen Ohren nicht.

«Sie sind gut für die Gesundheit. Besonders bei Duellen.»

«Wir werden also die Schwerter nehmen», bestimmte Drake gereizt.

«Würden Sie zustimmen, wenn ich als Ort des Duells Indien wähle?»

«Nein!»

«Habe ich fast schon vermutet … aber vielleicht könnte ich ja den Zeitpunkt unseres Duells bestimmen. Ich denke da so an das nächste Jahrhundert …»

«NEIN!», unterbrach er mich.

«Sie sind kein Gentleman.»

«Das muss ich mir von Gesindel wie dir nicht sagen lassen!» Er wurde nun zornesrot. «Wir kämpfen hier und jetzt.»

Das erschien mir dann doch eindeutig zu früh.

«Wähle deine Sekundanten», schnarrte der Edelmann.

Ich bat ihn, mir ins ‹Rose› zu folgen, waren dort doch die einzigen Menschen auf dieser Welt, die mir vielleicht sekundieren mochten.

Im Theater roch es nach Holz und dem Schweiß der Zuschauer der letzten Vorstellung. Die Bühne lag im Zentrum des Gebäudes, rundherum konnten bei den Aufführungen die Zuschauer stehen oder von einem der vielen Balkone auf uns herabsehen. Dieses Theater war seit Jahren meine Welt. Und wenn ich schon sterben sollte, dann wollte ich dies hier tun, auf der Bühne.

An deren Rand standen lediglich Kempe und Robert, ein Jüngling, der Frauenkleider trug und gerade die Rolle der Julia einstudierte. Dank eines verfluchten Edikts des Hofzensors durften Frauen kein Theater mehr spielen, was dazu führte, dass die Liebesszenen, die ich schrieb, auf der Bühne für meinen Geschmack stets einen Hauch zu homoerotisch wirkten.

Der geistesgegenwärtige Kempe ging rasch auf Drake zu und wollte mich vor dessen heiligem Zorn retten: «Sir, lassen Sie Gnade walten. William Shakespeare ist zugegebenerweise ein Narr ...»

«Hey!», rief ich aus.

«Aber er ist unser Narr, und auch wenn seine Stücke von minderer Qualität sind ...»

«Hey, hey!»

«... und vor Pathos nur so triefen ...»

«Dreimal hey!»

«... diese Stücke bringen uns die Zuschauer ins Haus, sie sind die Grundlage unserer erbärmlichen Existenz.»

«Weißt du, was mir das bedeutet?», fragte Drake den übergewichtigen Schauspieler.

«Nichts?», mutmaßte Kempe.

«Exakt!»

Kempe kam mit hängendem Kopf zu mir und raunte mir traurig zu: «Verzeih, mein teurer Freund, ich habe es versucht.»

«Auf diesen Versuch hätte ich gerne verzichten mögen», er-

*widerte ich. Gleich darauf ärgerte ich mich über mich selbst,
dass ich so rüde war: Kempe war der beste Freund, den ich je
hatte. Er hatte mir schon oft das Leben gerettet. Das erste Mal,
als mein Herz vor Kummer so krank war, dass ich am kleinen
Flüsschen Avon beschloss, es mit einem Dolche zu durchboh-
ren. Wäre Kempe nicht just in diesem Augenblick mit seiner
Theatertruppe auf dem Weg gen Stratford gereist und hätte er
mir nicht, trotz seines dicken Wanstes flink wie ein Wiesel, den
Dolch entrissen, ich hätte meinem Leben vor lauter Schmerz
ein Ende bereitet.*

*«Wer wird dein Sekundant?», begehrte Drake erneut zu
wissen.*

*«Dieser Mann hier», zeigte ich auf den jungen Mann in
Frauenkleidern, der darüber genauso verwundert war wie
Kempe, Drake und dessen Mannen. Doch wenn ich überhaupt
eine Möglichkeit hatte zu überleben, bestand sie darin, Drake
so zornig zu machen, dass er bei dem Duell einen Fehler be-
ging. Einen möglichst tödlichen Fehler.*

*Der Admiral der Königin sah auf den geschminkten Robert
und rief aus: «Du willst mich wohl verhöhnen!»*

*«Robert ist ein guter Sekundant und ein noch besserer
Liebhaber, nach all dem, was man so auf den Straßen von
Southwark hört. Vielleicht sollten Sie es mal mit ihm versuchen,
schlechter als Ihre Frau kann er gar nicht sein.»*

*Drakes Männer lachten. Und er selbst hatte nun Mordlust
in den Augen.*

Gut so!

11

Ich folgte dem glücklichen dicken Mann, der einst Buffalo Bill war, mit ein bisschen Abstand und sah, wie er an die Tür eines Zirkuswagens klopfte. Prospero öffnete – jetzt trug er Jeans und Holzfällerhemd – und überreichte dem dicken Mann einen kleinen Umschlag. Der zählte ohne Umschweife das darin liegende Geld.

Vor lauter Schreck ließ ich meine Zuckerwatte fallen und sagte dabei leise zu mir: «Das darf doch nicht wahr sein.»

Prospero, der anscheinend über ein ziemlich gutes Gehör verfügte, bemerkte mich. Er sah, dass ich ihn sah. Ich sah, dass er sah, dass ich ihn sah. Der dicke Mann sah, dass Prospero sah, dass ich ihn sah – und sah zu, dass er Land gewann.

Der Magier funkelte mich mit seinen durchdringenden Augen an, aber er machte mir keine Angst. Ich war viel zu neugierig zu erfahren, wie genau dieser Betrug vonstattengegangen war, ging zu ihm und fragte geradeheraus: «Wie können Sie den Betrug durchziehen? Sie können doch nicht jede Vorstellung den gleichen Mann in die Manege holen, das fällt doch auf ...»

«Es gibt viele arbeitslose Artisten», erwiderte Prospero. Überraschenderweise versuchte er gar nicht, sich rauszureden, sondern wirkte ganz selbstsicher. «Gestern hatte ich eine Schlangentänzerin, bei der haben wir dann in der Vorstellung behauptet, dass sie einst am Hofe des Kalifen Abu Bakr getanzt hatte.»

«Sie hat dann wohl ihre sexuellen Blockaden bei der Rückführung weggetanzt?», mutmaßte ich mit spottendem Unterton.

«Ganz genau», bestätigte er und ging zurück in seinen Wohnwagen. Ich tippelte einen Moment lang unentschlossen auf der Stelle, dann folgte ich ihm. Prosperos Wohnwagen war ganz normal eingerichtet: Bett, Dusche, ein paar Bücher. Kein Sarg mit Heimaterde aus Transsylvanien. Nichts Geheimnisvolles. Nur sein goldenes Pendel lag achtlos auf einem klapprigen Holztisch herum. An den Wänden hingen ein paar Fotos von ihm, wie er mit einem Mönchsgewand bekleidet in einem Tempel saß. Dass er in Tibet gelebt hatte, war wohl zumindest kein Schwindel gewesen.

«Das war also alles nur Blödsinn», stellte ich beleidigt fest. Ein kleiner Teil von mir hatte tatsächlich gehofft, dass dieser Mann kein Scharlatan war.

«Rückführungen sind kein Blödsinn», hielt er dagegen. «Die Shinyen-Mönche haben tatsächlich einen Weg gefunden, das Bewusstsein in die Vergangenheit zu schicken.»

Ich grinste breit.

«Sie glauben mir nicht», stellte er fest.

«Gut beobachtet.»

«Es gibt Dinge zwischen Himmel und Erde, die sich die Schulweisheit nicht träumen lässt», lächelte Prospero. «Wir Menschen verstehen in etwa so viel vom Universum wie ein Hund vom Mobilfunk.»

Damit hatte er vielleicht sogar recht: Schließlich änderten die Wissenschaftler fast stündlich ihre Welterklärungsmodelle.

«Ich will den Menschen helfen. Die Zirkusvorstellungen führen sie zu mir. Das ist der Grund, warum ich sie mache.» Es klang überraschenderweise aufrichtig. «Es gibt jedes Mal viele Leute im Publikum, die auf Hilfe hoffen. Einige trauen sich dann am nächsten Tag zu mir.»

«Sie sind also ein Betrüger aus Barmherzigkeit», spottete ich.

«Könnte man sagen», antwortete er ohne jegliche Ironie.

«Sie haben doch bestimmt auch gedacht, dass es wundervoll wäre, wenn Sie Ihr Leben in eine neue Bahn bringen könnten.»

Ich blickte ertappt zu Boden.

«Anscheinend habe ich wieder gut beobachtet», schmunzelte er. Der Mann schien in mir zu lesen wie in einem Buch. Ein Buch mit dem Titel: ‹Mein verkorkstes Leben und ich›.

Mit einschmeichelnder tiefer Stimme erklärte Prospero: «Ich kann Ihr Leben in eine neue Bahn bringen.»

Ich schluckte, eine neue Bahn für mein Leben wäre wohl eine feine Sache, vorausgesetzt, dass die neue Bahn besser war als die alte Bahn, was allerdings nicht allzu schwer sein dürfte.

«Wollen Sie das?», fragte Prospero, und ich bekam es mit der Angst zu tun: Was hatte der Typ vor? Mich zu hypnotisieren?

«Ich … ich …», haspelte ich, «ich glaube, ich habe zu Hause mein Bügeleisen angelassen …»

Ich wandte mich zum Gehen. Doch Prospero stellte sich mir ganz ruhig in den Weg, schloss die Tür zum Zirkuswagen … und nahm sein Pendel vom Tisch.

12

Drake stand auf der Bühne, zog seine Klinge und zerschnitt mit ihr demonstrativ die Luft, wie er wohl auch gleich meinen Hals durchschneiden wollte. Robert flüsterte mir zu: «Du wirst es schaffen, Will. Du bist der bessere Mann.»

«Es würde mich mehr aufmuntern, wenn mir dies kein Mann mit Fistelstimme sagen würde», flüsterte ich zurück.

Drake tänzelte mit seinem Schwert auf mich zu. Jetzt war auch ich gezwungen, das Schwert zu ziehen. Es war ein leichtes Bühnenschwert, mit dem der Prinz von Navarra in unserem neuesten Stück ‹Liebes Leid und Lust› herumwirbelte. Mir schwirrte der Kopf. Was sollte ich tun? Ich musste ihn mit meinen Waffen schlagen, mit Worten. Wenn ich Drake arg provozierte, würde er vielleicht einen Patzer machen, den ich zu einem tödlichen Hieb ausnutzen konnte.

«Ich hatte nur eine Liebhaberin, die schlechter war als Ihre Gemahlin», rief ich daher aus.

«Wen?», fragte Drake, neugierig zu erfahren, wer wohl noch fürchterlicher im Bett sein sollte als sein Weib.

«Ihre Frau Mutter.»

Drake rannte daraufhin zornesrot auf mich zu, versuchte einen ersten Schlag zu setzen, den ich jedoch gut parieren konnte. Dank des Bühnenfechtens besaß auch ich bescheidene Talente, wenn es um den Schwertkampf ging.

«Auch mein guter Sekundant Robert lag bei Ihrer Mutter. Er liebt Frauen, bei denen mehr Barthaare sprießen als bei ihm.»

«Wenn du noch einmal meine Mutter beleidigst …», drohte Drake.

«Sie wird schon jeden Morgen beleidigt, wenn sie in den Spiegel blickt», erwiderte ich, als ich einen Hieb parierte, der genau auf mein Herz zielen sollte. Drake drängte mich flotten Schrittes immer weiter zurück, und ich war kurz davor, von der Bühne zu fallen. Es wurde nun also Zeit, meine Beleidigungen zu steigern, gerne auch ins Ungeheuerliche.

«Ihre Mutter arbeitet im Hafen bei den Fischkuttern.» Drake war verdutzt. Und ich ergänzte: «Als Geruch!»

Drake fauchte. Ich aber trieb weiter mein gewagtes Spiel: «Und wenn sie von dort raus aufs Meer schwimmt, freuen sich die Wale, sie wieder in den Schoß der Familie aufzunehmen.»

«MEINE MUTTER IST KEIN WAL», schrie Drake und schlug wütend mit dem Schwert auf mich ein. Immer wieder. Mir war es gelungen, ihn vom eleganten Stil, für den er im ganzen Königreich bewundert wurde, abzubringen.

«Eingestanden, für einen Wal ist sie zu schmal», ächzte ich bei dem Versuch, all die wütenden Schläge abzuwehren.

«ARRGHH», schrie er nun wie ein wütendes Tier.

«Sie können sich so hinreißend ausdrücken», spottete ich.

«ARRGGH.»

«Und so abwechslungsreich.»

«ARRRRRGHHHHHHHH!»

«Hören Sie auf, oder ich werde eifersüchtig auf Ihre Fabulierkunst.»

Der tobsüchtige Drake traf nun meinen Arm. Es war kein großer Kratzer, aber aus der Wunde sprudelte das Blut wie aus einer kleinen Quelle. Meine Strategie schien nicht aufzugehen. Ich sah zu Kempe, dessen Augen ebenfalls wenig Zuversicht ausstrahlten. Es schien, als ob mein Tod nun unweigerlich käme, und er würde schmerzhaft werden. Mein Gott, wie ich mir wünschte, dass jemand anderes an meiner Stelle wäre.

13

Prospero hielt mir das Pendel entgegen und erklärte: «Richtige Rückführungen verlaufen ganz anders als in der Manege.»

«Und wie?», fragte ich, obwohl ich am liebsten abhauen wollte, denn meine Neugier war ebenso groß wie meine Angst.

«In Ruhe. Der Zeitreisende liegt und verfällt in eine Art

Schlaf. Dann bleibt er die ganze Zeit entspannt liegen», erwiderte Prospero.

«Schlaf?», fragte ich nach.

«Der dauert hier in unserer Zeit nicht lange, nur wenige Stunden. Aber manche Reisende haben in der Rückführung in diesen wenigen Stunden in der Vergangenheit ein ganzes Leben durchlebt.»

«Ein ganzes Leben?»

«Es kommt ihnen vor, als ob sie Jahre oder gar Jahrzehnte in der Vergangenheit verbringen. Ich selbst lebte fünf Jahre als Krieger bei Ablai Khan. Dabei hatte ich nur zwei Stunden in Trance verbracht.»

«Na, da bekommen die Leute ja etwas für ihr Geld», spottete ich, obwohl meine Knie leicht zitterten.

«Ich nehme kein Geld.»

«Was denn dann, Wertmarken?»

«Es ist meine Mission, den Menschen zu helfen», erwiderte Prospero und hielt mir nun sein goldenes Pendel hin: «Schauen Sie auf dieses Pendel.»

«Das ist jetzt nicht Ihr Ernst», lachte ich nervös auf.

«Schauen Sie auf dieses Pendel.»

Ich wollte wegsehen, aber es schwang so schön. Und Prosperos tiefe Stimme klang so angenehm: «Schauen Sie auf dieses Pendel ...»

«Ihre Frau Mutter kann durch ihre bloße Anwesenheit Männern die Fruchtbarkeit rauben!» Meine Versuche, Drake zu provozieren, wurden immer verzweifelter. Doch mit einem Male fielen mir die Augen zu.

«So ist es gut ... immer mit dem Blick folgen ...», säuselte Prospero.

Das Pendel schwang regelmäßig hin und her, ich wurde innerlich ganz ruhig und dachte bei mir: «Eigentlich gar nicht so schlecht, so ein Pendel, schön entspannend.»

«Was ist das größte Problem in Ihrem Leben?», fragte Prospero.

«Es ist die Liebe …», antwortete ich entspannt und setzte mich auf seine Pritsche.

«Das ist bei den meisten Menschen der Fall. Das liegt daran, dass sie nicht wissen, was wahre Liebe bedeutet.»

Mir fielen langsam die Augenlider zu. Eine unglaubliche Müdigkeit überkam mich.

Es war, als hätte mir jemand einen Schlaftrunk eingeflößt. Ich stammelte noch: «Sicher kann Ihre Mutter mit Ihrem Antlitz auch Schafe kastrieren …»

«Jetzt legen Sie sich hin», flüsterte Prospero.

Ich war nun völlig tiefenentspannt und legte mich auf den Rücken.

«Denken Sie an nichts mehr.»

«Hmm … an nichts denken … klingt attraktiv …», lächelte ich und schloss vollends die Lider.

Mir wurde endgültig schwarz vor Augen, gleich würde ich durch Drakes Schwert sterben. Mein vorletzter, sehnsüchtiger Gedanke galt meinen Kindern: Susanna … Judith … Hamnet … und mein letzter Gedanke galt der Liebe meines Lebens … Anne … meiner wundervollen Anne …

«Sie werden jetzt in die Vergangenheit reisen», hörte ich Prospero nur noch aus der Ferne. «Aber ich muss Sie warnen. Es wird eine gefährliche Reise, und wenn Sie in der Vergangenheit sterben, wird hier in der Gegenwart Ihr Geist sterben. Also seien Sie vorsichtig.»

Wäre ich nicht so tiefenentspannt gewesen, hätte mir dies ganz schön Angst eingejagt.

Und schließlich hörte ich Prospero noch ganz leise als Letztes sagen: «Sie werden erst wieder aufwachen, wenn Sie herausgefunden haben, was die wahre Liebe ist.»

14

Das Erste, was ich als Nächstes hörte, war: «Meine Mutter kastriert keine Schafe!!»

Das Erste, was ich sah, war ein wütender Mann mit Schnurrbart, der über mir stand – anscheinend lag ich vor ihm auf dem Boden. Ich erkannte, dass er Strumpfhosen trug, und unwillkürlich schoss mir durch den Kopf: «Schwul. Oder Balletttänzer. Höchstwahrscheinlich beides.»

Das Erste, was ich fühlte, war Schmerz. Mein Unterarm tat weh, er brannte fürchterlich. Ich blickte instinktiv hin, sah, dass ich eine Art weites Hemd trug – es erinnerte an die Piratenhemden aus ‹Fluch der Karibik› – und dass dieses Hemd aufgerissen war. Oder nein, es war eher aufgeschlitzt. An der Stelle des Schlitzes war das Hemd dunkelrot. Ich blutete.

Mein Gott, ich blutete!

Unter dem Blut erkannte ich, dass der Unterarm dicht behaart war. Die schwarzen Haare waren vom Blut teilweise zusammengeklebt. Das konnte doch unmöglich mein Arm sein, oder?

Nein, das war er garantiert nicht!

Aber warum fühlte ich dann diesen verdammten Schmerz?

Bevor ich das Ganze auch nur ansatzweise verarbeiten konnte, schrie der Mann, der sich über mich beugte: «Meine Mutter kastriert überhaupt niemanden!!»

Warum war ihm das so wichtig? Unter anderen Umständen hätte ich ihm höflich empfohlen, eine Psychotherapie zu machen, anscheinend hatte er da dringend etwas mit seiner Mutter aufzuarbeiten. Doch an Konversation war gar nicht zu denken, der Typ wollte mich töten ... mit einem Schwert! Einem richtigen Schwert! Was war denn das hier für ein Horrortrip? War ich etwa wirklich in einem früheren Leben gelandet?

Quatsch ... Garantiert war das irgendein Hypnosetraum. Prospero hatte ja vor meinen Augen rumgependelt, und ich war daraufhin in Trance gefallen.

Aber das alles hier – der brüllende Typ über mir, meine Schmerzen, meine Angst –, das wirkte viel realer als alle Träume, die ich je hatte. Viel intensiver. Es war live, in Farbe und 3-D. Wie das richtige Leben!

Nein, nicht ganz richtig, es fühlte sich sogar noch realer an als das richtige Leben. Um einiges realer. Das lag vielleicht an den Unmengen Adrenalin, die gerade durch meinen Körper flossen. Wenn es überhaupt mein Körper war ... dieser blutende Unterarm, der war ja definitiv nicht meiner! Zumindest wollte ich nicht, dass es meiner war. Dazu tat er viel zu sehr weh. Und wenn der jetzt schon so schmerzte, wie qualvoll würde es dann erst sein, wenn mir der Irre den Schädel mit seiner Waffe spaltete?

Der Mann hob sein Schwert zum Todesstoß.

Ich bekam Panik, Atemnot, unfassbare Angst. Ich fühlte mich wie ein Tier auf einer Schlachtbank, kein einziger Gedanke kam mir noch in den Sinn.

«Roll dich zur Seite!», hörte ich eine tiefe Stimme rufen, «schnell!»

Genau das tat ich auch instinktiv. Nicht mal zehn Zentimeter neben mir sauste das Schwert des Mannes nieder, dabei spürte ich den gewaltigen Luftzug. Hätte ich mich nicht weggerollt, es hätte mich glatt in zwei Hälften zerteilt. Doch so sauste sein Schwert in die Holzplanke, auf der ich gerade noch gelegen hatte. Ja, ich lag auf Holzplanken. Befand ich mich etwa auf einem Piratenschiff?

Der Mann versuchte sein Schwert aus der Planke neben mir zu ziehen und fluchte dabei – er hatte es mit so einer Wucht reingeschlagen, dass er Schwierigkeiten hatte, es rauszubekommen. Ich sprang auf, sah, dass ich auf einer Art Bühne stand, die sich mitten in einer großen Halle befand, die wiederum ganz aus Holz erbaut worden war. Also war dies hier kein Piratenschiff. Wenigstens etwas.

Waren das da oben ringsherum Balkone? Egal. Ich sah an mir herab: Ich trug schwarze Stiefel und ebenfalls eine Strumpfhose. Warum war die im Bereich meines Schoßes so ausgebeult?

«Nicht darüber nachdenken», sagte ich mir.

Ich blickte zu dem fluchenden Mann, der sein Schwert aus dem Boden lockerte und etwas von «Jetzt werde ich dich kastrieren» murmelte.

Kastrieren? Hatte das was mit der ausgebeulten Strumpfhose zu tun?

«NICHT DARÜBER NACHDENKEN!», befahl ich mir.

Jetzt ging es erst mal darum, aus dem Schlamassel herauszukommen. Für eine kurze Sekunde dachte ich, dass ich vielleicht einfach warten sollte, bis ich aus der Hypnose aufwachte, aber da durchzuckte wieder ein Schmerz meinen

Arm und erinnerte mich daran, wie real das hier alles war. Und noch ein Gedanke kam mir in den Sinn: Was ist, wenn ich hier sterbe? Prospero hatte doch gesagt, dass dann mein Geist stirbt. Dann bekommt mein Körper, der im Zirkuswagen lag, wohl so eine Art Hirnschlag. Wollte ich das riskieren? Definitiv nicht!

Der Irre hatte sein Schwert nun mit schier unendlicher Kraft aus dem Boden gezogen, ein zweites, leichteres Schwert, das auf dem Boden lag, kickte er mit dem Fuß so beiseite, dass ich es nicht erreichen konnte. Aber das hatte ich ohnehin nicht vorgehabt, fechten konnte ich ja gar nicht. Eigentlich konnte ich gar nicht mit irgendetwas kämpfen. Nicht mal mit den Fäusten. Das letzte Mal war ich in der zweiten Klasse in eine körperliche Auseinandersetzung geraten, als der nervige dicke Niels, der uns kleinere Kinder immer auf dem Spielplatz ärgerte, einen ganzen Nachmittag «Rosa, Rosa, macht sich noch in die Hosa» sang. Irgendwann drehte ich durch, rannte zu Niels und schubste ihn von der Rutsche. Der Junge knallte mit dem Kinn auf den Metallrand der Rutsche. Er blutete und weinte. Und ich bekam von den anderen Spielplatzkindern Standing Ovations.

Der Verrückte kam näher, mit Mordlust in den Augen. Ich rannte los, mit Beinen, die zwar in Strumpfhosen steckten, aber – wie ich erfreut feststellte – ziemlich schnell laufen konnten. So schnell konnte ich noch nie zuvor rennen, nicht mal als Jugendliche, als ich noch regelmäßig Sport trieb. Anscheinend hatte ich muskulösere Beine bekommen. Ob die auch so dicht behaart waren wie die Arme? Ob das alles etwas mit der ausgebeulten Hose zu tun hatte?

«NICHT DARÜBER NACHDENKEN!», rief ich mir selber zu.

Ich sprang von den Holzplanken herunter auf den sandigen Boden und lief vorbei an einem jungen geschminkten Kerl in altertümlichen Frauenkleidern. (Waren die hier alle schwul?) Neben ihm stand ein sehr dicker Mann, der bunter gekleidet war als Elton John. (Jetzt war es gewiss, die waren alle schwul.)

Vermutlich war es dieser Dicke gewesen, der mir zuvor mit tiefer Stimme zugerufen hatte, dass ich mich zur Seite rollen sollte. Das machte ihn einwandfrei zu dem sympathischsten Menschen hier im Raum ... Saal ... wo auch immer ich war.

Ich suchte krampfhaft nach einem Ausgang aus diesem merkwürdigen Gebäude, sah ein großes Holztor und wollte darauf zurennen.

«Bleib stehen!», rief mir der irre Schwertkämpfer hinterher.

So sehe ich aus, dachte ich mir.

«Bleib stehen!», rief er nochmal, noch lauter und noch aggressiver.

Ich lief auf das Tor zu, ohne mich auch nur einmal umzudrehen. Das Tor war nicht geschlossen, nur angelehnt. Ich hatte keine Ahnung, was für eine Welt wohl dahinter liegen mochte, aber sie war hoffentlich weniger gewalttätig.

«BLEIB STEHEN!», hörte ich erneut.

Meine Hand ging schon zum Tor, um den Spalt zu öffnen und zu entkommen, da hörte ich einen Schuss. Es klang wie ein Dynamitböller zu Silvester. Neben mir zerbarst ein Teil des Tores, und es stank nach verbranntem Holz. Der Typ hatte geschossen. Wirklich geschossen! Wenn das hier, wie Prospero sagte, ein früheres Leben war, erschien mir mein echtes plötzlich ungemein attraktiv.

Ich zitterte am ganzen Leib. Langsam drehte ich mich um und sah, dass der Kerl mit einer altertümlichen Pistole auf mich zielte, die ebenfalls aussah wie ein Requisit aus einem Piratenfilm. Wenn der mich jetzt erschoss, konnte ich nur beten, dass es nicht wehtun würde und dass mein Geist in meinem Körper, der gemütlich im Zirkuswagen lag, vielleicht doch nicht starb, obwohl Prospero mich eindringlich davor gewarnt hatte. Falls mein Geist aber doch seinen Geist aufgab, dann würde ich wohl den Rest meines Lebens sabbernd und Windeln tragend verbringen.

Doch was sollte ich machen? In Filmen hatte der Held in solchen Fällen meistens eine geniale Idee, wie er dem Schurken die Waffe wieder entwendet, zum Beispiel, indem er ihn mit cleveren Reden verwirrt. So wie James Bond, der den potenziellen Weltherrscher gerne mal höflich darauf aufmerksam machte, dass er gerade mit dessen Freundin geschlafen hatte. Und diese ihm von der Impotenz des Möchtegern-Weltherrschers berichtet hatte. Doch die Einzige, die hier gerade verwirrt war, war ich.

Der Dicke in der Elton-John-Weste nahm ein Holzbrett in die Hand. Er wollte es meinem potenziellen Mörder überbraten.

«Schön, sehr gute Idee!», dachte ich wenig pazifistisch. Wenigstens einer hier war auf meiner Seite.

Leider traten ein paar Männer in besonders edlen Strumpfhosen auf den Dicken zu. Sie gehörten ganz offensichtlich zu dem Irren, sagten aber nichts und bedrohten ihn nur finster mit ihren Schwertern. Der Dicke ließ daraufhin resigniert das Holzbrett fallen, es knallte laut auf den Boden. Danach sah er tieftraurig zu mir, er wollte mich ganz offensichtlich nicht verlieren. Ich bedeutete ihm anscheinend sehr viel. Und wenn er homosexuell aussah und ich Armhaare und eine ausgebeulte Strumpfhose hatte, war ich dann vielleicht sein …?

NICHT DARÜBER NACHDENKEN!!!!

Der Irre zielte nun erneut auf mich. Jeden Augenblick würde er abdrücken. Seine Hand war nun ganz ruhig, er wirkte auf einmal extrem kaltblütig. Man konnte fast den Eindruck bekommen, dass er schon sehr viele Menschen auf dem Gewissen hatte – sicherlich hatte das etwas mit seinem gestörten Mutterverhältnis zu tun.

Ich musste ihn ablenken, irgendetwas tun, um Zeit zu gewinnen, und so sagte ich das Erste, was mir in den Sinn kam: «Haben Sie es schon mal mit Therapie versucht?»

Der Irre sah mich befremdet an, und mir fiel ein, dass es wohl noch etwas dauern würde, bis man die Psychiatercouch erfinden würde.

Dennoch hatte ich ihn mit dieser Frage vom Abdrücken abgehalten, und ich musste weitermachen, wollte ich meine Überlebenschancen erhöhen: «Ich meine, haben Sie schon mal darüber nachgedacht, mit jemandem über Ihre Mutter-Kastrations-Probleme zu reden?»

«ICH HABE KEINE KASTRATIONSPROBLEME MIT MEINER MUTTER!»

«Deswegen schreien Sie ja auch so», erwiderte ich ganz ruhig.

Der Irre fühlte sich sichtlich ertappt und senkte leicht die Pistole. Jetzt galt es dranzubleiben: «Ihre Mutter war sicherlich streng zu Ihnen, hat Sie wohl nie umarmt …»

«Das stimmt nicht!», widersprach er nun heftig. «Sie hat mich ganz oft umarmt. Immer. Ich durfte sogar bei ihr im Bett schlafen!»

Die Männer des Irren kicherten hinter seinem Rücken. Er begann sich dafür zu schämen. So einfühlsam wie möglich redete ich auf ihn ein: «Das ist doch gar nicht peinlich, wenn man als Junge bei seiner Mutter schlafen darf.»

«Wirklich nicht?», fragte er unsicher und senkte nun seine Waffe ganz. Es schien zu klappen. Er brauchte nur etwas Zuspruch.

«Es ist ganz normal», säuselte ich, und seine Gesichtszüge wurden nun ganz weich. «Und es ist sogar sehr gesund für die Seele eines Kindes.»

«Ja?»

«Ganz bestimmt!», bestätigte ich.

«Auch wenn der Junge bereits siebzehn Jahre alt ist?»

Seine Männer brüllten nun vor Lachen.

Den Irren verletzte das sichtlich. Er sah sie zornig an, und sie hörten schlagartig auf. Dann drehte er sich wieder wütend zu mir. Ich begann zu stammeln: «Nun … mit siebzehn mag das dem ein oder anderen … sagen wir vielleicht … etwas … ungewöhnlich erscheinen, aber …»

«Du willst mich lächerlich machen!», schrie er nun und richtete seine Pistole auf mich. Jetzt würde er gleich schießen. Ich atmete durch, versuchte mich zu beruhigen: Vielleicht hatte Prospero ja geschwindelt, und das Ganze würde mir doch nichts ausmachen, vielleicht würde ich gar nicht mit einem Hirntod im Pflegeheim enden, sondern einfach wieder mit gesundem Verstand im Zirkuswagen aufwachen. Und dann würde ich Prospero sein Pendel dorthin schieben, wo es nicht mehr schwingen konnte.

Der Finger des Irren am Abzug zog sich zusammen, ganz langsam, geradezu genüsslich. Der junge Mann in den Frauenkleidern begann laut zu schluchzen und rief: «Will … Will … Will …» Was immer er damit auch sagen wollte.

Mein Trip in die Vergangenheit – oder mein irrer Hypnosetraum – würde so schnell zu Ende gehen, wie er begonnen hatte, und er würde vermutlich tödlich enden. Mein Herz schrumpfte zu einem kleinen ängstlichen Klumpen zusammen.

Da hörte ich, dass das Tor hinter mir aufging. Es traf mich genau im Kreuz, und ich fiel fast zu Boden. Dahinter hörte ich energische Schritte und eine Männerstimme: «Was ist hier los?»

Ich öffnete die Augen und sah, dass der Irre von der Unterbrechung nicht begeistert war: «Walsingham, was machen Sie denn hier?»

«Ich bin gekommen, um den Stückeschreiber zu holen», erklärte der ältere Mann, der einen Vollbart hatte, einen hohen schwarzen Hut trug und um den Hals eine große weiße Krause, die wohl ein hohes Amt kennzeichnen sollte. Der Alte hatte die Ausstrahlung von jemandem, der es nicht gewohnt war, dass ihm jemand widersprach. Vermutlich überlebte auch niemand, der ihm widersprach. Er hatte nämlich Soldaten dabei, die Helme und leichte Hemdrüstungen aus Metall trugen und den Anschein erweckten, dass sie alles tun würden, was dieser Mann von ihnen verlangte: kämpfen, sterben, Lambada tanzen ...

«Der Stückeschreiber muss sterben», protestierte der Irre, den der Halskrausenkerl ‹Drake› genannt hatte, und ich kombinierte schnell, wer von uns Anwesenden wohl der Stückeschreiber sein musste. Und dass er für mich den männlichen Artikel «der» benutzte, bestätigte all meine Befürchtungen.

«Die Queen will ihn sehen», erklärte die Halskrause.

Die Queen, da dachte ich natürlich zuerst an die kleine Frau, die Charles den Weg zum Thron durch beharrliche Langlebigkeit verbaut. Aber natürlich würde das hier eine andere Herrscherin sein. Keine Ahnung, welche, aber anscheinend war ich in England gelandet und, den Rüstungen nach zu urteilen, irgendwann vor langer Zeit.

Das Ganze hier war leider viel zu konkret und konsistent, um einfach nur ein Wahntraum zu sein. Denn, mal logisch gesehen, ein Wahntraum müsste sich ja zusammensetzen aus Bildern und Informationen, die sich in meinem Unterbewusstsein angesammelt hatten. Aber über die Historie Englands hatte ich nie etwas in der Schule gelernt, ich hatte keine Filme oder Dokumentarfilme darüber gesehen, ich hatte mich nicht mal ansatzweise dafür interessiert. Dennoch verstand und sprach ich das Englisch jener Zeit, als wäre ich damit aufgewachsen. Es wurde immer wahrscheinlicher: Ich war wirklich in einem früheren Leben gelandet.

Au Mann, warum hätte ich dann nicht irgendwo hinkommen können, wo es viel netter war als hier? Zum Beispiel nach Beverly Hills. In eine Villa. Als Freundin von James Dean. Die dann aber auch mal – wenn James gerade beim Filmdreh war – Besuch von dem jungen Marlon Brando bekam.

Drake hielt immer noch die Waffe auf mich gerichtet, er wollte einfach nicht auf den anderen Mann hören.

Ich hielt die Luft an.

«Drake, die Queen wäre nicht amüsiert, wenn Sie ihn töten.»

Geht mir genauso, dachte ich, atmete aber vor lauter Angst immer noch nicht.

Drake blickte zu mir, dann zu diesem Walsingham, erneut zu mir und nochmal zu Walsingham, der ihn wiederum finster anstarrte, und schließlich senkte Drake widerwillig die Pistole.

Ich begann wieder zu atmen.

«Brav», meinte Walsingham.

«Finde ich auch», rutschte es mir raus.

Beide Männer sahen mich finster an. Es war wohl keine allzu gute Idee, in diesem früheren Leben vorlaut zu sein. Daher hielt ich wieder meine Klappe. Drake verzog sich widerwillig mit seinen Mannen, nicht ohne mir zuzuraunen: «Das hier ist noch nicht vorbei.»

«Leider», seufzte ich.

Wann würde es aber vorbei sein? Wann zum Teufel würde ich wieder aufwachen? Was hatte Prospero nochmal gesagt? Es kann einem vorkommen, als ob man ein ganzes Leben in der Vergangenheit lebt. Ach du meine Güte, sollte das hier etwa noch Jahre dauern?

Während ich verzweifelt mit dem Gedanken rang, noch lange in diesem Albtraum leben zu müssen, setzte sich der dicke Mann in Papageienweste schnaufend auf eine Bank, die sich leicht unter seinem Gewicht bog. Er tupfte sich die schweißnasse Stirn mit einem Taschentuch ab. Ihn schien die ganze Situation richtig mitgenommen zu haben, höchstwahrscheinlich hatte er in den letzten Minuten drei Kilo abgenommen und wog jetzt nur noch 143. Der Jüngling hingegen lief auf mich zu und umarmte mich schluchzend: «Du hast überlebt, Will…»

Jetzt verstand ich, das war offensichtlich mein Name: ‹Will›.

Halskrause Walsingham wandte sich mir zu: «Kommen Sie her, sofort.»

Ich nickte brav. Ich wollte diesen Ort gerne verlassen. Und da eine Queen höchstwahrscheinlich in einem Palast lebte, dürfte es doch dort deutlich netter zugehen als hier in diesem … ja, wo war ich eigentlich? Ich blickte mich zum ersten Mal in Ruhe um: Es sah aus wie ein Theater. Hier wurden wohl die Stücke des Stückeschreibers aufgeführt, der ich gerade war, und der Jüngling, der nun an meiner Schulter mein Hemd vollschluchzte, war sicher ein Schauspieler.

Das erste Mal musste ich etwas lächeln: Kein Wunder, dass ich als Teenager so gerne über Musicals nachdachte, ich war in einem früheren Leben ein Stückeschreiber!

Allerdings wohl kein allzu beliebter, denn sonst hätte mich dieser Drake nicht umbringen wollen. Walsingham bedeutete seinen Soldaten, den Jüngling von mir wegzureißen. Der schlich zur Bühne und beschwerte sich heftig über die männliche Rohheit der Soldaten, obwohl man seinem Blick entnehmen konnte, dass er diese insgeheim doch recht attraktiv fand.

«Wir wollen los!», befahl Walsingham, dessen Autorität wirklich beeindruckend war. Ich würde auch eher Lambada tanzen, als es mir mit diesem Mann zu verscherzen. Auch Limbo. Sogar den Ententanz.

«Die Queen benötigt Sie und Ihre Künste, Shakespeare.»

Ich glaubte, mich verhört zu haben.

Shakespeare?!?

15

Ich war Shakespeare? Der Shakespeare? Aber vor allen Dingen: Ich werde Shakespeare sein, bis ich hier aus dem Schlamassel rauskomme?

Na ja, immerhin besser als Kafka.

Hastig versuchte ich zu rekapitulieren, was ich über Shakespeare wusste. Vielleicht gab es ja irgendetwas, was mir hier weiterhelfen konnte. Im Englischunterricht hatte ich nie so recht aufgepasst, obwohl der Lehrer uns immerzu gesagt hatte, dass es für das Leben wichtig sei, sich bei Shakespeare auszukennen. Von einem früheren Leben hatte der Depp allerdings nichts gesagt. Und ein Langweiler war er leider auch, er hatte so eine einschläfernde Stimme, mit der hätte er selbst Hassprediger in den Tiefschlaf versetzen können. Um den Unterricht wenigstens etwas aufzulockern, nahm er uns einmal mit in eine Stadttheater-Aufführung von ‹Hamlet›, in der Schauspieler ständig nackt auf der Bühne herumsprangen. Von dem altertümlichen Text verstand ich kaum ein Wort, und das Einzige, was ich an jenem Abend fürs Leben lernte, war, dass Schauspieler keinen schönen Beruf haben.

‹Hamlet› behandelten wir ein ganzes Schul-Halbjahr. Wir mussten uns also wochenlang mit einem unentschlossenen Kerl auseinandersetzen, der gerne mal mit Geistern oder Totenschädeln plauderte – nicht gerade eine Identifikationsfigur für Teenager. Zumindest nicht für welche, die keinen Amoklauf planten. Andere Stücke nahmen wir nicht durch, daher hatte ich sonst nur ein bisschen Ahnung von ‹Romeo und Julia›, weil ich den Film mit Leonardo DiCaprio gesehen hatte. Danach zu urteilen, war Shakespeare ein romantischer Mann, der an die große, wahre Liebe glaubte. Wie ich.

«Kommen Sie jetzt», forderte Halskrause Walsingham mit harschem Tonfall. Der Mann machte mir Angst. Zwei seiner Soldaten nahmen mich in ihre Mitte, ein weiterer öffnete das Tor. Wir traten aus dem Theater, warme Sonnenstrahlen fielen auf mein Gesicht – das streng genommen ja nicht mein Gesicht war, sich aber wie mein Gesicht anfühlte –, und ich sah, dass ich mich in einer kleinen Gasse voller windschiefer alter Holzhäuser befand. Die Luft roch so stark nach

Urin, wie ich es sonst nur aus der Düsseldorfer Altstadt am Ende der Karnevalstage kannte. Unglaublich viele Menschen waren zu sehen, die meisten davon in zerlumpten Kleidern. Eine Frau, schätzungsweise Ende dreißig, lächelte mich an: «Eine ganze Nacht mit mir kostet dich nur zwanzig Shilling, Süßer.»

Sie besaß maximal die Hälfte der Zähne, und die verbliebenen hatten auch nur noch eine geringe Halbwertszeit. Ihr Mund sah aus wie der Albtraum von Dr. Best.

«Verschwinde, Hure!», befahl Halskrause Walsingham.

«Ich kann auch dir Freude bereiten, Alter», erwiderte sie, «du siehst aus, als ob du deinen Schwanz lange nicht mehr kutschiert hast.»

Walsingham erwiderte kühl: «Ich werde dich aufsuchen, wenn ich mal das tiefe Bedürfnis verspüren sollte, Furunkel an meinem primären Geschlechtsteil zu bekommen.»

Die Hure verschwand daraufhin beleidigt und fluchte dabei, dass sie Walsinghams ‹primstem Geschlechtsteil› einen längeren Aufenthalt in einem Schraubstock wünschte. Walsingham wiederum rief ihr hinterher, dass der Schraubstock sich wohl zwischen ihren Beinen befand. In dieser Zeit schien es rau zuzugehen, von «Romeo und Julia»-Romantik war hier rein gar nichts zu spüren.

Walsinghams Soldaten führten mich zu einer schwarzen Kutsche. Er selbst setzte sich mir gegenüber, die Kutsche fuhr los, und ich blickte durch das offene Fenster auf die vollen Gassen. Der Lärm, den die vielen zerlumpten Leute machten, war ohrenbetäubend. Ihre Ausdrucksweise viel derber als in unserer Zeit. Und wenn ich es richtig heraushörte, waren Geschlechtskrankheiten bei ihnen ein äußerst beliebtes Gesprächsthema. Hier hätte meine Mutter bestimmt jemand gefunden, mit dem sie über ihre Vagina-Pilze reden konnte.

Die Kutsche erreichte einen großen Platz, Hunderte Menschen hatten sich hier vor einer Bühne versammelt, auf der ein Holzklotz stand. Walsingham gab dem Kutscher den Befehl anzuhalten. Ich sah einen Mann mit einer Axt die Bühne betreten. Die Menschen johlten. Ein weiterer Mann wurde von Soldaten auf die Bühne gezerrt, er lag in Ketten und war übel zugerichtet. Die Soldaten drückten den Mann auf den Holzklotz, sodass sein Nacken darauf lag und der Kopf vorn überstand. Ganz klar: Der arme Kerl sollte gleich geköpft werden. Die Leute johlten nun noch mehr und lachten. Man musste schon sagen: Die Menschen hier hatten keinen schönen Sinn für Humor.

Der Gefangene schrie: «Lang lebe Spanien!»

Halskrause Walsingham spottete: «Spanien lebt jedenfalls länger als du.»

Der Henker hielt das Beil nun in der Luft, das Publikum hielt den Atem an. Mir schien dies ein passender Augenblick zu sein, mir interessiert die Innenpolsterung der Kutsche anzusehen.

Da hörte ich ein dumpfes Geräusch und kurz darauf den Jubel der Massen.

«Sie haben nicht hingeschaut, Shakespeare», tadelte Walsingham, als sich die Kutsche wieder in Bewegung setzte, und ich erwiderte matt:

«Ich dachte, es wäre unhöflich, wenn ich mich auf Ihr edles Schuhwerk übergebe.»

Die nächsten Minuten schwieg ich. Für mein zivilisiertes Herz war das eindeutig zu viel. Für meinen Magen sowieso. Ich vermisste mein Zuhause, mein Sofa, meinen Holgi … Ich würde es nie im Leben aushalten, hier gefühlte Jahre zu verbringen!

Was hatte dieser bescheuerte Magier noch gesagt? Wann

würde ich wieder aufwachen? Wenn ich herausgefunden hatte, was die wahre Liebe ist. Aber ich dachte doch immer, meine Liebe zu Jan ist die wahre Liebe?

16

Je länger wir durch die Stadt fuhren, desto wohlhabender wurde es. Die Kutschen auf den Straßen häuften sich, an vielen Häusern gab es goldene Türbeschläge, es roch kaum noch nach Urin, und die Frauen trugen Kleider, deren Korsagen aussahen, als wären sie von äußerst kreativen Sadisten erdacht. Die Männer liefen jetzt fast alle in edlen Strumpfhosen herum, also waren diese doch kein Anzeichen für eine homosexuelle Orientierung – denn wenn alle diese Strumpfhosenträger hier schwul waren, wäre England wohl schnell ausgestorben. Allerdings sprach die Mode der Männer stark dafür, dass die angesagten Designer keine Heteros waren. Aber in welcher Zeit waren sie das schon?

Ein Mann in schwarzer Kleidung, er hatte etwas von einem Mönch, stand auf einer Stadtmauer und rief aus: «Es ist zwölf Uhr, und alles ist gut im Staate Engeland!» Der Kerl war wohl so etwas wie die hiesige Zeitansage.

«Alles gut?», spottete Walsingham. «Das ist eine etwas euphemistische Betrachtungsweise.»

Ich wollte gar nicht erst nachfragen, warum es im Staate Engeland vielleicht doch nicht gut war, schließlich ging es mir gerade deutlich schlechter als dem ollen Engeland.

«Ob es England wirklich gutgeht, wird von Ihnen abhängen, Shakespeare.»

Ich blickte ihn erstaunt an. Das Schicksal des Landes hing von einem Stückeschreiber ab? Wie das? Und wenn dem so war und ich in dem Körper von Shakespeare steckte, dann war das sicherlich keine gute Nachricht für das Land.

Oder für mich.

«Und wenn Sie Ihre Aufgabe nicht erfüllen, wird es auch Ihnen schlecht ergehen, so schlecht wie dem Herrn, den wir eben gesehen haben.»

Hatte ich's doch geahnt!

Die Kutsche bog nun auf einen Kiesweg ein und fuhr auf einen Palast zu. Es war nicht Buckingham Palace, den ich aus Dokus über Prinzessin Diana kannte. Dieser war viel weniger schmuckvoll. Hier lebte offenbar eine Queen, die sich über andere Dinge Gedanken machte als über die Außendeko. Die Kutsche hielt an, und eine Garde von Soldaten in schmucken blau-roten Uniformen empfing uns. Die Halskrause bedeutete ihnen, zur Seite zu treten, die Soldaten folgten dem Befehl eilig – Walsingham war nun mal ein Mann, dem man einfach unglaublich gerne aus dem Weg ging. Wir betraten die hohen Hallen des Palastes. Überall standen mächtige Säulen, an den Wänden hingen riesige, hässliche Teppiche und viele Gemälde, auf denen mittelalterliche Schlachten zu sehen waren, bei denen man nicht gerne dabei gewesen wäre. Walsingham ging mit mir auf eine große Eichentür zu, vor der Soldaten standen. Er hielt an und sagte zu mir: «Ich will, dass Sie mir ein Liebessonett schreiben.»

Ein Sonett? Das war eine Art Gedicht, so viel wusste ich gerade noch, aber warum wollte er so eins haben? War er in mich verknallt? Waren etwa doch alle schwul?

«Das ist wohl kaum für England», fragte ich.

«Nein», erwiderte er, und plötzlich blühte so etwas wie

Gefühl in ihm auf: «Ich will es einer ganz besonderen Frau überreichen.»

Der Mann hatte Gefühle? In wen konnte sich so einer wohl verlieben? In die böse Hexe von Oz? Walsingham merkte, dass ich ihn skeptisch anblickte, wurde daraufhin wieder strenger, packte mich am Arm und ging zu der Eichentür. Die Soldaten öffneten sie geschwind, und wir betraten einen Saal, an dessen Ende auf einem goldenen Thron eine Frau saß. Sie war schätzungsweise Mitte fünfzig, trug ein gewaltiges golden-weißes Korsagenkleid und hatte ein Diadem auf dem Kopf. Ihr nach oben gestecktes Haar war feuerrot, und ihr blasses Gesicht schien zu sagen: Mit mir ist nicht gut Kirschen essen.

Walsingham sagte «Eure Hoheit» und machte eine Verbeugung. Als er merkte, dass ich keine machte, stieß er mir den Ellenbogen in die Rippen, und ich verbeugte mich daraufhin auch.

«Lassen Sie uns allein, Walsingham», befahl die Queen. Ihm gefiel das nicht, aber er beugte sich ihrem Willen und ging.

«Schön, Sie zu sehen, Shakespeare», begrüßte mich die Queen, ohne dass ich das Gefühl hatte, dass sie meinte, was sie sagte.

«Danke», erwiderte ich bemüht höflich.

«Würden Sie mich bitte in meine privaten Gemächer begleiten?», fragte sie ohne Umschweife.

Oh, mein Gott! Wollte die Queen etwa mit mir ins Bett?

17

Das Erste, was ich wieder hörte, war die Stimme der Queen, die sagte: «Tun Sie es für England.»

Das Nächste, was ich sah, war die Queen selber. Wieso stand ich vor ihr? Wie war ich hierhergelangt? Eben wollte mich doch noch Drake mit seinem Schwert enthaupten? War es ihm nicht gelungen? War ich etwa gar nicht tot?

«Keine Furcht, lieber Shakespeare, ich will Sie nicht verführen», schmunzelte die Queen.

Durch meinen Kopf schoss die – nicht ganz uneitle – Frage: Warum denn nicht? War ich für sie etwa nicht begehrenswert genug?

Ich wollte diese Frage auch stellen, doch meine Lippen gehorchten nicht, stattdessen hörte ich aus meinem Mund: «Da bin ich aber erleichtert.»

Aber dies wollte ich doch gar nicht sagen?

Es war ja auch überhaupt nicht klug, so etwas zu sagen!

«Sie sind darüber erleichtert, dass ich Sie nicht verführen will?», fragte mich die Queen kühl. «Bin ich für Sie denn nicht begehrenswert, junger Mann?»

«Nun, ähem ... wir beide ... das passt nun mal nicht ...», versuchte ich mich rauszuwinden.

«Soso. Das passt nicht? Warum denn das?», begehrte sie zu wissen.

Was sollte ich denn darauf antworten? Dass ich eigentlich eine Frau in einem Männerkörper bin? Und nicht in diese Zeit gehörte? Dann würde sie mich in das hiesige Irrenhaus einweisen lassen, und man konnte sich ausmalen, dass diese Einrichtungen in jener Zeit nicht gerade heimelig waren. So plapperte ich drauflos: «Ich bin doch viel zu jung für Sie.»

Zu jung für die Queen ? – Mein Gott, was redete mein Mund denn da? Man durfte doch vor der Queen nicht deren Alter erwähnen!

Ich wollte aufhören, diesen Wahnsinn zu plappern. Aber ich konnte ihn nicht stoppen, mein Mund schien nicht mit meinem Bewusstsein verbunden zu sein. Auch meinem Körper konnte ich keinerlei Befehle geben: Ich wollte weglaufen, aber er gehorchte mir nicht, ich spürte ihn noch nicht einmal. Es war, als ob ein Geist von mir Besitz ergriffen hätte. Ja, dies musste es sein, ich war von einem Geist besessen!

Die Queen sah mich finster an.

«Ähem ... ich meine, das liegt natürlich an mir ... nicht an Ihnen ...», stotterte ich eingeschüchtert.

«Nicht an mir?», hakte sie nach.

«Nein, natürlich nicht ... so alt sehen Sie ja auch gar nicht aus.»

«Nicht soo alt?»

Um Himmels willen, wollte mich der Geist auf das Schafott führen?

Die Queen sah mich kühl an. Schweiß trat mir auf die Stirn, nervös plapperte ich weiter: «Sie sind überhaupt nicht alt, höchstens fünfundfünfzig ... oder so ...»

«Ich bin einundfünfzig», erwiderte die Queen frostig.

Jetzt war es Gewissheit, dieser Geist wollte mich umbringen.

«Ähem ... ja, natürlich ... ich wusste gleich, Sie sehen keinen Tag älter als einundfünfzig aus ...»

«Ich sehe also nicht jünger aus, als ich bin?», grillte die

Queen mich weiter. Der Schweiß tropfte mir inzwischen von der Stirn.

«Vielleicht sollte ich lieber schweigen ...?», bot ich an.

«Eine weise Entscheidung», befand die Queen.

«Eine sehr weise Entscheidung, Geist», stimmte ich zu, aber das hörte niemand, ich konnte ja nicht mehr laut reden, nur denken.

«Folgen Sie mir jetzt», befahl die Queen. Ich sah hilflos zu, wie mein besessener Körper der Queen durch eine Tür hinter dem Thron in einen Gang folgte, der in den privaten Trakt des Palastes führte.

Mein Gott, was konnte der Geist dort alles anstellen, um mich ins Verderben zu führen?

18

«Wir beide werden nie, nie, nie wieder über das Alter reden», befahl die Queen, als wir durch einen holzvertäfelten, völlig unglamourösen Gang gingen. Im nicht repräsentativen Teil des Palastes ging es schmucklos zu. An den Wänden hingen Fackeln, einige von ihnen brannten, denn es gab nicht genug Fenster, durch die Tageslicht hereinströmen konnte. Da entdeckte ich einen Spiegel und hielt davor an, extrem neugierig, wie ich als Shakespeare aussehe. Ich sah einen dunkelhaarigen Mann Ende zwanzig mit einem recht attraktiven Gesicht – er hatte sicherlich einen Schlag beim anderen Geschlecht. Er hatte auch sehr traurige Augen, die bei Frauen in der Regel den Beschützerinstinkt auslösten. Ich selber besaß ja auch traurige Augen, das hatte jedenfalls Jan früher oft zu mir gesagt. Vielleicht war es ja meine unsterbliche Seele, die traurig von Leben zu Leben wanderte. War ich etwa in der Vergangenheit gelandet, um den Kreislauf meiner Traurigkeit zu durchbrechen?

«Wir haben keine Zeit für Eitelkeit», mahnte die Queen und legte noch einen Zahn zu. Sie war verdammt schnell, trotz ihres Korsagenkleids, das ungefähr so schwer sein musste wie ein Kleinlaster.

«Sie sind mit der Lage in Irland vertraut?», fragte sie mich, während ich mich bemühte, Schritt zu halten. Die Lage in Irland? Von der wusste ich ja schon in meiner eigenen Zeit nichts. «Hmm», antwortete ich daher. Undefiniert vor mich hin zu murmeln, schien mir in dieser Situation das Klügste zu sein.

«Die katholischen Iren rebellieren und stehen dank der Hilfe der Spanier kurz vor dem Sieg. Gewinnen die Iren, werden die Spanier davon ermuntert, England anzugreifen. Und diesen Krieg werden wir nicht gewinnen können. Wissen Sie, was das bedeutet?»

«Hmm.» Ich hatte keinen blassen Schimmer.

«Die Spanier werden mich hinrichten.»

«Hmm.»

«Das klingt nicht so, als ob Sie das bedauern würden.» Die Queen sah erneut wenig erfreut aus.

«Oh … ich meine … doch … doch … das würde mir wirklich unglaublich leidtun …»

«Schön, dass Ihnen mein Wohl doch etwas bedeutet», sagte die Queen mit sarkastischem Unterton und hielt vor einer Tür. «Mein Schlafgemach.»

Was hatte sie mit mir vor, wenn sie mich nicht verführen wollte? Die Queen öffnete die Tür, und wir betraten einen großen Raum, in dem ein riesiges, mit einem Baldachin über-dachtes Bett stand, das mit leicht durchsichtigen Vorhängen drapiert war. Durch diese Vorhänge hindurch war schemen-haft ein Mann zu erkennen, der auf dem Bett lag und vor sich hin schnarchte.

«Und das hier ist das Problem», sagte die Queen.

Ein Mann im Bett? Nun, das war ein Problem, das so ei-nige Frauen teilten.

«Dies ist der Earl of Essex», erklärte die Herrscherin, «und er sollte eigentlich zu diesem Zeitpunkt unsere Armee in dem Krieg gegen die Iren anführen.»

Ich sah einen Krug mit Rotwein neben dem Bett liegen und kombinierte: «Aber er ist zu besoffen, um den Weg nach Irland zu finden?»

«Zurzeit findet er nicht mal den Weg aus einem Bett. Und damit ihn niemand am Hofe in diesem Zustand sieht, liegt er hier in meinem Gemach.»

«Warum trinkt er denn?», fragte ich.

«Er ist unglücklich verliebt.»

«In Sie?», wollte ich von der Queen wissen.

«Nein», erwiderte sie, und in ihrer Stimme war ein leiser Unterton des Bedauerns zu hören. Anscheinend hegte sie Gefühle für ihn.

Elisabeth schien zu erraten, was ich dachte, und fragte streng: «Sie glauben doch nicht etwa, ich hätte Gefühle für einen Mann?»

Ich betete, dass der Geist darauf nicht antworten würde: Bitte, bitte, Geist, halte deinen Mund … ich meine: meinen Mund!

«Nein … nein … das glaube ich nicht», erwiderte ich nervös. «… Sie sind die Königin …»

«Genau.»

«Und als solche sind Männer Ihnen egal …»

«Exakt», bestätigte sie.

«Gut so, Geist», stieß ich erleichtert aus.

Ich legte noch nach: «Garantiert sind Sie noch Jungfrau …»

«Sehe ich aus wie eine alte Jungfer?», fragte die Queen beleidigt.

Oh, mein Gott!

«Ähem … nein … nein … Sie sehen ganz und gar nicht wie eine alte Jungfer aus … bestimmt hatten Sie schon ganz viele Männer …», stammelte ich.

«Arrghhhh!!!!!!!!»

«Sie glauben also, ich hätte unverheiratet meine Unschuld weggegeben?», wollte sie nun inquisitorisch wissen.

Mein Gott, hier konnte ja alles, was man sagte, gegen einen verwendet werden!

Diese Unterhaltung begann mich zu nerven: «Hören Sie, mir ist es ehrlich gesagt völlig egal, ob Sie mit Männern geschlafen haben oder nicht! Ich dachte, wir reden über den ollen Earl of Essig?»

Die Queen war überrascht von meinem Ausbruch, versuchte, es sich aber nicht anmerken zu lassen.

«Earl of Essex …», korrigierte sie mich bemüht kühl.

«In wen ist dieser Mann denn so unglücklich verliebt?»

«In die Gräfin Maria von Warwickshire.»

«Ist sie verheiratet?»

«Nein, aber sie will sieben Jahre keinen einzigen Mann mehr ansehen.»

Es gab Frauen, die so etwas gut nachvollziehen konnten.

«Warum denn ausgerechnet sieben Jahre?», wunderte ich mich dann aber doch.

«Weil sie dann ihre Trauerphase beendet haben wird. Ihr Bruder ist verstorben, und das hat ihr das Herz gebrochen. Erst danach möchte Maria wieder ins Leben treten.»

Mann, die Menschen in dieser Zeit hatten anscheinend nicht nur ein Faible für derbe Schimpfworte, sondern auch einen Hang zur Theatralik.

«Sie, lieber Shakespeare, werden Essex mit Ihrem wunderbaren Gespür für Sprache helfen. Schreiben Sie für ihn Liebesbriefe. Schreiben Sie für ihn Liebesgedichte. Schreiben Sie für ihn Liebeslieder … Machen Sie, was Ihnen einfällt, wichtig ist nur, dass Sie ihm helfen, Marias Herz zu erobern.»

«Damit er dann glücklich verliebt die Iren abschlachtet.»

«Exakt. Muss ich noch erwähnen, was mit Ihnen passieren wird, wenn Sie versagen?», fragte die Queen.

Ich erinnerte mich an den Henker und erwiderte: «Nein danke, mein Magen ist schon flau.»

Die Queen nickte, ging zum Bett und schob nun den seidenen Vorhang beiseite: «Darf ich vorstellen, der Earl of Essex.»

Bei dem Anblick des vor sich hin schnarchenden Mannes bekam ich Atemnot. Mir wurde schwindelig. Und das nicht, weil er so viel Alkohol ausdünstete, dass man damit Schlachtvieh hätte betäuben können. Nein, mir wurde aus einem ganz anderen Grund schummerig: Der Earl sah fast genauso aus wie Jan.

19

Die Ähnlichkeit mit Jan war wirklich verblüffend, nur die Haare des Earls waren schulterlang wie die von einem Beatle in der Drogen-Experimentier-Phase. Aber das Irritierendste, das Verblüffendste, das Aufwühlendste war: Er sah so aus wie Jan an dem Tag, an dem wir uns kennengelernt hatten. An dem wir uns verliebt hatten. An dem wir uns zum ersten Mal geküsst hatten. Und an dem unser erstes Mal war.

Nachdem ich Jan das Leben gerettet hatte, lud er mich noch im Boot der Rettungswache zu einer kleinen zwanglosen Strandparty für den gleichen Abend ein. Ich solle doch einfach in das Haus seiner Eltern in Kampen kommen.

Ich war unglaublich aufgeregt, als ich mich in Holgis Zelt für die Party umzog, daher bat ich meinen Kumpel, dass er mich in das Land der Reichen nach Kampen begleitet. Doch er wollte nicht, weil er einen netten spanischen Aushilfskellner im Restaurant ‹Mariachi› kennengelernt hatte, der – laut Holgi – beeindruckende Kastagnetten hatte.

Ich zog mir ein Top, ein paar Sandalen und meine beste kurze Hose an und fuhr also ganz alleine nach Kampen. Das Haus von Jans Eltern war groß und sehr schön. Mit dem Geld, das es gekostet hatte, konnte man sicherlich den ein oder anderen afrikanischen Staat entschulden. Sofort nach meiner Ankunft stellte ich fest, dass die Leute auf der Feier unter ‹zwanglos› etwas anderes zu verstehen schienen als ich. Während ich in meinen besten Alltagsklamotten dastand, trugen die Frauen edle Designer-Sommerkleider und die Männer teure Marken-Shirts. Ich hatte mich nur einmal in meinem Leben so deplatziert gefühlt. Damals, als ich nackt im Linienbus saß. Und das hatte ich glücklicherweise nur geträumt.

Die Strandparty aber war leider real. Ich wollte eigentlich

sofort abhauen, doch da begrüßte mich Jan: «Da ist ja meine Lebensretterin.»

Er führte mich auf die Terrasse, die direkt zum Strand führte, und verköstigte mich mit Champagner und gegrillten Edel-Scampis. Dinge, an die man sich durchaus gewöhnen konnte. Seine Freunde blickten mich zwar etwas pikiert an, als ich nach Ketchup fragte, aber im Großen und Ganzen waren sie mir gegenüber nicht überheblich, denn ich hatte ja ihren Freund vor dem Ertrinken bewahrt. Olivia, die damals schon wie die perfekte Frau für Jan aussah, bedankte sich ganz herzlich und erklärte: «Du hast einem ganz besonderen Mann das Leben gerettet.»

Als Konkurrenz nahm sie mich in diesem Augenblick nicht wahr, es kam ihr gar nicht in den Sinn, dass jemand wie Jan sich für jemanden wie mich interessieren könnte. Auch ich hielt dies zu diesem Zeitpunkt für unwahrscheinlich.

Der DJ eröffnete die Tanzfläche, spielte ‹Time of my life› aus dem Film ‹Dirty Dancing›, und ich hatte durchaus Lust zu tanzen, um ein bisschen von meiner Anspannung abzubauen. Aber leider musste ich feststellen, dass alle im Paartanz tanzten. Jan und Olivia machten dabei eine besonders elegante Figur, sie hätten locker bei einem Turnier starten können. Ich hätte so gerne an Olivias Stelle in Jans Armen gelegen, doch ich beherrschte nicht mal den Disco-Fox. In meiner Jugend hatte ich bereits nach der zweiten Stunde meinen Tanzkurs abgebrochen, da ich feststellen musste, dass die Jungs, wenn es zur Damenwahl kam, bei mir ähnliche Fluchttendenzen entwickelten wie Japaner, wenn Godzilla Tokio besuchte.

«Magst du nicht tanzen, Lebensretterin?», fragte mich Jan, als der Song zu Ende war.

«Och, ich stehe nicht so auf ‹Dirty Dancing›», flunkerte ich. Ich wollte mir nicht die Blöße geben, ihm zu sagen, dass ich mich nicht nur nicht so gut kleiden konnte wie seine Freunde, sondern auch beim Standardtanz eine Null war.

«Worauf stehst du denn dann?», fragte Jan. Ich sah in seine wunderschönen grünen Augen und hätte am liebsten ‹Dirty Kissing› geantwortet.

Stattdessen sah ich, wie Olivia schon leicht irritiert zu uns rüberblickte, und ich hatte nur einen Wunsch: hier abzuhauen. Am besten mit Jan.

«Ich hätte Lust auf einen kleinen Spaziergang», antwortete ich. Zu meiner Überraschung überlegte Jan nicht lange und sagte: «Großartig. Let's go.» Und bei ihm klang «Let's go» nicht albern, wie bei den meisten Männern, sondern elegant und weltmännisch. Es war kaum zu glauben: Er verließ tatsächlich für mich seine eigene Party! Wir gingen am Meer entlang, und der Mond schien, als ob er sich mal so richtig Mühe geben wollte zu zeigen, wie kitschig er sein konnte. Die Sterne funkelten zu Hunderten dazu. Ein Anblick, den man als Stadtkind eigentlich nie genoss.

Jan und ich unterhielten uns glänzend und sprachen dabei sogar über peinliche Erlebnisse: Er erzählte mir, wie er an seinem englischen Internat mal in einen Busch pinkeln musste und der Internatsleiter vorbeikam, der so viel Spaß verstand wie Severus Snape. Ich wiederum berichtete, wie ich während meines Referendariats bei einem Wandertag mit Grundschülern in einen Busch pinkeln musste und einer der kleinen Jungs ausrief: «Mit meinem neuen Handy kann man sogar fotografieren.»

Jan bereitete es richtig Freude, mit mir zu reden. Er hatte, wie er anmerkte, noch nie mit jemandem über solche Dinge geredet. Geschweige denn mit jemandem über so peinliche Erlebnisse lachen können. Je mehr wir lachten, desto weniger spielte unsere unterschiedliche Herkunft eine Rolle. Als wir uns an den Strand in den Sand setzten, sahen wir einen kleinen Delphin vorbeischwimmen, ein romantisches Bild, das es ohne die Klimakatastrophe vor Sylt wohl nie gegeben hätte. Wir betrachteten das fröhlich in den Wellen auf und ab hüpfende Tier und sahen uns gegenseitig gerührt an. Er umarmte mich sanft. Dann küsste er mich. Von diesem Augenblick an gab es für mich kein Zurück mehr: Ich war rettungslos verliebt. Und er war es auch.

Jetzt lag ein Mann, der fast genauso aussah wie Jan damals, direkt vor mir im Bett der Queen. Mit zitternder Hand näherte ich mich seiner Wange, um mich zu vergewissern, dass das alles kein Trugbild war, ich berührte ihn ... und zuckte gleich wieder erschrocken zurück. Der Mann vor mir war echt, aus Fleisch und Blut. Ich näherte mich ihm erneut, streichelte ihm sanft die Wange, und mich durchströmte das gleiche wohlige Kribbeln wie damals.

Ich hatte noch nie einem Mann die Wange gestreichelt!!!!
   «Lieben Sie Männer?», fragte die Queen erstaunt.
   Oh, mein Gott, wollte der Geist auch noch meinen Ruf ruinieren?

«Nein ... nein ... ich liebe keine Männer», beteuerte ich und nahm meine Hand von der Wange des Earls.

Wenigstens war es kein männerliebender Geist. Eine Kleinigkeit, für die man dankbar sein durfte.

«Es ist sehr weise, die Männer nicht zu lieben», erwiderte die Königin melancholisch.
   Da hatte sie wohl schlechte Erfahrungen gemacht.

Schließlich hatte sie noch eine Warnung für mich: «Lieber Shakespeare, da gibt es noch etwas, was Ihnen das Leben schwermachen könnte.»

«Und was ist das?»

«Es gibt Spione der spanischen Krone am Hofe, die ein großes Interesse daran haben, Essex zu töten. Sein Leben ist in steter Gefahr und damit jetzt auch das Ihre.»

Hätte ich doch bloß nicht nachgefragt.

«Retten Sie England!», forderte die Queen mich auf und verließ das Schlafgemach. Ich war viel zu aufgewühlt, um mich von ihr zu verabschieden. Ich konnte meinen Blick einfach nicht von Jan, … ich meine dem Earl, wenden. Grunzend wachte er auf, öffnete die Augen und hatte sichtlich Schwierigkeiten, seinen Blick zu fokussieren. Es dauerte eine Weile, bis er anfing zu sprechen: «Wo … wo bin ich?»

Mein Gott, er hatte auch noch die gleiche Stimme wie Jan.

«Sie sind im Schlafgemach der Queen», antwortete ich und versuchte mir nichts anmerken zu lassen. Nicht, dass er Ähnlichkeit mit meinem Ex hatte, und auch nicht, dass ich eigentlich weder in dieses Schlafgemach, noch in diese Zeit, geschweige denn in diesen Körper gehörte.

«Habe ich etwa mit der alten Schachtel …?», fragte er.

«Nein, das haben Sie nicht.»

«Gut», antwortete er und wirkte schwer erleichtert. Dass die Queen über seine Erleichterung nicht begeistert sein würde, behielt ich für mich.

«Wer sind Sie?», fragte er mich nun.

Das war ja mittlerweile keine so einfach zu beantwortende Frage. Nach einer Weile des Grübelns entschied ich mich für die simple Antwort: «Ich … bin William Shakespeare.»

«Bist du nicht!», schrie ich verzweifelt.

«Warum sind Sie hier?», wollte der Earl wissen. «Sind Sie ein Liebhaber der Queen?»

«Nein, das bin ich nicht.»

«Dann haben wir ja beide Glück gehabt», erwiderte er und räkelte sich. Er räkelte sich auch noch genauso wie Jan!

«Was machen Sie hier?», fragte er mich.

«Ich soll Ihnen helfen, Maria zu erobern.»

«Maria», seufzte er verliebt. Seine grünen Augen blickten sehnsüchtig in die Ferne. Und ich spürte tatsächlich einen Hauch von Eifersucht. Das war doch völlig absurd. Dieser Mann war nicht Jan!

«Maria ist die Liebe meines Lebens», schmachtete er.

«Meiner Erfahrung nach dauert die Liebe des Lebens nicht das ganze Leben», erwiderte ich traurig.

«Dann wissen Sie nicht, was wahre Liebe ist», erwiderte er abfällig.

«Das ... das kann sein», schluckte ich, laut Prospero war es ja meine Aufgabe, genau das in der Vergangenheit herauszufinden.

«Ich weiß nicht, wie Sie mir mit Ihrem mangelnden Wissen behilflich sein können, Shakespeare.»

«Ich ehrlich gesagt auch nicht», antwortete ich daraufhin matt und hockte mich auf das Bett der Queen. Die Federung war ganz schön hart, kein Wunder, dass sie so schlechte Laune hatte. Auf so einem Bett zu schlafen, musste die Hölle sein.

«Sie sind doch Dichter?», fragte Essex nach einer Weile des Schweigens unvermittelt.

«Nein, ich bin der Dichter!», rief ich.

«Ich habe Maria auch ein Gedicht geschrieben», erklärte Essex. Bevor ich etwas erwidern konnte, begann er es auch schon zu rezitieren: «Oh, Maria, wenn ich dich nicht sehe, dann ist mir wehe, oh, Maria, ich wär so gern bei dia …»

Der Earl war jedenfalls kein Dichter.

«Oh, Maria, nach dir hab ich Giar …»

Er sollte lieber Irland schänden als unsere schöne Sprache.

«Wie finden Sie es?», fragte Essex mich unsicher und merkte, dass sich meine Begeisterung in Grenzen hielt. Daher sagte er, ohne die Antwort abzuwarten: «Ich weiß … ich weiß … ich bin kein Dichter. Aber in diesen verrückten Zeiten muss man den Frauen ja leider mit Worten den Hof machen. Nicht mit Taten. Dabei liegen meine Talente woanders: Ich bin mutig, ich bin stark, ich bin ein guter Liebhaber …»

«Männer die behaupten, sie seien gute Liebhaber, sind in der Regel keine guten Liebhaber», widersprach ich.

«Woher wollen Sie das denn wissen?», fragte er mich.

«Ich … ähem … weiß das eher theoretisch», erwiderte ich.

Essex hockte sich neben mich auf das Bett, er saß nun ganz nahe bei mir, und diese Nähe elektrisierte mich wie einst bei Jan.

«Könnten Sie für mich mit Maria reden?», fragte Essex. «Für mich bei ihr werben. Vielleicht wird ein Herr mit Ihrer gewandten Sprache dafür sorgen können, dass Maria ihr Gelübde bricht. Vielleicht können Sie sogar ihr Herz für mich gewinnen.»

Er blickte mich flehentlich an, sein ganzes Leben schien davon abzuhängen, diese Frau für sich zu erobern. Das gefiel mir ganz und gar nicht. Ich hatte in diesem Moment tatsächlich Gefühle der Eifersucht.

«Ich werde sehen, was ich für Sie tun kann», erwiderte ich ausweichend.

Hoffnung blitzte in seinen Augen auf. Er umarmte mich und sagte: «Sie sind ein guter Freund, Shakespeare.»

Die Umarmung wühlte mich auf, ich fühlte mich fast genauso wie damals bei unserem ersten Abend am Meer. Ich konnte kaum einen Unterschied mehr machen zwischen Jan und diesem Mann!

Durcheinander, aufgewühlt, fast panisch löste ich mich aus der Umarmung mit dem Earl. Das fehlte mir noch, in der Vergangenheit zu sein und mich auch noch zu verlieben!

Ich eilte aus dem Schlafgemach. Der verblüffte Earl lief mir hinterher, bekräftigte nochmal, dass ich wahrlich seine einzige Hoffnung sei, Maria doch noch zu erobern. Er gab mir ein Medaillon, in dessen Innerem ich ein Bild seiner Angebeteten finden würde, damit ich sie auch erkennen würde. Ich ließ Essex stehen, rannte den Gang hinunter, lehnte mich hinter der nächsten Biegung an eine Wand und versuchte einen klaren Gedanken zu fassen: Ich hoffte inständig, dass dieser Doppelgänger von Jan nichts mit meiner Aufgabe zu tun hatte, herauszufinden, was die wahre Liebe ist.

Aber natürlich war mir klar, dass dies der Fall war.

Irgendwie.

Und dann stellte ich fest, dass ich noch ein ganz anderes Problem hatte: Ich musste Pipi!

20

Diese Ich-bin-in-einem-anderen-Körper-Problematik bekam dadurch plötzlich eine völlig neue Dimension. Hastig schmiedete ich einen Plan, wie ich mit dieser doch etwas delikaten Situation umgehen konnte: Ich würde mich einfach, solange es irgendwie ging, zurückhalten. Vielleicht konnte ich in den nächsten fünfzehn Minuten herausfinden, was die wahre Liebe ist, und wieder in der Gegenwart aufwachen. Dann hätte sich das Pipi-Problem ganz von allein gelöst. Doch ich hatte einen ziemlichen Druck auf der Blase, der sich bei Männern interessanterweise genauso anfühlte wie bei Frauen.

Ich trippelte unruhig auf und ab. Als ich dabei aus einem Fenster in den Hof blickte und dort einen fröhlich vor sich hin plätschernden Springbrunnen sah, wurde mir klar: Ich würde keine fünfzehn Minuten mehr aushalten. Wollte ich mir nicht in die Hose machen, musste ich also eine Toilette finden. Wie ich dann dort als Mann Pipi machen sollte, würde ich mir überlegen, wenn es so weit war.

Daher fragte ich eine ältere, mit einem breiten Rüschenkleid und übertriebener Schminke aufgetakelte Hofdame, die mir entgegenkam: «Entschuldigen Sie bitte, wo ist denn hier das WC?»

«WC?», fragte sie irritiert.

«Toilette», erklärte ich.

«Toilette?», fragte sie.

«KLOOOHOO!»

«Jedes Gemach hat eins», erwiderte die Frau pikiert und ging weiter. Ich hatte auf allgemein zugängliche Toiletten gehofft. Aber egal, ich hatte keine andere Wahl. Ich öffnete die nächste Zimmertür, und es war dankenswerterweise leer. Eigentlich stand darin nur ein edler Schreibtisch mit einem noch edleren Stuhl davor, anscheinend handelte es sich um eine Art Arbeitszimmer. Auf den ersten Blick war kein Klo zu sehen. Aber da war eine mit Leder verkleidete Holztür. Hinter der, so vermutete ich, könnte sich die Toilette befinden.

Ich ging hin, öffnete schwungvoll die Tür, und tatsächlich: Da war ein mittelalterliches Klo – eine große Edelholzkiste mit einem mit Kissen umpolsterten Loch, auf das man sich setzen konnte. Ich hätte hier also durchaus pinkeln können.

Schade eigentlich, dass die Queen bereits dort saß.

Sie war mitten bei einem königlichen Geschäft.

Sie sah mich.

Und sie war not amused.

Wahrlich, auf diesen Anblick hätte ich gerne verzichtet.

Die Queen sah mich extrem frostig an, die Raumtemperatur sank dadurch spürbar um mehrere Grad.

«Ähem ... dann ist hier wohl schon besetzt?», versuchte ich ein bisschen das Eis zu brechen.

Die Augen der Queen verengten sich zu einem Schlitz, und ich begann zu zittern.

«Es ist nicht so, wie Sie denken ...», versuchte ich zu beschwichtigen.

«Ich sitze also nicht vor Ihnen auf dem Donnerbalken?», fragte die Queen frostig.

«Okay, es ist doch so, wie Sie denken», musste ich eingestehen.

«Seien Sie heilfroh, dass ich Sie noch benötige, um England zu retten», erklärte sie mit einer Henkersbeilstimme. «Und jetzt verschwinden Sie, so schnell Sie können.»

«Schon unterwegs!», antwortete ich, knallte die Tür wieder zu und rannte so schnell wie möglich aus dem Gemach zurück auf den Gang.

Ich wusste genau: Der Anblick der Königin auf dem Donnerbalken würde mich gewiss bis an mein Lebensende verfolgen.

Als ich stehen blieb, realisierte ich: Vor lauter Schreck musste ich noch viel dringender! Mein Blick fiel durch ein Fenster in den Palastgarten, und mir fiel ein, dass wir Frauen doch immer recht neidisch waren auf die Männer, die einfach so in einen Busch pinkeln konnten. Daher beschloss ich, in den Garten zu gehen, um genau dies zu tun. Draußen angekommen, sah ich als Erstes wieder den Springbrunnen, der mein Problem durch sein Plätschern nur noch dringender machte. Ich rannte in das nächste Gebüsch und überlegte, wie ich nun mit der Situation umgehen sollte: Ich beschloss, die Strumpfhose runterzuziehen, nichts da unten anzufassen und auch nicht hinzusehen. Damit alles freihändig vonstattenging, ohne dass ich mich dabei selbst mit dem Strahl treffen würde, beugte ich mich etwas vornüber.

Der Geist war recht umständlich beim Wasserlassen.

Ich erleichterte mich und hörte plötzlich ein Bellen aus der Ferne.

Die Wachhunde der Königin!!!

Es schienen irgendwelche Hunde zu sein.

Wenn der Geist jetzt nicht geschwind die Hose hochzog und wegrannte, dann würden die Hunde mich so ins Gemächt bei-

ßen, dass ich in Zukunft in unserem Theater nur noch Frauen-rollen spielen konnte!

Die Hunde schienen näher zu kommen. Ich zog die Strumpf-hose wieder hoch.

«Renn!», schrie ich dem Geist zu, aber er hörte mich einfach nicht.

Ich konnte die Hunde nun sehen, es waren zwei Dobermän-ner, sie hatten Ähnlichkeit mit Zeus und Apollo aus der Se-rie ‹Magnum›, nur wirkten die hier noch weniger kuschelig. Plötzlich hörte ich von irgendwo eine Stimme rufen:
    «Rennnnnnnnn!!!»
    Ich fand, dass dies eine ziemlich gute Idee war, wer immer auch gerufen hatte, und sprintete los, durch die Büsche, auf die schön angelegten Kieswege …

Ich war verblüfft, der Geist rannte los. Hatte er mich etwa ge-hört?

Ich rannte und rannte, die Hunde hetzten hinter mir her, und sie holten auf. Schnell.
    «Schneller!!!!!!», rief ich.
    Auch das war eine ziemlich gute Idee. Ich lief noch schnel-ler.

Der Geist konnte mich verstehen! Mein Geschrei hatte ihn dazu gebracht, mich zu hören.

Egal, wie schnell ich auch lief, und auch, wenn mein Shake-speare-Körper deutlich athletischer war als mein Rosa-Körper (was ja auch nicht sonderlich schwer war), solchen Hunden konnte auch er kaum entkommen. Die Biester waren nur noch wenige Meter entfernt, ich sah, wie sie die Zähne fletschten, und ich konnte in ihren Augen so etwas wie Vorfreude auf ein leckeres Mahl erkennen. Vor lauter Panik nahm ich schon gar nichts mehr richtig wahr, da hörte ich die Stimme rufen:

«*Klettere auf die Mauer!*»

Aus den Augenwinkeln sah ich eine Mauer, lief darauf zu, stolperte und fiel der Länge nach hin.

«*Trottel!*»

Die Hunde waren schon so gut wie bei mir, gleich würde ich zu Chappi werden, doch dankenswerterweise durchströmt den menschlichen Körper in solchen Situationen Adrenalin. Gerade als der schlechte Atem der Hunde um meine Nase wehte (womit wurden die eigentlich gefüttert, mit Tsatsiki?), sprang ich mit letzter Kraft auf und rannte weiter Richtung Mauer. Die Hunde kläfften wie irre und schnappten nach mir. Der eine, etwas größere Hund biss in den Ärmel meines Ballonhemdes, erwischte aber nur den Stoff, nicht meinen Arm.

Gleich würden die Hunde meinen Körper zerfleischen. Womit hatte ich das nur verdient? Eingestanden, ich wusste genau, womit ich das verdient hatte. Hatte ich mir doch große Schuld aufgeladen. Daher kam mir ein ebenso naheliegender wie furchterregender Gedanke: Handelte es sich bei dem Geist etwa um einen Rachegeist?

Keuchend erreichte ich die Mauer. Ich kletterte sie hastig hoch, eine Leistung, die mein Rosa-Körper nicht mal unter Aufbietung sämtlicher körpereigener Drogen geschafft hätte. Ich wälzte mich darüber und ließ mich auf der anderen Seite herunterfallen. Dort plumpste ich auf einen weichen Rasen und hörte, wie die um ihre Mahlzeit gebrachten Hunde frustriert jaulten. Ich atmete schwer und wischte mir den Schweiß von der Stirn.

«Kannst du mich verstehen, Geist?», fragte ich und versuchte, mir meine Angst, dass es sich um einen schrecklichen Rachegeist handeln würde, nicht anmerken zu lassen.
Ich sah mich erschrocken um, aber niemand war zu sehen.
«Ich bin hier drinnen, Geist.»
Die Stimme kam tatsächlich aus meinem Inneren. Und ich fragte sie: «Wer bist du?»
«Wer wohl ... ich bin William Shakespeare.»

21

Ich war also nicht nur in Shakespeares Körper, ich befand mich auch noch mit Shakespeare in Shakespeares Körper. Das wurde ja immer schöner. Der einzige leise Trost war, dass ich nicht mit Kafka in Kafkas Körper war.
«Gib meinen Körper frei, Geist!»
Shakespeare hielt mich für einen Geist? Na ja, das war wohl für ihn logisch, in seiner Zeit war man abergläubisch, und er hatte ja auch nicht wie ich ein unfreiwilliges Rückführungsseminar bei Prospero belegt. Überraschend war nur, dass das Ganze hier kein simpler Hypnosetrip war, bei dem im Hirn irgendwelche brachliegenden Regionen stimuliert und geweckt wurden, mit deren Hilfe man sich an ein früheres Leben einfach nur erinnern konnte. Diese Rückführung funktionierte anders, wie eine echte Zeitreise. Das hatte also Prospero damit gemeint, dass die Shinyen-Mönche her-

ausgefunden hatten, wie man das Bewusstsein auf eine Reise in die Vergangenheit schicken kann. Wenn ich jemals auf diese Mönche treffen sollte, dann würde ich denen mal gehörig in ihre Klangschalen treten.

«Hast du mich gehört, Geist?»

«Sie sind ja laut genug», antwortete ich in Gedanken. Ich schwenkte vom ‹Du› auf ein ehrfürchtigeres ‹Sie› um, schließlich redete ich hier mit Shakespeare.

«Geist? Ich habe dich was gefragt.»

Er hatte mich nicht gehört. Das bedeutete: Ich konnte ihn zwar in Gedanken reden hören, aber wenn ich das Gleiche tat, verstand Shakespeare mich nicht. Anscheinend klappte es nur, wenn ich es laut sagte: «Ja, ich kann Sie hören.»

«Bist du ... bist du ein Rachegeist?»

«Nein ... das bin ich nicht.»

«Schwörst du es?»

Ich wollte Shakespeare etwas die Furcht nehmen und erklärte daher: «Ich schwöre es bei allem, was mir heilig ist.»

«Dem Himmel sei Dank ...!»

«Mein Name ist Rosa», stellte ich mich vor.

«Du bist also eine Frau?»

«Nein, ein Königspudel!», sagte ich genervt «... Natürlich bin ich eine Frau.»

«Du bist schnippisch, also bist du wirklich eine Frau. Das erklärt auch deine unorthodoxe Weise, Wasser zu lassen.»

«Ich denke, ich werde in der nächsten Zeit lieber erst mal ganz wenig trinken, um solche Situationen zu vermeiden», antwortete ich.

«Was soll das heißen ... du ... du ... du willst meinen Körper nicht verlassen?»

«Tut mir leid, ich kann es nicht», gestand ich ihm.

«Du kannst es nicht?!? Was soll das heißen?»

«Glauben Sie mir, wenn ich es könnte, würde ich es sofort tun. Aber der Mann, der mich hierhergesandt hat ...»

«Was für ein Mann?», unterbrach ich sie.

«Nun ... ähem ... das war so eine Art Zauberer ...»

«Dann müssen wir sofort zu diesem Zauberer eilen!»

«Er ... er lebt viel zu weit entfernt, um ihn aufzusuchen», erklärte ich bedauernd. Dass es sich bei der Entfernung weniger um eine räumliche als um eine zeitliche handelte, behielt ich erst mal für mich. Bevor Shakespeare etwas erwidern konnte, trat ein junger, sehr groß gewachsener Soldat hinzu und fragte mich barsch: «Heda, was machst du hier?»

Ich schaute zu ihm hoch und antwortete wahrheitsgemäß: «Die Antwort darauf ist ziemlich komplex.»

«Bist du etwa ein spanischer Spion, der einen Anschlag plant?», wollte der Soldat wissen und legte die Hand an sein Schwert, bereit, es aus der Scheide zu ziehen. Diese Leute begannen mir mit ihrer latenten Gewaltbereitschaft auf den Wecker zu gehen, und so erwiderte ich mit leicht genervtem Unterton: «Welcher spanische Spion, der einen Anschlag plant, würde auf so eine Frage mit ‹Ja, ich bin ein spanischer Spion, der einen Anschlag plant› antworten?»

Der Soldat blickte nun sehr beleidigt drein und zog sein Schwert.

«Geist, du hast einen Hang dazu, mich in Schwierigkeiten zu bringen.»

«Halten Sie bitte den Mund», blaffte ich zurück. Der Soldat, der Shakespeare ja nicht hören konnte, antwortete verblüfft: «Ich ... ich hab doch gar nichts gesagt.»

«Ich hab auch nicht mit dir geredet ...», erklärte ich ihm, worauf der Soldat sich umblickte und irritiert feststellte: «Hier ist aber sonst niemand.»

Er fühlte sich sichtlich von mir veralbert, legte daher das

Schwert an meine Kehle, und ich merkte in diesem Augenblick auch noch, dass ich einen Adamsapfel besaß.

«Ich, ähem ... ich hab mit mir selbst geredet», stammelte ich nun.

«Mit dir selbst?» Der Soldat war erstaunt.

«Ich habe mich getadelt, weil ich so frech zu dir war», flunkerte ich, «und nicht mit dem gebührenden Respekt einem Mann begegnet bin, der so tapfer und so ehrenvoll für seine Königin kämpft wie du.»

Der Soldat war jetzt sehr geschmeichelt, und Shakespeare lobte mich dafür:

«Das war nicht völlig verblödet, Geist.»

«Danke», antwortete ich, worauf der Soldat erneut irritiert feststellte: «Ich hab doch wieder nichts gesagt ...?»

Hastig erwiderte ich: «Aber ich hab Verständnis in deinen Augen gesehen.» Der Soldat nickte zustimmend, dann rief er «Lang lebe die Königin!» und ging davon. Ich atmete durch. Allerdings nur kurz, denn Shakespeare fragte:

«Und was machen wir jetzt?», begehrte ich ungeduldig zu wissen.

Ich überlegte krampfhaft: Ich musste irgendwie aus diesem Schlamassel herauskommen. Das ging nur, wenn ich herausfinden würde, was es mit der wahren Liebe auf sich hat. Und die einzige Spur, die ich bislang hatte, war die Tatsache, dass der Earl so aussah wie Jan.

«Hast du auch endlich eine Antwort auf meine Frage, Geist?»

«Nennen Sie mich nicht immer ‹Geist›. Ich heiße Rosa!», erwiderte ich gereizt. Woraufhin eine schneidende Stimme hinter mir überrascht fragte: «Sie heißen Rosa?»

Ich drehte mich um und sah nun Halskrause Walsingham. Ich hatte gar nicht bemerkt, dass er näher gekommen war, der Mann war wie ein lautloser Schatten. Ich wusste nicht, was ich antworten sollte, und stammelte: «Ähem, ich … ich …»

«… ich übe für ein neues Stück», soufflierte ich dem Geist. Es wäre nicht gut, wenn Walsingham dachte, ich sei verrückt. Im Vergleich zu den Londoner Irrenhäusern war das Verlies im Tower ein Stückchen vom Paradies.

«Ich übe für ein neues Stück», antwortete ich Walsingham, so wie Shakespeare es mir vorgesagt hatte.

«Aha», erwiderte er. Er schien es zu schlucken und fragte dann: «Und warum sind Sie hier draußen?»

«Nun, ähem … ich musste Pipi», antwortete ich wahrheitsgemäß. Walsingham blickte mich indigniert an, und wenn jemand indigniert gucken konnte, dann war er das. Er zeigte nun mit der Hand auf eine Kutsche, die in der Nähe stand, und bedeutete dem Kutscher vorzufahren.

«Die Kutsche bringt Sie nun zurück und wird Sie morgen abholen, um zum Landsitz der Gräfin Maria zu fahren. Ich rate Ihnen, bei Ihrer Kuppelei erfolgreich zu sein. Der Tower ist gerade mit Feinden Englands überfüllt, und ich möchte nicht, dass die Folterer dort wegen Ihnen noch mehr arbeiten müssen.»

Schluckend antwortete ich: «Ich … bin auch ein Freund der Regelarbeitszeit.»

«Regelarbeitszeit … was ist das?», fragte Walsingham und hob dabei leicht irritiert eine Augenbraue. Da er nicht gerade aussah wie jemand, der für gewerkschaftliche Gedanken offen war, erwiderte ich: «Vergessen Sie es», und bestieg schnell die Kutsche. Kurz bevor ich die Tür zumachte, raunte mir Walsingham noch zu: «Und denken Sie an das Sonett, das Sie für mich schreiben sollten. Ich warne Sie. Wenn es schlecht ist, lasse ich Sie ebenfalls in den Tower werfen.»

Die Kutsche setzte sich in Bewegung, ich blickte aus dem Fenster auf diesen unheimlichen Mann und seufzte: «Dieser Kerl hat keine schöne Art, einen zu motivieren.»

«Du kennst Walsingham nicht, Rosa?»

«Ich stamme nicht von hier», antwortete ich, «und wie ich von ganzem Herzen hinzufügen möchte: ‹Gott sei Dank.›»

«Walsingham ist der mächtigste Mann des Königreichs, der Geheimdienst untersteht ihm. Er ist der engste Berater der Queen, und für fast ein Jahrzehnt war er auch ihr heimlicher Geliebter. Dann kam plötzlich etwas zwischen sie. Niemand weiß, was es war. Vermutlich die Wechseljahre.»

«Oder Essex», antwortete ich.

«Essex?»

«Die Queen hat Gefühle für ihn, das war eindeutig zu spüren …»

«Die Queen ist zu wahren Gefühlen nicht fähig.»

«Weil sie eine Königin ist?»

«Weil sie eine mächtige Frau ist.»

«Wow, Sie möchte ich nicht in einer Diskussion mit Alice Schwarzer erleben», erklärte ich.

«Wer ist diese Alice Schwarzer, eine attraktive Dame?»

«Eine Frau, die Sie zum Frühstück verspeisen würde.»

«Ich bleibe bei keiner Frau jemals zum Frühstück.»

«Bei Ihrer Einstellung ist es ein Wunder, dass Sie überhaupt von Frauen eingeladen werden.»

«Frauen lieben Komplimente. Und meine Begabung sind nun mal Komplimente.»

Dieser Mann hatte ein merkwürdiges Frauenbild und war – wie mein Grundschüler mit Konsonantenschwäche wohl sagen würde – ganz offenkundig eine Barschgeige. Wenn das hier tatsächlich meine Seele in einem früheren Leben war, dann konnte ich sie nicht ausstehen.

22

«*Komplimente sind die Fliegenfänger für Frauen.*»

«Und in meiner Zeit denkt man, Sie wären ein Romantiker», schüttelte ich den Kopf.

«*In deiner Zeit? Was soll denn das bedeuten?*», *fragte ich irritiert.*

Sollte ich Shakespeare jetzt erklären, woher ich kam? Das würde sicherlich sein Vorstellungsvermögen sprengen. Also beschloss ich, ein bisschen zu flunkern: «Ich meine, in meiner Heimat.»

«*Du stammst nicht aus London?*»

«Nein, geboren wurde ich in Wuppertal ...», begann ich zu reden und wurde von Shakespeare unterbrochen, bevor ich ihm erzählen konnte, dass ich mittlerweile in Düsseldorf wohnte.

«*Wuppertal, von diesem Ort habe ich noch nie etwas gehört.*»

«Da haben Sie auch nichts verpasst.»

«*Und in diesem ... Wuppertal ... hat man schon von mir gehört?*» Ich war durchaus geschmeichelt.

Offensichtlich brauchte der Dichter Ego-Streicheleien. Aber wer brauchte die nicht? Meiner eigenen Unsicherheit hatte es ja auch immer gutgetan, wenn Jan mir gesagt hatte, wie schön er mich fand. Umso schmerzhafter war es, dass er es jetzt Olivia erzählte.

«*Was reden denn die Leute in Wuppertal so über mich?*», *fragte ich, begierig zu erfahren, wie mein Ruf durch die Welt hallte.*

Ich überlegte kurz, was ich antworten sollte, und kam zu dem Schluss, dass mir Shakespeare höchstwahrscheinlich wohlgesinnter sein würde, wenn ich ihm schmeichelte.

Daher antwortete ich: «Man ist begeistert von Ihren Stücken.»

«Von welchen Werken denn im Besonderen?»

«‹Hamlet› ...», nannte ich das einzige Stück, das ich von ihm in der Schule durchgenommen hatte.

«‹Hamlet› habe ich doch noch gar nicht vollendet», erwiderte ich verblüfft.

«Nun ... ähem ... der Ruf eilt dem Stück bereits vor der Vollendung voraus», beeilte ich mich zu sagen.

«Zu Recht, es wird gewiss eine wunderbare Komödie.»

«Ähem ... Komödie?», fragte ich schwer erstaunt.

«Sie handelt von einem Dänen, der sich nicht entscheiden kann», erklärte ich. «Geht Hamlet zum Beispiel in einen Pub, fragt er sich: ‹Wein oder nicht Wein›, und will er was essen, überlegt er sich: ‹Schwein oder nicht Schwein› ...»

Da war Shakespeare anscheinend noch sehr, sehr weit entfernt von der endgültigen Version des Stückes. Er war ja auch noch ein vergleichsweise junger Mann. Ich fragte mich, was ihn wohl im Laufe der Zeiten bewogen hatte, das Stück von einer Komödie in eine Tragödie umzuschreiben.

«... und liegt Hamlet nackt im Bette bei einem Weibe, fragt er sich: ‹Rein oder nicht rein› ...»

«Es wäre sehr schön, wenn wir vielleicht nicht mehr weiterreden würden», bat ich daraufhin.

«Wenn du willst, Geist ... dann schweig ich ...», antwortete ich etwas beleidigt, dass er nicht mehr über mein neues Stück erfahren wollte.

«Fein ...»

«Ich kann schweigen wie ein Grab ...»

«Gut zu wissen ...»

«Um präzise zu sein, gegen mich ist ein Grab das reinste Plappermaul ...»

«Schön…»

«*Und ich…*»

«Shakespeare?»

«*Ja?*»

«Halten Sie endlich die Klappe!!!»

Der Geist war unhöflicher als eine pilzgeplagte Hure.

Während Shakespeare endlich schwieg und die Kutsche durch die wohlhabenden Gebiete der Stadt fuhr, spielte ich mit dem Medaillon herum, in dem sich das Bild der Gräfin Maria befand. Da kam mir plötzlich ein furchtbarer Gedanke: Was wäre, wenn diese Frau aussehen würde wie Olivia? So, wie Essex aussah wie Jan?

Ich wurde bei diesem Gedanken ganz nervös, und meine Hände wurden feucht.

Jetzt begann der Geist auch noch zu transpirieren. Und dies mit meinem Körper!

Ich beschloss, in Gedanken bis drei zu zählen und dann das Medaillon zu öffnen. Und während des Zählens dachte ich nach:

‹Eins›… hoffentlich handelte es sich bei der Gräfin doch nicht um eine Frau, die aussah wie Olivia.

‹Zwei›… ich würde es nicht aushalten, wenn Jan und sie auch hier ein Liebespaar werden sollten.

‹Drei›… denn das würde ja wohl bedeuten, dass ihre Seelen sich über die Jahrhunderte hinweg liebten.

‹Vier›… in dem Falle wäre Olivia und nicht ich die große, vorbestimmte Liebe seines Lebens.

‹Fünf›… ich hatte schon bis drei gezählt.

‹Sechs› ... ich zähl einfach nochmal bis drei.

‹Eins› ... ich hab viel zu viel Schiss, um das blöde Medaillon zu öffnen.

‹Zwei› ... aber ich bin auch viel zu neugierig, um es zu lassen.

‹Drei› ... was soll ich nur tun?

‹Vier› ... das mit dem ‹bis drei zählen› sollte ich nochmal üben.

‹Fünf› ... also nochmal von vorn.

‹Eins› ... ach, was soll's?

Ich öffnete das verdammte Medaillon.

Die Frau auf dem Bild sah nicht aus wie Olivia.

Nein, sie sah aus wie eine noch schönere, noch anmutigere Version von Olivia!

Es schien wirklich so zu sein, als ob nicht nur ich in dieser Zeit gelebt hatte, sondern auch Jan und Olivia. Ob ihre beiden Seelen wohl in immer anderen Konstellationen von Leben zu Leben wanderten? Womöglich waren ihre Seelen schon bei den alten Römern ineinander verliebt gewesen oder bei den alten Ägyptern, wandelten gar schon als Steinzeitmenschen über unseren Planeten. Vielleicht war Jan einst ein Steinzeitmensch namens «Urghh» und Olivia eine Steinzeitfrau namens «Uftata», und «Urghh» haute «Uftata» eins mit der Keule über den Kopf, zog sie in seine Höhle und machte mit ihr dort Uftata.

Sollte ich das etwa lernen? Dass die wahre Liebe zwischen zwei vorbestimmten Seelen existiert? Dass man dieser wahren Liebe ihren Lauf lassen sollte, anstatt sie zu stören, so wie ich es getan hatte? Ich hatte dafür gesorgt, dass Jan ein paar Jahre mit mir zusammen war, bis er – wie er es sagte – mit Olivia die ‹reifere, tiefere, vorbestimmte Liebe› gefunden hatte. Er hätte sie viel früher gefunden, wenn ich nicht dazwischengekommen wäre. War ich im ewigen Kreislauf der Liebe nur die Kreislaufstörung?

Ja, ich glaube, das war es: Es gibt die wahre Liebe zwischen zwei Seelen. Sie geht durch die Jahrtausende. Und sie ist vorbestimmt. Und ich sollte ihr gefälligst nicht in die Quere kommen. Ich hatte meine Lehre in der Vergangenheit gelernt. Eine höllisch schmerzende Lehre.

Jetzt, so dachte ich, müsste ich eigentlich jeden Augenblick im Zirkuswagen wieder aufwachen.

Ich tat es aber nicht.

Ich wartete. Und wartete. Und wartete. Aber ich erwachte immer noch nicht. Ich richtete mich auf, beugte mich aus dem offenen Fenster der fahrenden Kutsche, blickte gen Himmel und rief verzweifelt nach oben: «Ich hab's kapiert! Mission erfüllt!»

Dabei fiel mir ein, dass George W. Bush beim Irak-Krieg auch mal verkündet hatte, er hätte die ‹Mission erfüllt›.

Der Geist war nicht nur unhöflich, er war auch so verwirrt wie ein kastrierter Hund, der eine Kastanie begattet.

Ich hatte keine Ahnung, zu wem ich da eigentlich rief. Zu Gott? Er hatte doch sicherlich die ganze Idee mit den Seelen gehabt. Sich also auch gewiss das mit der Liebe ausgedacht. Wer sollte es denn sonst gewesen sein? Oder waren Seelen einfach etwas, was ohne eine höhere Macht entstanden war? Durch Evolution? Ein simpler Bestandteil der Natur? Und welche Seelen füreinander bestimmt waren und welche nicht, das hatte dann nicht etwa was mit einem göttlichen Wesen zu tun, sondern mit Biologie. Einer Biologie, die wir Menschen einfach nur noch nicht kannten, geschweige denn verstanden. Wenn jedoch die Evolution die Seelen hervorgebracht hatte, dann musste ich auch nicht in Richtung Himmel zu einem Gott rufen. Anscheinend sollte meine Seele etwas anderes lernen. Doch was konnte das sein? Was sollte ich über diese beknackte wahre Liebe erfahren?

23

Ich musste diesen Geist dringend loswerden. Nicht auszudenken, wenn meine Kinder auf ihn treffen würden. Sie wären für ihr Leben geschädigt. Noch mehr, als sie es ohnehin schon durch ihre Mutter sind.

Doch wie sollte ich mich dieses Geistes entledigen? Während ich über diese Frage nachdachte, stellte ich fest, dass ich sehr müde war. Von einem Geist besessen zu sein, mit ihm zu sprechen, ihm ausgeliefert zu sein, kostete mich eine geradezu herkuleshafte Kraft. Meine Gedanken wurden schwerer, dennoch kam mir – kurz vor dem Wegdämmern – eine Lösung für mein Dilemma in den Sinn: Der einzige Mensch, der mich aus diesem Albtraum befreien konnte, war der große Alchemist John Dee, ein Mann, der sich mit den Geheimnissen der schwarzen Magie sogar noch besser auskannte als mein Freund Kempe mit den Londoner Huren. Dieser Alchemist hatte schon viele Wunder vollbracht: Er hatte Unfruchtbare fruchtbar gemacht, Fruchtbare unfruchtbar und angeblich sogar eine Pille erfunden, die den Geschlechtsverkehr alter Männer wieder in Schwung brachte. Allein mit dieser Erfindung hätte er wohl mehr Gold anhäufen können, als in der Staatskasse Englands lag. Aus irgendeinem obskuren Grunde jedoch interessierte er sich nicht dafür. Das Einzige – so sagt man –, was ihn noch interessierte, waren die fernen asiatischen Länder: deren Religionen, Sitten

und Gebräuche. Wenn er sich für die asiatischen Frauen inter-
essierte, hätte ich das begreifen können. Seine Vorlieben waren
jedoch einerlei, er würde mir helfen können. Die Schwierigkeit
war nur: Wie sollte ich den Geist dazu bringen, zu dem Alche-
misten zu gehen? Und während ich mit letzter Kraft über diese
Frage nachgrübelte, verlor ich endgültig das Bewusstsein.

Aus der Kutsche heraus betrachtete ich das turbulente Londoner Leben. Die Händler, die Passanten, die Kinder, die in
zerrissenen Hemden auf den Straßen herumliefen, sie alle
waren lauter als die Menschen in unserer Zeit. Sie schimpften lauter, sie redeten lauter, sie lachten lauter … sie waren
einfach viel lebendiger. Gegen sie wirkten die Menschen
unserer Zeit wie sediert. Hätten diese Londoner nicht so
schlechte Zähne gehabt, man hätte fast neidisch auf ihre Lebensenergie sein können.

Dabei hatten diese Menschen sicher mehr Existenz-
schwierigkeiten und Probleme als wir in unserer Zeit. Klar,
wir hatten es auch schwer mit Jobangst, Globalisierung oder
Klimawandel, aber im Vergleich zu dem Leben all der Menschen, die in den Jahrtausenden vor uns gelebt hatten – sei
es die Steinzeitfrau Uftata, die römischen Sklaven oder die
Liebhaberinnen von Dschingis Khan –, hatten wir es doch
richtig gut.

Andererseits, was half einem so ein Vergleich? Wie mein
Vater zu sagen pflegte: «Meinem Ischias geht es leider nicht
besser, nur weil die Menschen in Afrika hungern.»

Die Menschen hier jammerten hingegen überhaupt nicht,
trotz all der Mühsal: Stattdessen schimpften sie, keiften
und johlten. Und während ich sie so ansah, musste ich daran
denken, dass sie alle in meiner Zeit schon seit Jahrhunderten verstorben waren. Sie waren schon längst Staub in der

Erde, selbst ihre Särge waren Staub in der Erde, und höchstwahrscheinlich waren es auch ihre Grabsteine. Selbst wenn sie achtzig Jahre lang leben würden, ihre Existenz wäre nur wie ein Wimpernschlag im Verlauf der Weltgeschichte. Das Gleiche galt für die Menschen unserer Zeit, im dritten Jahrtausend. Alles, was uns so sehr aufregte, würde im großen Lauf der Zeit komplett unbedeutend werden: Finanzkrisen, Klimakatastrophe, Handytarife …

Wir waren ja alle so was von vergänglich.

Der einzige Trost war, dass die Seele anscheinend wiedergeboren wird, auch wenn man selbst davon nichts merkte. Anscheinend führte die Seele ein eigenes unsterbliches Leben, während alles andere verging: sowohl die verschiedenen Körper, die die Seele jeweils behausten, als auch der Geist, der unser ‹Ich› ausmachte, unsere Persönlichkeit, unser Individuum. Das bewusste Ich von mir Rosa würde vergehen. Bleiben würde immer nur die Seele, eine ewige Substanz ohne Bewusstsein.

Ich fragte mich, ob die Menschen hier die Dinge wohl anders machen würden, wenn sie wüssten, was ich jetzt weiß: nämlich wie vergänglich ihr Ich war. Würde die dicke Frau mit dem schäbigen Rock sich dann noch genauso darüber aufregen, dass die Äpfel, die man ihr verkaufen wollte, wurmstichig waren? Würde der alte Mann mit der viel zu engen Strumpfhose sich von seiner Frau weiter als ‹Mann, dessen Gemächt einer Dörrpflaume gleicht› verhöhnen lassen? Würde die Gräfin Maria wirklich sieben Jahre um ihren Bruder trauern, wenn sie wüsste, dass sie nicht mehr allzu viele Sieben-Jahres-Abschnitte in ihrem Leben hätte? Würde der circa elfjährige Junge, der gerade den Passanten auf der Straße anbot, für Geld die Ratten aus ihren Häusern zu vertreiben, vielleicht nicht doch zur Schule gehen, wenn er ein stärkeres Bewusstsein dafür hätte, dass er nur dieses eine Leben gestalten konnte?

Wäre ich Grundschullehrerin geworden?

Wohl eher nicht.

Mir wurde in diesem Augenblick klar, wie viel wertvolle Lebenszeit ich schon verschwendet hatte. Zum Beispiel mit meinem ersten Sex. Und mit meinem zweiten. Und sehr vielen anderen. Und mit meinen ersten Beziehungen. Zusammengezählt war das schätzungsweise ein Dreivierteljahr meines Lebens, das ich verschwendet hatte und nie wieder zurückkriegen würde.

Außerdem gab es noch einen Haufen Dinge, die ich in meinem Leben nicht gewürdigt hatte, die ich aber in der Rückschau mehr hätte genießen sollen: die Zeit, die meine Eltern so gerne mit mir verbringen wollten. Ich hatte auch die Zeit mit Holgi nie richtig zu würdigen gewusst (ich dachte immer, ich bräuchte in meinem Leben echte Freundinnen, so wie die Mädchen bei ‹Sex and the City›, dabei war Holgi immer für mich da: Jedes Mal, wenn ich betrunken war, brachte er mich ins Bett und verhinderte damit, dass ich Nächte mit dem Kopf auf der Klobrille schlief), und natürlich war da die Zeit, die ich mit Jan verbracht hatte und die ich dumme Kuh nicht genug genossen hatte, weil ich so mit meiner Angst beschäftigt war, er würde mich für jemand Klügeres und Schöneres verlassen. Vielleicht sollte ich das hier noch lernen: dass ich das Leben viel mehr genießen sollte? Dass die wahre Liebe dem Leben gilt?

Wenn es so war, hatte ich noch einen weiten Weg vor mir.

24

Die Kutsche erreichte das heruntergekommene Viertel, in dem sich das Theater befand, auf dessen Bühne ich heute Morgen in der Vergangenheit gelandet war. Der Kutscher setzte mich vor dem ‹Rose› ab und erinnerte mich daran, dass er mich morgen zur Gräfin Maria abholen würde. Ich war zwar nicht scharf darauf, eine Wiedergängerin (oder besser gesagt Vorgängerin) von Olivia zu treffen, aber ich hatte noch weniger Lust, in den Tower geworfen zu werden. Also sagte ich zu dem Kutscher: «Bis dann.»

Als er weg war, fragte ich: «Und was machen wir nun, Shakespeare?»

Ich bekam keine Antwort.

«Shakespeare, haben Sie mich gehört?»

Er meldete sich nicht. Entweder war er noch beleidigt, oder er hatte den Körper verlassen. Das wäre wenigstens Glück im Unglück gewesen. In Ermangelung weiterer Alternativen ging ich auf das Theater zu. In das Gebäude strömten gerade Hunderte von Menschen zur Vorstellung. Die meisten von ihnen trugen zerlumpte Kleider. In dieser Zeit war Theater anscheinend nichts für Bildungsbürger, sondern eher vergleichbar mit dem Kino unserer Zeit, allerdings dankenswerterweise ohne Popcorn und Nachos mit Soßen, die mit unseren Magenwänden das Gleiche machten wie die Säure des ‹Alien› mit den Böden des Raumschiffs Nostromo.

Ich war neugierig und beschloss, den Menschen zu folgen, zumal – wie ich einem Plakat entnehmen konnte – die größte Komödie gespielt wurde, die die Menschheit je gesehen hatte: ‹Liebes Leid und Lust›. Was die Werbetexte betraf, waren Theater von damals und Kino von heute ebenso vergleichbar.

Man konnte nur staunen, wie wenig sich die Werbeindustrie im Laufe der Jahrhunderte weiterentwickelt hatte.

Am Eingang des ‹Rose› stand der junge Mann in Frauenkleidern, den ich beim Duell mit dem irren Drake das erste Mal gesehen hatte. Er war überglücklich, mich zu sehen, und kreischte aufgeregt: «Will, wir hatten schon Angst, dass Walsingham dich in den Tower hat werfen lassen.»

Er umarmte mich und gab mir dabei Hunderte Wangenküsse, benahm sich also wie Bruce Darnell auf Ecstasy.

«Das mit dem Tower kann durchaus noch kommen», erwiderte ich leicht fatalistisch und schob den jungen Mann behutsam weg.

«Hey, Barde!», dröhnte eine Stimme hinter mir. Es war der dicke Mann in der bunten Papageienweste. Er knallte mir mit seiner Pranke so auf die Schulter, dass es ein Wunder war, dass ich nicht in tausend Stücke zersplitterte.

«Nach der Vorstellung», dröhnte er, «gehen wir einen saufen!»

Sich zu betrinken war angesichts der Umstände eine reizvolle Idee, und ich wollte den sympathischen Kerl auch nicht vor den Kopf stoßen. Das Letzte, was ich nun gebrauchen konnte, war, dass jemand Verdacht schöpfte, ich sei nicht Shakespeare. Also antwortete ich: «Klingt gut.»

«Und dabei essen wir gebratene Hühnchenschenkel!», freute sich der Dicke.

Mein Magen knurrte tatsächlich, und da ich davon ausging, dass gebratene Hühnchenschenkel im sechzehnten Jahrhundert nicht großartig anders schmeckten als bei uns, antwortete ich erneut: «Klingt noch besser.»

«Und dann vögeln wir die Huren!», strahlte der Dicke voller Vorfreude.

«WAS?»

«Wir vögeln die Huren. Bis sie vor lauter Dankbarkeit uns bezahlen.»

«Nein danke!», antwortete ich hastig.

«Warum nicht?», fragte der Dicke erstaunt.

«Weil es nicht geht», erwiderte ich.

«Und wieso nicht?»

Mir fiel auf die Schnelle nur meine Standardantwort ein: «Ich hab meine Regel.»

«Du hast ... WAS?» Der dicke Mann war schwer irritiert.

«Ähem ...», korrigierte ich mich hastig, «ich meine, meine Regel, nie mit Huren zu schlafen.»

«Die Regel hattest du gestern noch nicht.»

Shakespeare ging ins Bordell? Meine Seele wurde mir von Sekunde zu Sekunde unsympathischer.

«Ich habe dir schon eine Hure ausgesucht», redete der Dicke weiter. «Sie heißt Kunga und kommt aus den fernen Ländern Afrikas. Sie kann wundervolle Dinge am Trapez ...»

«Am Trapez?», fragte ich konsterniert.

«Nun, sie hängt sich kopfüber daran, und wenn der Mann vor ihr seine Hose öffnet ...»

«Ich habe nicht gefragt!», unterbrach ich ihn hastig.

«Du willst wirklich nicht mitkommen?» Der Dicke war schwer enttäuscht.

«Nein, nein ... ich brauche ganz dringend Schlaf.»

«Shakespeare, du gefällst mir gerade überhaupt nicht», fand der Dicke, und dabei sah er mich so besorgt an, wie Holgi es auch immer tat. Exakt genauso!

Dann sang er ein albernes Lied, so wie Holgi: «Kunga, Kunga, bei der bekommst du Liebeshunga!»

Seine Reime waren genauso mies wie die von Holgi. Überhaupt war der Dicke meinem besten Freund in seiner direkten Art sehr ähnlich. Sollten etwa nicht nur liebende Seelen gemeinsam durch die Jahrhunderte treiben, sondern auch befreundete?

«Die Vorstellung beginnt», rief der Jüngling in Frauenklamotten und rannte hinter die Bühne. Der Dicke folgte ihm und wollte, dass ich mitkomme. Aber ich hatte erstens keine Lust, mir weiter seine Lieder über die Vorzüge von Kunga anzuhören, und zweitens wollte ich mich mitten ins Publikum stellen. Die Leute standen um die Bühne herum, nur oben gab es Sitzplätze für ein paar Adlige, die sich in diese Gegend trauten. Von der Atmosphäre war es jetzt doch nicht wie im Kino, sondern eher wie bei einem Rockkonzert. Und die Stars waren die Schauspieler. Kaum betraten die ersten die Bühne, jubelte das Publikum. Das Stück begann, und die Menschen genossen die Flucht aus ihrem eigenen harten Leben und ließen sich nur allzu gerne entführen in das Phantasieland Navarra, wo der junge König und seine Freunde einen heiligen Eid ablegten, sich mit keiner Frau zu treffen und sich stattdessen nur mit dem Studium der Literatur und der Wissenschaft zu beschäftigen. Wie man sich denken konnte, ist das ein Schwur, der nicht einfach zu halten ist, kreuzten doch die Prinzessin von Frankreich und ihre Freundinnen in Navarra auf und verdrehten den jungen Edelmännern den Kopf. Ein Liebeswahnsinn, wie man ihn auch aus Hollywoodkomödien kannte, nahm nun auf der Bühne seinen Lauf. Dass das Königreich Navarra, in dem die Handlung spielte, nur durch wenige – für unser modernes Auge geradezu lächerliche – Requisiten illustriert wurde, störte die Zuschauer nicht. Sie brauchten keine großen Aufbauten, keine millionenteuren Special Effects, sie ließen dank der Schauspieler ihre eigene Phantasie spielen. Und Phantasie brauchten sie eine Menge: Aus irgendeinem, mir nicht ganz erfindlichen Grund wurden alle Frauenrollen von Jünglingen gespielt, was insbesondere den Liebesszenen einen «Käfig voller Narren»-Touch verlieh.

Dieses Theater hier war so völlig anders als in unserer Zeit, hier ging es darum, die Menschen zu unterhalten, ihnen Emotionen zu geben, nicht um irgendeinen abstrakten Bildungsbürgerschmonzes. Und die Zuschauer gingen mit: Sie johlten, wenn die liebestollen Männer sich zum Affen machten, schmolzen dahin, wenn sich die Liebenden ihre Gefühle gestanden, und hielten den Atem an, als die Nachricht kam, dass der französische König verstorben sei und daher die Prinzessin die Heimreise antreten müsse, ohne vorher ihren Liebsten, den König von Navarra, heiraten zu können.

Selbst grobschlächtige Männer, die wohl ansonsten nur weinen, wenn sie bei einer Schlägerei Finger in die Augen gestochen bekamen, zeigten Gefühle. Auch ich hatte Tränen in den Augen. Nicht nur, weil ich mit dem Mann in Frauenklamotten, der die Prinzessin verkörperte, mitfühlte. Was mich viel mehr bewegte, war die Tatsache, dass die über tausend Menschen hier so elektrisiert von der Geschichte waren, ihre Alltagssorgen vergaßen und tiefe, wunderbare Emotionen durchlebten. Emotionen, die sie in ihrem wahren Leben vielleicht nie so spüren konnten. All das nur, weil Shakespeare ein Stück geschrieben hatte.

Dass meine Seele zu so etwas fähig war ... einfach unglaublich.

Bedeutete es, dass ich auch zu so etwas fähig war? Dass mehr in mir steckte?

Wäre das nicht wundervoll?

Nicht sehr wahrscheinlich.

Aber wundervoll.

25

Am Ende der Vorstellung waren Frauen und Männer sich einig, dass Shakespeare der romantischste Mensch auf Erden sein musste, sonst hätte er solche Liebesdialoge nicht schreiben können. «Wenn die wüssten ...», schoss es mir durch den Kopf.

Doch dann dachte ich: War es nicht unmöglich, solche Liebesbekundungen zu schreiben, wenn man sie nicht fühlte? Vielleicht hatten die Leute ja doch recht: Shakespeare musste irgendwo tief im Inneren eine romantische Seite haben.

Und noch etwas erschien mir recht merkwürdig: ‹Liebes Leid und Lust› war eine fröhliche Komödie, aber sie hatte kein Happy End. Warum endete sie so traurig? Hatte das etwas mit Shakespeares eigenem Leben zu tun? Hatte ihn da etwas so bekümmert, dass er seine Romantik nur noch in seinen Stücken ausdrücken konnte? War er eine verletzte Seele? So wie ich?

Nach dem Stück bat ich den Dicken namens Kempe, mich ‹nach Hause› zu bringen. Ich hatte ja keine Ahnung, wo Shakespeare lebte, und der Barde selbst gab mir immer noch keine Antwort. Kempe trat mit mir aus dem Theater heraus auf die Straße, die im abendlichen Sonnenrot schimmerte und auf der die beseelten Theaterbesucher sich auf den Weg nach Hause begaben.

«Haben wir nicht einen wunderbaren Beruf?», schwärmte der dicke Mann.

«Ich ... glaube schon», gab ich ihm recht. Menschen so glücklich zu machen, musste wirklich wunderbar sein. Klar, es gab auch Grundschullehrerinnen, die ihren Beruf wunderbar ausführten und in ihm Erfüllung finden konnten, aber ich gehörte definitiv nicht zu ihnen. Ich war eher jemand, der die Kinder unglücklich machte, und das beruhte auf Gegenseitigkeit. Die Schüler und ich befanden uns da in einer Lose-lose-Situation.

«Die Leute sind so glücklich, das ist toll ...», fand ich.

«Das meine ich doch nicht», erwiderte Kempe.

«Nicht?», fragte ich überrascht.

«Wir müssen nicht regelmäßig zur Arbeit, wir können ausschlafen, wir können unseren nackten Hintern auf der Bühne entblößen, ohne dass er gleich von den Soldaten ausgepeitscht wird ... Wir sind Narren und haben absolute Narrenfreiheit. Und die Kirsche auf dem Kuchen unseres Lebens ist, dass unser Theatervermieter ein Bordell besitzt. Willst du nicht doch mitkommen zu Kunga?»

«Nein, nein ... ich habe Kopfschmerzen.»

«Es gibt da noch eine andere neue Hure, sie heißt Kitty», sagte Kempe und begann wieder zu singen: «Und bei der Kitty häng ich so gerne an der Ti...»

«Nein danke», unterbrach ich, bevor er weitersang, «ich muss mich wirklich hinlegen.»

«Da gibt es auch eine neue Frau namens Vicky.»

«Wehe, du reimst auf ihren Namen!»

«Du wirst alt», seufzte Kempe. «Dabei bist du zehn Jahre jünger als ich.»

Kempe brachte mich vor ein kleines Fachwerkhaus, das von außen ziemlich schäbig aussah. Dort verabschiedete er sich, um Kunga beim Tanzen zuzusehen: «Wenn die Kunga ist beim Tanz, regt sich bei mir der ...»

Ich knallte ihm die Tür vor der Nase zu.

Dann blickte ich mich in dem alten Holzhaus um und sah schmale Treppen und viele Türen – offensichtlich wohnten hier jede Menge Menschen. Shakespeare machte wohl nicht allzu viel Kohle mit seinen Stücken, sonst hätte er sich eine bessere Bleibe leisten können. Ich hatte keine Ahnung, in welchem der Zimmer er wohl wohnen würde. Ich ging durch das schmale und windschiefe Treppenhaus nach oben, fand eine offene Zimmertür, lugte durch die Tür und sah ein spartanisches Holzbett, einen hölzernen Waschbottich, in den man sich wohl gerade so zum Baden hineinsetzen konnte, sowie einen kleinen Tisch, auf dem Feder, ein Tintenfässchen und jede Menge beschriebene Pergamentpapiere lagen. Ich ging zu dem Tisch, sah auf die Schrift des oben liegenden Blattes und las: «Hamlet, eine Komödie. Von William Shakespeare». Da wusste ich: Hier ist der Barde zu Hause, ich kann mich aufs Bett hauen und endlich ausruhen.

Ich setzte mich auf das Bett, zog die Schuhe aus und stellte fest, dass Shakespeare zu Käsefüßen neigte.

Ich ignorierte den Geruch, so gut es ging, und legte mich hin. Ich blickte an die Decke aus dunklem Holz, dann aus dem kleinen Fenster, von dem aus man – es war mittlerweile dunkel geworden – den Sternenhimmel sehen konnte, der wirklich beeindruckend funkelte. Wie damals am Meer, als Jan und ich uns das erste Mal küssten. Die Erinnerung an diesen wunderschönen Moment wärmte mein Herz: Dieser Kuss war einer der seltenen Augenblicke in meinem Leben gewesen, den ich voll genossen hatte, den ich auch nie bereuen musste und für den es sich zu leben gelohnt hatte.

Während ich noch in Erinnerungen schwelgte, klopfte es an der Tür. Für einen kurzen Moment befürchtete ich, dass Kempe mit Kunga, Kitty und Vicky hereinkommen und ein Trapez aufhängen würde. Doch bevor ich reagieren konnte, ging die Tür auf, und eine junge Frau in einem braunen Kleid trat ein. Sie hatte ein Allerweltsgesicht, sah mich aus leicht schielenden Augen versonnen an und erklärte strahlend: «Da bin ich.»

«Ja ... ähem ... ja, das stimmt ... da bist du», bestätigte ich.

Sie zündete Kerzen in dem Zimmer an, und ich versuchte vorsichtig herauszufinden, in was für einer Situation ich mich gerade befand: «Und ... und was willst du hier?»

«Mich auszuziehen.»

«AUSZIEHEN?»

Schlagartig wurde mir klar, in welcher Situation ich mich befand.

«Genau, deine kleine Phoebe entblättert sich jetzt», bestätigte sie und lächelte mich mit noch stärker schielenden Augen an. Dann setzte die kleine Phoebe ihre Worte in die Tat um. Und sie war verdammt schnell im Ausziehen! Ich hatte die Frauen in dieser Zeit anscheinend unterschätzt, die kamen wirklich flink aus ihren Korsagen heraus.

Wenige Sekunden später stand die junge Frau splitternackt vor mir und forderte mich auf: «Jetzt zieh du dich aus.»

«Ähem ... das geht nicht», stammelte ich.

«Warum nicht?»

Ich suchte hastig nach einer Ausrede und fand: «Ich ... ich ... hab Käsefüße.»

«Du kannst die Strümpfe gerne anlassen», lächelte Phoebe.

«Es müffelt aber auch durch die Strümpfe», versuchte ich mit leicht kieksender Stimme aus der Nummer herauszukommen.

«Wenn ich einen Mann liebe, liebe ich ihn ganz», ließ sie sich auch davon nicht beirren und legte sich nun neben mich ins Bett. Ich lag noch nie so nah bei einer nackten Frau. Und ich hatte es wirklich auch noch nie vermisst!

«Ähem, meine Füße stinken aber wirklich entsetzlich. Riech mal», sagte ich und hielt Phoebe verzweifelt den Fuß entgegen.

«Ich werde gerne die Luft anhalten», grinste Phoebe, schob den Fuß weg und begann mein Hemd aufzuknöpfen.

«Ich ... ich rieche aber auch unter den Achseln.»

Sie knöpfte unbeirrt weiter.

«Und ich habe Zwiebelmett gegessen», erklärte ich panisch.

«Nichts kann mich aufhalten», lächelte Phoebe. Um ihre Worte zu unterstreichen, begann sie meinen Hals zu knutschen. Das war mir extrem unangenehm. Bevor das Ganze ausarten konnte, sagte ich hastig: «Du solltest jetzt wirklich gehen.»

Phoebe sah mich völlig verdattert an: «Aber ... du ... du hast mir doch versprochen, mir die Jungfräulichkeit zu nehmen.»

Shakespeare war ja so was von einem Knallkopf!

«Vielleicht ein anderes Mal», bot ich ungelenk an, «... wenn meine Füße gewaschen sind.»

«Nein, heute soll die wunderbare Nacht sein.»

«Och, weißt du, der erste Sex ist gar nicht so wunderbar, wenn man den überspringen könnte ...»

«Da hast du mir vor kurzem aber was ganz anderes gesagt», unterbrach sie mich. «Du hast gesagt, du wärest der Gott der Defloration.»

Shakespeare war wohl eher der Gott der Knallköpfe!

Bevor ich weiterreden konnte, führte die junge Frau nun die Hand in meinen Schoß, direkt an die Ausbeulung in meiner Strumpfhose!

Das konnte sie doch nicht machen.

Sie streichelte mich dort mit der Hand.

Das durfte sie doch nicht machen!

Sie streichelte weiter.

Irgendetwas bewegte sich in meiner Hose.

Oh, mein Gott!

Sie streichelte noch gefühliger.

Es bewegte sich noch mehr in der Hose.

OH, MEIN GOTT!!!

Phoebe gab sich nun richtig Mühe.

Die Hose begann sich leicht zu spannen.

OH, MEIN GOTT, OH, MEIN GOTT, OH, MEIN GOTTOGOTTOGOTTOGOTT!

Panisch sprang ich aus dem Bett. «Fass da nicht an! Fass da nicht an!», rief ich.

«Warum nicht?»

«Ich fass da auch nicht an!», erklärte ich durchgedreht.

«Du fasst da auch nicht an? Wie machst du denn dann Pipi?»

«Ich beug mich vornüber.»

«Du beugst dich vornüber?», fragte Phoebe ehrlich verdutzt.

«Das ist doch jetzt völlig egal!», drängelte ich. «Verlass das Zimmer!»

Phoebe funkelte mich wütend an: «Du weißt, was passiert, wenn du mich rauswirfst?»

«Ja», antwortete ich aufgewühlt, «ich vermeide den merkwürdigsten Sex der Menschheitsgeschichte!»

Sie ging auf diese für sie sicherlich erstaunliche Bemerkung nicht ein, sondern zischelte: «Die kleine Phoebe wird ihrem Vater erzählen, dass du mich entjungfert hast.»

«Aber das stimmt doch nicht», antwortete ich verblüfft.

«Ich tu es dennoch.»

«Aber warum denn das?» Ich verstand nicht so recht.

«Weil er dann seine Leute auf dich hetzt und die dich aus dem Fenster werfen.»

Die kleine Phoebe war ein großes Miststück!

«Wenn du mich aber jetzt entjungferst, sagt die kleine Phoebe ihrem Vater nicht, dass du sie entjungfert hast», lächelte sie maliziös und schielte dabei besonders schief.

Wenn alle Frauen in dieser Zeit so waren, verstand ich sogar ein bisschen Shakespeares negatives Frauenbild.

«Also, legst du dich wieder zu mir?», forderte sie mich mit einem Schiele-Blick auf, der wohl verführerisch sein sollte. Und sie führte ihre Hand wieder in Richtung meines Schoßes. Ich stand vor der Wahl zwischen dem Tod und einer Strumpfhose, an der man einen Kleiderbügel aufhängen konnte.

Das war keine Wahl.

«Bitte geh jetzt!», forderte ich sie klar und deutlich auf.

Phoebe sah in mein entschlossenes Gesicht. Tränen der Wut und Verzweiflung schossen in ihre Augen, sie war nun wütend wie eine Grundschulmutter, der man erklärt, dass ihr Kind nicht verhaltensauffällig hochbegabt ist, sondern einfach nur verhaltensauffällig.

«Du bist soooo gemein», rief Phoebe aus, schnappte sich ihre Sachen und zog sich fast genauso geschwind wieder an, wie sie sich ausgezogen hatte. Ich hatte die Frauen in dieser Zeit auch, was das Ankleidetempo betrifft, unterschätzt.

«Das wirst du bereuen!», fauchte sie, als sie aus dem Zimmer verschwand, und ich starrte ihr nach. Mir war mulmig zumute, aber ich versuchte mich zu beruhigen. Vielleicht bluffte sie nur. Wenn sie so dringend von Shakespeare entjungfert werden wollte, würde sie doch wohl kaum dafür sorgen, dass man ihn umbrachte. Die Leute in dieser Zeit waren zwar in Liebesdingen noch verrückter als ich, aber so weit würden selbst sie nicht gehen. Oder?

Ich legte mich wieder auf das Bett und seufzte tief. Bevor ich mich versah, wurde die Tür aufgerissen. Vier große Männer in schwarzen Hemden, schwarzen Strumpfhosen und mit dunklen Kapuzen, die an den Ku-Klux-Klan erinnerten, stürmten in das Zimmer. Und ich dachte mir: «Ach du Scheiße, das ging ja fix.»

26

Die Männer in den Kapuzen packten mich und zerrten mich aus dem Bett. Sie gingen extrem rüde zu Werke, und ich fragte mich, ob es nicht doch besser gewesen wäre, Phoebe an die Strumpfhose zu lassen. Ich beantwortete mir diese Frage selbst mit einem klaren «Nein!».

«Ich kann das alles erklären...», begann ich. Wie genau, wusste ich allerdings nicht. Phoebe hatte ihrem Vater ja erzählen wollen, dass ich sie entjungfert habe. Wenn ich jetzt einfach nur sagte, dass alles von ihr gelogen war, würde man mir wohl kaum glauben.

«Wir wollen keine Erklärungen...», antwortete der erste der Kapuzenmänner mit zischelnder Stimme.

«Ich ... ich ... geb's zu ... ich war mit ihr im Bett, ... aber ich bin impotent», dachte ich mir nun in meiner Panik aus. Vielleicht würde man glauben, dass ich nicht mit Phoebe geschlafen hatte, weil ich es nicht konnte, und dass sie daher doch noch Jungfrau war. So redete ich weiter: «Ich bekomm keinen hoch.»

Ich hätte nie gedacht, dass ich diesen Satz jemals sagen würde.

«Dann passt ja, was wir mit die vorhaben», sagte der zweite der Kapuzenmänner böse drohend: «Wir werden dir die Eier abreißen!»

Ich war zwar noch nicht lange ein Mann, aber das klang selbst für mich ziemlich unangenehm. Ich fragte mich erneut, ob es nicht besser gewesen wäre, Phoebes Wunsch nachzukommen. Und ich war mir plötzlich gar nicht mehr so sicher, ob ich diese Frage immer noch mit Nein beantworten würde.

«Und danach werden wir dir die Kehle durchschneiden», höhnte der dritte der Kapuzenmänner. Er war der größte der drei Männer, hatte eine tiefe, vibrierende Stimme und schien ihr Anführer zu sein. Zur Bekräftigung seiner Worte zückte er einen silbernen Dolch.

Ach, hätte ich doch nur mit Phoebe geschlafen!

Der Anführer hielt mir den Dolch gegen meinen neuen Adamsapfel und drückte mit der Klinge zu. Ich spürte, wie die Haut aufriss, gerade so viel, dass ein kleines warmes Blutrinnsal über meinen Hals lief. Ich war kurz davor, panisch loszuschreien.

«Keinen Mucks», zischelte der Anführer.

Ich hatte eine unglaubliche Angst, wie ich sie noch nie in meinem Leben – oder sollte ich sagen: in meinen beiden Leben – verspürt hatte. Ich war kurz davor, mir in die Strumpfhosen zu machen.

«Du wirst tun, was wir dir sagen», forderte mich der Anführer einschüchternd auf.

Ich antwortete ihm nicht.

«Warum antwortest du nicht?», fragte er.

Am liebsten hätte ich ihm geantwortet: Weil du Volldepp gesagt hast, dass ich keinen Mucks machen soll! Da das Blut aber langsam von meinem Hals auf mein Brustbein floss, beschloss ich, lieber leise zu antworten: «Ich habe verstanden.»

«Gut.»

Der Mann ließ seinen Dolch sinken.

Ich atmete durch: «Ich werde sofort zu Phoebe gehen.»

«Phoebe? Was für eine Phoebe?», fragte der Anführer irritiert.

«Die Frau, die ich deflorieren sollte», antwortete ich.

Noch so ein Satz, von dem ich nie gedacht hätte, dass ich ihn jemals sagen würde.

«Ich habe keinen blassen Schimmer, wovon du redest», erklärte der Anführer, er klang verwirrt.

«Ihr wolltet mich doch umbringen, weil ich nicht mit ihr im Bett war», erläuterte ich nicht minder irritiert, weil er so irritiert war.

«Herrjemine, Dichter, du hast anscheinend einen ganzen Haufen Schwierigkeiten», lachte der Mann mit seiner tiefen vibrierenden Stimme. Und die anderen beiden Kapuzenleute lachten mit.

«Ich weiß», erwiderte ich und war noch verwirrter: Hatten diese Leute etwa gar nichts mit Phoebe zu tun? Und wenn nicht? Was wollten sie dann von mir beziehungsweise von Shakespeare?

Schlagartig hörte der Mann auf zu lachen und erklärte: «Unser Chef wünscht, dass Essex unglücklich bleibt. Du wirst dafür sorgen. Sonst kommen wir wieder! Und dann werden wir nicht so milde mit dir sein.»

Dann verschwanden die drei Männer aus Shakespeares kleiner Kammer. Sie waren also nicht von Phoebes Vater geschickt worden, sie hatten eine andere, finsterere Agenda: Wenn ihr mysteriöser Auftraggeber nicht möchte, dass Essex wieder auf die Beine kam, handelten sie entgegen den Interessen der Queen. Was hatte sie noch gesagt? Wenn England den Krieg in Irland gewinnt, dann werden die Spanier zuschlagen. Und um zu gewinnen, müsste Essex die Truppen führen. Tut er dies nicht, verliert England gegen Irland. Und Spanien würde diesen Augenblick der Schwäche ausnutzen und das Königreich überrollen. Also, so kombinierte ich, waren die Kapuzenmänner und ihr Chef spanische Spione, die verhindern wollten, dass Essex dank meiner Hilfe aus seinem Kummer herausfindet und nach Irland gelangt.

Ich war noch keine vierundzwanzig Stunden in der Vergangenheit und schon in eine handfeste Staatsintrige verwickelt!

Das bereitete mir noch mehr Angst als der Dolch am Hals, denn eins war klar: Ich musste schleunigst herausfinden, was die wahre Liebe ist. Denn früher oder später würde mich hier jemand umbringen. Höchstwahrscheinlich früher.

27

Die Wunde am Hals schmerzte, und die Oberarme taten weh. Ich stand auf und ging zu einem an der Wand hängenden kleinen Spiegel. Er war schmutzig und hing schief. Shakespeare war anscheinend nicht gerade ein Ordnungsfanatiker – was ihn ein ganz kleines bisschen sympathisch machte.

Im Spiegel erkannte ich, dass der Schnitt am Hals schon wieder zuging. Ich zog mein Hemd aus und begutachtete die Blutergüsse an den Armen. Shakespeares Oberkörper war gut gebaut, vielleicht etwas schmächtig, aber doch recht apart. Jedenfalls um einiges aparter als mein unaparter Frauenkörper im dritten Jahrtausend. Hätte ich Shakespeares Oberkörper an einem Badestrand gesehen, ich hätte ihm nachgeschaut. Aber da ich ja nun selber in diesem Körper steckte, zog ich mir das Hemd schnell wieder an. Stattdessen tigerte ich nervös in dem kleinen Zimmer auf und ab. Ich war viel zu aufgewühlt, um mich aufs Bett zu legen, geschweige denn zu schlafen. Nach all dem Erlebten konnte ich kein Auge mehr zubekommen. Zu Hause hätte ich mich auf mein Sofa gesetzt, an meinen Fingernägeln geknabbert und stundenlang durch das Fernsehen gezappt, auf der Suche nach den x-ten Serienwiederholungen von ‹Desperate Housewives›, ‹O. C. California› oder gar ‹Beverly Hills 90210›, nur um festzustellen, dass alle Kanäle mit Kochshows verstopft waren oder mit halbnackten Frauen, die sich – etwas artikulationsgestört – wünschten, dass ich sie mal anrufe. Da es aber in Shakespeares England einen ziemlichen Mangel an Kabelfernsehen gab, konnte ich mich damit leider nicht ablenken. So tigerte ich weiter auf den knarzenden Holzdielen durch das karge Zimmer. Shakespeare hatte wahrlich keinen hohen Lebensstandard. Entweder er machte wirklich kein Geld mit seinen Stücken, was bei so vielen Zuschauern kaum vorstellbar war. Oder er gab das Geld für andere Dinge aus: Huren, Alkohol, Tabak? Mein Holgi – und auch Kempe – hätte dazu sicher gesagt, dass es durchaus schlechtere Investitionen gäbe.

Mein Blick fiel auf ein mit einem roten Leinentuch verhülltes Bild an der Wand. Ich ging hin, nahm das Tuch ab und sah eine liebliche, freundlich dreinblickende Frau. Sie war vielleicht keine umwerfende Schönheit, aber ihr Lächeln war herzerwärmend. Gegen diese Frau war die olle Mona Lisa eine Amateur-Lächlerin. Ich blickte auf die Rückseite des Gemäldes, und dort stand in kleiner Schrift: Mrs. Shakespeare.

Shakespeare war also verheiratet. Aber warum gab es dann nirgendwo Hinweise darauf, dass hier eine Frau wohnte? Und warum hatte er das Bild verhüllt? Vielleicht war er ja geschieden. Aber gab es überhaupt Scheidungen damals? Wohl kaum. Eheleute konnten sich hier vermutlich nur voneinander trennen, indem sie eine Sense benutzten und anschließend die Spuren verwischten.

Höchstwahrscheinlich lebte Mrs. Shakespeare einfach nur woanders, weil sie den Gott der Defloration nicht länger ertragen konnte.

Ich verhüllte das Bild von Mrs. Shakespeare wieder und blickte auf die Papiere, die Shakespeare da mit langer schwarzer Feder und schwarzer Tinte geschrieben hatte. ‹Hamlet, die Komödie› lag obenauf. Ich legte den lustigen Hamlet beiseite und fand darunter einen Gedichtanfang:

> *Du bist für mich vergleichbar mit dem Sommertag,*
> *Da ich ihn genauso mag*

Hmm, ein Gedicht war das noch nicht. Und das, obwohl die Zeilen vom berühmtesten Dichter der Weltgeschichte stammten. Offenbar fehlte dem jungen Shakespeare noch irgendetwas, um ein ganz großer Autor zu werden.

Ich betrachtete mir die Zeilen genauer und fragte mich, ob es nicht schöner wäre, wenn man den Grundgedanken umdrehte? Zum Beispiel, dass die – oder der Angebetete – nicht genauso schön wie ein Sommertag war, sondern noch viel wunderbarer.

Ich setzte mich auf den kleinen Holzschemel vor dem Tisch und nahm die Feder in die Hand. Sie fühlte sich ganz natürlich an. Es war ein schönes Gefühl, sie zu halten. Ich tunkte sie in das kleine verschmutzte Tintenfass und begann, auf dem pergamentähnlichen Papier zu schreiben:

> *Soll ich dich einem Sommertag vergleichen?*
> *Nach kurzer Dauer muss sein Glanz verbleichen …*

Das war einfach so aus mir herausgeströmt, ich musste gar nicht dafür nachdenken. Und es klang überraschenderweise gar nicht mal so schlecht. Dabei hatte ich lange nicht mehr etwas geschrieben, eigentlich nicht mehr, seitdem mein Lehrer mir damals im Gymnasium erklärte, dass kein Mensch eine Geschichte mögen würde, in der sich ein Mädchen in ein übernatürliches Wesen verliebt.

Da sollte er jetzt mal Stephenie Meyer fragen.

Lehrer sind ja solche Idioten.

Ich musste das wissen, ich war ja selber eine.

Das Dichten der Zeilen bereitete mir eine unglaubliche Freude. Also überlegte ich mir weiter, was alles so gegen den Sommertag sprechen konnte, damit er gegen die Schönheit des im Gedicht angesprochenen Menschen schlechter aussah. Dabei durfte ich aber auch den Sommertag nicht allzu sehr schmälern, damit der Vergleich weiterhin Kraft hatte und den Angebeteten in seiner Anmut erhöhte. Ich dachte an eine Liebesszene zurück, die ich vor langer Zeit mal für mein Musical geschrieben hatte, in der der Werwolfmann und seine große Liebe in einem Blumenfeld picknickten, während ein Unwetter naht:

Und selbst in Maienknospen tobt der Wind

Auch das klang nicht schlecht. Mit dem Wind hatte ich die schönen Blumen ganz leicht herabgesetzt, ohne sie ihrer Schönheit zu berauben. Anscheinend hatte ich noch das gleiche Gefühl für kitschige Bilder wie damals als Fünfzehnjährige. Doch was reimte sich auf ‹Wind›?

> *Was bist du für ein schönes Kind!*
> Oder vielleicht: *Jetzt hör mal zu, du blödes Rind!*
> Oder gar: *Am Meer, da riecht es heut nach Stint!*

Ich musste mich mal ein bisschen mehr konzentrieren, es würde doch noch etwas anderes als einen toten Fisch am Strand geben: ‹Mint›, ‹Zimt› oder ‹blind›? Alles eher suboptimal. Wie wäre es denn mit ‹lind›?

> *Soll ich dich einem Sommertag vergleichen?*
> *Er ist wie du so lieblich nicht und lind;*
> *Nach kurzer Dauer muss sein Glanz verbleichen,*
> *Und selbst in Maienknospen tobt der Wind.*

Ich starrte auf die Zeilen, und ein wundervolles Gefühl durchströmte mich. Ich hatte endlich wieder etwas geschrieben, nach all den Jahren. Und es war gar nicht mal so übel. Ein Gedicht mit Reim und Metrum. Dass ich so etwas hinkriegen konnte. Dass ich überhaupt etwas hinkriegen konnte!

Es war verdammt schön, etwas hinzukriegen. Auch wenn es nur ein paar Verse waren. Oder es war eben gerade so schön, weil es ein paar Verse waren.

Sollte ich das hier lernen: dass meine wahre Liebe dem Schreiben gehört?

28

«*Deine Zeilen sind nicht komplett fürchterlich.*»

Ich erschreckte mich unglaublich, als ich plötzlich diese Worte hörte. Ich war so versunken in das Gedicht gewesen: «Sie … Sie sind wieder da, Shakespeare?»

Ich war wieder aufgewacht, zwar noch hundemüde, aber wirklich angetan davon, was der Geist namens Rosa aus meinen Worten gemacht hatte: «Das Gedicht so zu wenden, dass die Person noch viel schöner ist als der Sommertag, ist eine sehr gute Idee.»

Es war das erste Mal, dass jemand lobte, was ich zu Papier gebracht hatte. Es war ein unglaubliches Gefühl, das mich mit Stolz erfüllte wie sonst nichts in meinem Leben. Es war ja auch nicht irgendwer, der dies tat. Nicht meine Mutter, die mich als Teenager gelobt hatte, wie ich Schlagzeug spielte, während die Nachbarn bereits einen kleinen Lynchmob organisierten. Nein, es war Shakespeare himself, der mir diese Anerkennung zollte!

Ich war wie elektrisiert, dass Rosa den Durchbruch für das Sonett geschafft hatte, an dem ich bereits so lange laborierte. Ihr Schaffen setzte bei mir etwas frei. «Es könnte so mit der Abwertung des Sommers weitergehen», schlug ich vor und deklamierte:

> *Oft blickt zu heiß des Himmels Auge nieder,*
> *Oft ist verdunkelt seine goldne Bahn,*

«*Jetzt müssen wir etwas finden, das sich auf ‹nieder› reimt, Rosa.*»

Er nannte mich nicht mehr ‹Geist›, sondern endlich Rosa. Das erfüllte mich ebenfalls mit Freude, und ich begann mit ihm gemeinsam nach einem Reim zu suchen: «Lieder …

«… *verblühender Flieder* …»

«… grässliche Mieder …»

«… *erregte Glieder* …»

«An Letzteren habe ich kein Interesse», erwähnte ich mit Blick auf meinen Schoß und schlug vor: «Wie wäre es, wenn wir über den Sommer sagen: ‹All seine Schönheit schwindet wieder›?»

«*Sehr gut!*», *jubelte ich.* «*Nur das Versmaß stimmt nicht ganz, so ist es besser:*

> *Oft blickt zu heiß des Himmels Auge nieder,*
> *Oft ist verdunkelt seine goldne Bahn,*
> *Denn alle Schönheit blüht und schwindet wieder,*
> *Ist wechselndem Geschicke untertan.*»

Rosa schrieb die Verse mit flinker Feder auf. Ich betrachtete die Zeilen. Sie waren wirklich gut. Es war erstaunlich, verrückt, herzerwärmend. Hin und weg, sagte ich: «*So gut habe ich noch nie geschrieben.*»

«Fragen Sie mich mal!»

«*So nah, wie wir beide uns inzwischen gekommen sind, könnten wir uns auch mit ‹Du› anreden*», *bot ich Rosa im Über-schwang meiner Gefühle an.*

«Okay …», erwiderte ich und fühlte mich geschmeichelt. Gut, er hatte mich die ganze Zeit geduzt. Aber jetzt durfte ich es bei ihm auch tun: «Du weißt ja schon, ich heiße Rosa.»

«*Angenehm, William.*»

«Ja, ich weiß», grinste ich. Auf ‹Du und Du› mit Shake-speare – jeder Theaterwissenschaftler würde vor Neid erblassen.

«Warst du, als du noch lebtest, auch ein Dichter, Rosa?», begehrte ich nun zu wissen.

Ich fragte mich, ob ich ihm jetzt erklären sollte, dass ich aus der Zukunft stammte. Aber ich hatte genug Zeitreise-Filme wie ‹Zurück in die Zukunft› gesehen, um zu wissen, dass ich dadurch einiges durcheinanderbringen könnte. Würde ich Shakespeare vom Leben in unserem Jahrtausend erzählen, könnte das den Lauf der Zeit verändern. Vielleicht würde er dann wie Nostradamus ein Buch schreiben, in dem er die nachfolgenden Generationen vor vielen Katastrophen warnt: Kriege, Flugzeugunglücke, Dieter Bohlen …

Das wäre vielleicht nicht schlecht, aber nur auf den ersten Blick. Denn auch das wusste man aus den Zeitreisefilmen: Immer wenn jemand versuchte, die Zukunft zum Positiven zu beeinflussen, ging es schief, und man landete in einer komplett veränderten Gegenwart. Eine, in der vielleicht Erich Honecker Gesamtdeutschland regierte. Oder Joseph Goebbels. Oder gar Florian Silbereisen. Daher ging ich mit meinen Infos spärlich um und antwortete lediglich: «Ich bin Lehrerin.»

«Der niederträchtigste Berufsstand der Welt.»

Na toll, selbst hier hatten Lehrer kein hohes Ansehen. Fehlte nur noch, dass ich mir jetzt anhören musste, dass wir zu viele Ferien hatten. Etwas genervt verteidigte ich mich: «Also, es gibt ja wohl noch den einen oder anderen Beruf, der niederträchtiger ist.»

«Mein Rivale Marlowe war kurze Zeit im Tower eingesperrt. Als er herauskam, erklärte er mit Bravade: Die Folterer waren nicht so fürchterlich wie einst mein Lateinlehrer.»

Was sollte ich darauf antworten? Den Lehrer-Beruf verteidigen, den ich selbst nicht mochte? Ich blickte stattdessen wieder auf das Gedicht: «Es ist wirklich schön ...»

«Man kann wahrlich zufrieden sein, selbst wenn es noch nicht fertig ist.»

«Anscheinend sind wir ein gutes Team», stellte ich fest.

Ein Team. Dies war ein erstaunlicher, aber ein durchaus zutreffender Gedanke, jedenfalls, was das Schreiben betraf. Daher sagte ich: «Wer hätte das gedacht?»

«Ja», sagte ich genauso verblüfft wie Shakespeare, «wer hätte das gedacht?»

Bestimmt nicht mein Deutschlehrer.

29

Ich erfuhr, dass wir an einem Sonett arbeiteten: ein vierstrophiges Gedicht mit vierzehn Zeilen – es fehlten uns also noch sechs bis zur Vollendung. Während ich Shakespeares Erklärungen lauschte, näherten sich draußen wieder Schritte. Kräftige Männerschritte!

Wollten die Kapuzenmänner etwa wiederkommen? Oder waren es doch die Leute von Phoebes Vater? Würden die meine Impotenz-Geschichte glauben? Oder würden sie mich aus dem Fenster werfen, bevor ich ‹Ich krieg keinen hoch› sagen konnte.

«Au Mann, die kommen bestimmt wegen Phoebe», stöhnte ich auf.

«Phoebe?», fragte ich entsetzt, «warum sollten sie wegen Phoebe kommen? Und wen meinst du mit ‹sie›? Himmel, was hast du angestellt, Rosa?»

«Das erkläre ich dir später», würgte ich Shakespeare ab, denn es klopfte an der Tür. Das Klopfen klang eigentlich viel zu höflich, sowohl für die Kapuzenmänner, als auch für die Schergen von Phoebes Vater, die ich zwar noch nicht kannte, von deren Verhalten ich allerdings eine klare Vorstellung hatte. Mit zittriger Stimme fragte ich: «Wer ist da?»

Eine schöne, tiefe Stimme erwiderte: «Ich bin es. Gewähr mir Eintritt.»

Es war die Stimme von Jan.

Ich eilte zur Tür, öffnete sie mit klopfendem Herzen, und vor mir stand der Earl of Essex. Seine Ähnlichkeit mit Jan verschlug mir erneut die Sprache. Er hatte ein schwarzes Ballonhemd an und trug eine sehr elegante schwarze – und vor allen Dingen auch weite – Hose. Endlich mal ein Mann, der nicht aussah, als ob er jeden Augenblick ‹Schwanensee› tanzte.

«Wann fahren Sie zu Maria?», fragte Essex leicht lallend. Er hatte schon wieder einiges intus. Auch Jan hatte damals, nachdem er mich mit dem Sportlehrer erwischt hatte, getrunken wie ein Söldner im Kongo oder wie ein Abiturient in Lloret de Mar. Anscheinend war seine Psyche gar nicht so stabil, wie ich dachte.

«Walsingham will, dass ich morgen zur Gräfin fahre», erklärte ich ihm.

«Werden Sie es schaffen, sie für mich zu gewinnen?», fragte Essex verunsichert. Verunsichert zu sein stand diesem kernigen Mann sehr gut. Fasziniert starrte ich ihn an.

«Warum sehen Sie mich so an?», fragte Essex irritiert.

«Wie ... wie ... schaue ich denn?», erwiderte ich ertappt.

«Homoerotisch», kam die klare und direkte Antwort.

Ich schluckte.

«Du blickst ihn wirklich homoerotisch an?!?», rief ich entsetzt. *Ich konnte Rosas Gesichtsausdruck ja nicht sehen.*

Ich gab Shakespeare keine Antwort, weil Essex sie dann hören würde. Der Earl ergänzte: «Und wenn mir jemand homoerotisch kommt, werde ich zur rasenden Wildsau ...»

«Er meint wohl kaum eine rasende homoerotische Wildsau.»

Essex' Gesichtsausdruck untermauerte Shakespeares Annahme. So redete ich mich heraus: «Dass ... dass meine Augen so wirken, liegt an dem schummerigen Licht.» Dabei zündete ich ein paar weitere Kerzen an.

«Also, werden Sie Maria für mich gewinnen können?», hakte Essex nach, während er sich eine Flasche Wein öffnete, die neben Shakespeares Bett lag. Er machte sich nicht mal die Mühe, ein Glas zu suchen, und trank direkt aus der Flasche. Nobler Earl hin oder her, Manieren hatte er wie ein B-Promi.

Was sollte ich nur tun? Auf der einen Seite würde mich die Queen töten lassen, wenn ich Essex nicht helfe, auf der anderen Seite killen mich die spanischen Spione, wenn ich es tue. Super Auswahl. Plötzlich kam mir ein Gedanke: Wenn allerdings Essex die Gräfin von allein eroberte, dann wäre die Königin zufrieden, und die spanischen Spione könnten mir nicht die Schuld in die Schuhe schieben, da ich gar nicht beteiligt war. Ich zündete die letzte Kerze an und wandte mich wieder Essex zu: «Die Gräfin sollte vielleicht besser direkt von Ihnen hören.»

«Hören?», fragte der Edelmann.

«Wie wäre es mit einem Sonett?», schlug ich vor.

«Dann schreiben Sie mir eins, Barde!», forderte er mich auf. «Oder soll ich es bei Ihrem Konkurrenten Marlowe in Auftrag geben?»

«Der würde nur minderwertige Ware abliefern», erklärte ich pikiert.

Ich hatte keinen blassen Schimmer, wer dieser Herr wohl sein mochte, von dem die beiden sprachen. Es war mir auch völlig egal. Also erwiderte ich: «Sie müssen es selber schreiben.»

«Sie wissen doch: Meine Gedichte sind wie Ihre Füße.» Essex rümpfte die Nase.

«Käse?», mutmaßte ich, und er nickte bestätigend.

«Heda, habt ihr beide da soeben meine Füße beleidigt?»

Ich antwortete dem Barden wieder nicht, sondern schlüpfte ganz schnell in dessen Schuhe, die vor dem Bett standen. Essex forderte mich dabei auf: «Also müssen Sie mir das Gedicht aufschreiben, Stinkefuß.»

«Der Geruch liegt nur an meinem Schuhwerk», versuchte ich zu erläutern, ohne dass jemand darauf einging.

«Vielleicht können Sie ja die Gräfin auf andere Art und Weise umschmeicheln», bot ich dem Earl an. «Wie machen Sie das denn normalerweise bei einer Frau?»

«Ich hebe sie hoch, gebe ihr einen sinnlichen Kuss und trage sie dann schwungvoll in mein Gemach.»

«Ah ... ja», antwortete ich. Dass Jans Seele etwas Zupackendes hatte, hatte ich zwar immer geahnt – unter seinem geschliffenen Äußeren schlummerte etwas Raues –, aber jetzt hatte ich den Beweis, und ich war mir unschlüssig, wie ich das finden sollte.

«Haben Sie das bei der Gräfin auch gemacht?», fragte ich vorsichtig.

«Ich habe es versucht, aber nachdem ich sie hochgehoben hatte, kam eine Kleinigkeit dazwischen ...»

«Was für eine Kleinigkeit?»

«Sie trat mir ins Gemächt.»

«Solche Reaktionen der Damenwelt kenne ich nur zu gut.»

«Das Gemächt war aber jetzt nicht die Kleinigkeit?», fragte ich durcheinander.

«Ich glaube nicht», kommentierte ich amüsiert.

«Nein», erwiderte Essex, leicht angefressen, «der Tritt der Gräfin war damit gemeint.»

Ich räusperte mich verlegen und versuchte ihn dann wieder auf die Spur zu bringen: «Sie müssen kein perfektes Gedicht schreiben, es muss genau genommen gar kein Gedicht sein, wichtig ist doch nur, dass Ihre Worte von Herzen kommen, nicht wahr?»

Essex verstand nicht ganz, was ich damit meinte.

«Versuchen Sie es mal. Stellen Sie sich vor, ich bin die Gräfin», bot ich an. Wenn wir Lehrer-Fortbildungen hatten, zwangen uns die Coaches auch immer in Rollenspiele, und die machten überraschenderweise manchmal sogar Sinn. Eventuell konnte ich ja Essex auch mit so einem Rollenspiel auf die Sprünge helfen.

«Sie ... sind die Gräfin?», fragte er irritiert.

«Ja, wie bei einem Schauspiel.»

Der Earl nickte, das verstand er. Jeder in diesem Jahrhundert schien das Theater zu lieben. Es war ein echtes Massenmedium.

«Sagen Sie, was Sie für mich empfinden», munterte ich ihn auf.

«Für Sie?», fragte er irritiert.

«Ich erkläre es Ihnen noch einmal», er war wirklich etwas schwer von Begriff. «Ich bin in diesem Augenblick kein Mann, ich bin für Sie jetzt die Gräfin, die Sie so verehren.»

Der Earl war unsicher: «Ich weiß nicht ...»

«Versuchen Sie es. Lassen Sie Ihre Phantasie spielen.»

«Soldaten besitzen keine Phantasie, Rosa.»

Essex zögerte: «Aber ... ich bin im Umgang mit Worten nicht so erfahren.»

«Ich bin mir sicher, dass Sie der Gräfin Ihre Liebe auch ohne Gedicht gestehen könnten», munterte ich Essex auf.

Der Earl wurde nun sehr nervös.

«Was haben Sie zu verlieren?», fragte ich.

Er überlegte, nahm noch einen großen Schluck Rotwein, dann stellte er die Flasche beiseite, musste sich noch einen Ruck geben und baute sich dann vor mir auf: «Gräfin ...», stammelte er nun völlig nervös.

Er war wirklich süß, wenn er so nervös war.

«Ja?», fragte ich nach. Mir machte diese Art Spiel tatsächlich Freude.

Er sah mir nun in die Augen und erklärte aus tiefstem Herzen: «Gräfin, Sie sind das schönste, wundervollste und großartigste Wesen, das ich je erblickt habe.»

Ich hatte jahrelang keine Komplimente mehr von Jan gehört. Daher trafen mich seine Worte jetzt mit voller Wucht. Es war so schön, sie von einem Mann zu hören, dessen Körper so aussah wie Jan und der sogar noch dessen Seele bewohnte.

«Ich ... ich ...» Er hörte auf zu reden, von seinen eigenen Gefühlen übermannt. Dank des Alkohols hatte er sich nun so richtig in die Situation hineinfallen lassen.

«Was wollen Sie sagen?», fragte ich nach und trat näher an ihn heran. Uns trennten nur noch wenige Zentimeter. Es knisterte im Raum. Wie bei einem ersten Date. Besser gesagt: Wie am Ende eines ersten, großartigen Dates. Wie damals bei Jan und mir am Meer. Unmittelbar vor unserem ersten Kuss.

«Ähem, Rosa ... was genau geht hier vor?», fragte ich entsetzt.

Ich hörte Shakespeare schon gar nicht mehr, dafür aber

den Earl: «Ich … ich … liebe Sie», hauchte er nun voller Gefühl und betrachtete mich dabei schmachtend. Wie lange hatte ich mich danach gesehnt, diese Worte wieder zu hören! Und auch wenn sie gerade in der skurrilsten aller nur denkbaren Situationen fielen, war es einfach wunderschön.

«Ich … dich auch», erwiderte ich, von meinen eigenen Gefühlen übermannt, und vergaß ganz, den Earl zu siezen.

Oh, mein Gott, das hatte mir gerade noch gefehlt, Rosa war in den Earl verliebt.

Unsere Gesichter waren nur noch wenige Millimeter voneinander entfernt, und der Earl lächelte selig, tief in unser Rollenspiel versunken: «Ist das wahr?»

Aus tiefstem Herzen antwortete ich: «Ja.»

«Nein!!!»

«Du liebst mich auch?», fragte der Earl verklärt lächelnd, auch er verzichtete auf das ‹Sie›.

«Auf gar keinen Fall!»

In Essex' Augen … Jans Augen … zu sehen, verzauberte mich. Wie von Sinnen näherten sich meine Lippen den seinen. Er wich nicht aus. Auch er war von Sinnen. Vom vielen Alkohol. Von seinen Gefühlen für die Gräfin.

«Es ist so schön zu hören, dass du mich liebst …», hauchte Essex.

«Danke gleichfalls», erwiderte ich leise. Und dann küsste ich ihn.

«Oh … mein … Gott!»

Die Lippen des Earls waren etwas rauer als die von Jan, aber ansonsten fühlten sie sich genauso an. Für wenige Millisekunden fühlte ich mich im siebten Himmel.

Es war die Hölle, und so schrie ich: «Ahhhhhhhh!»

Shakespeares Schrei erschreckte mich, und so schrie auch ich laut auf: «Ahhhhhhhhh!»

Und Essex brüllte darauf ebenfalls: «Ahhhhhhhhh!»

Allerdings tat er dies weniger, weil ich ‹Ahhhhhhhhh› geschrien hatte, sondern wegen des Kusses.

«Du hast mich geküsst?!?!?!?!», rief der Earl entsetzt. «Was für ein übles Spiel treibst du mit mir?»

«Nun...» Ich suchte nach passenden Worten, fand aber keine.

«Sei still!» Er wankte jetzt immer unkontrollierter. «Ich müsste dich umbringen, du Wicht!»

Er wich weiter zurück, wollte seinen Degen ziehen, aber er stolperte gegen den Tisch. Dabei stieß er die brennende Kerze um, die auf die Papiere fiel und sie sofort in Brand steckte.

«Hamlet, die Komödie!», rief ich panisch.

«Unser Gedicht!», schrie ich.

«Das auch!»

Ich sprang sofort zum Tisch, wischte die Kerze beiseite und warf die brennenden Papiere auf den Boden. Um den Hamlet war es ja nicht so schade, Shakespeare müsste sowieso die Geschichte vom unentschlossenen Dänen nochmal als Tragödie aufziehen. Glück im Unglück war, dass ich durch diese Aktion unser angefangenes Gedicht retten konnte. Pech im Unglück war hingegen, dass das trockene Holz des Fußbodens ebenfalls schnell entflammte. Bevor ich mich's versah, stand ich in einem Ring aus Flammen.

30

Eins musste man diesen Häusern im alten England lassen: Sie brannten wie Zunder. Um mich herum loderten die Flammen, und ich geriet in eine unglaubliche Panik: Gleich würde ich verbrennen! In meinen Kopf schoss ein Anfangsbild aus einem Spielfilm über Johanna von Orléans, den ich mal gesehen hatte. Am Anfang des Films wurden Ketzer von Kirchenleuten verbrannt. Die Ketzer schrien und schrien, als die Flammen sie langsam und qualvoll auffraßen, und sie flehten dabei brüllend Gott an, dass er sie von den fürchterlichen Qualen erlösen solle. Als ich das damals sah, dachte ich drei Dinge: Erstens: Was für eine üble Art zu sterben. Zweitens: Diese Kirchenleute haben eine recht merkwürdige Auffassung von christlicher Nächstenliebe. Und drittens: Was für ein Gott lässt denn so etwas zu? Der Gott der üblen Scherze?

Jetzt war ich selbst von solchen Flammen umzingelt und hatte unbeschreibliche Angst, die gleichen Schmerzen erleiden zu müssen wie diese Ketzer. Und davor, dass ich gleich hier sterben würde und damit auch mein Gehirn und mein Körper in der Gegenwart. Gut, meine Seele würde wohl weiterziehen, so viel war ja mittlerweile klar. Sie würde ein neues Leben führen – hoffentlich nicht in Afghanistan, Bangladesch oder im Haushalt von Britney Spears. Die Seele war also halbwegs auf der sicheren Seite. Aber mein Geist, mein Bewusstsein, mein ‹Ich› würde auf immer ausgelöscht werden! Dabei hatte ich doch immer noch nicht begriffen, was die ‹wahre Liebe› war. Es wäre so unendlich traurig zu sterben, ohne je die wahre Liebe kennengelernt zu haben.

Die Flammen schlugen hoch, ich hielt mir die Arme vors Gesicht, um es zu schützen. Da hörte ich Essex schreien: «Tally-ho!»

Er sprang in die graue Decke gehüllt in den Feuerring, warf sie über uns beide, packte mich um die Hüfte und sprang wieder zurück. Meine Strumpfhose kokelte dabei zwar unten leicht an, aber die Decke schützte uns vor den Flammen. Essex hatte sie anscheinend vorher mit Wasser aus dem Krug, der beim Bett stand, übergossen – ich hoffte sehr, dass es sich dabei um einen Wasserkrug handelte und nicht um die Bettpfanne.

Essex war wie alle Männer der Armee: ein törichter Idiot. Jemand mit gesundem Menschenverstand würde nicht auf Befehl der Königin um die halbe Welt segeln und Menschen aus fremden Völkern den Kopf mit einer Axt einschlagen, nur um die Bananenfrucht nach England zu bringen. Doch manchmal war es gut, so einen mutigen Tor in der Nähe zu haben. Jetzt zum Beispiel! Hätte ich Essex – dank Rosa – nicht bereits geküsst, ich hätte es in diesem Augenblick sicherlich getan!

«Wir sind noch nicht gerettet», rief Essex mir zu. Er hob die Decke etwas hoch, damit wir unseren Weg herausfinden konnten, und ich sah, dass ein Holzbalken über uns schon Feuer gefangen hatte. Wir rannten los, da krachte der brennende Balken vor uns auf den Boden und versperrte den Weg. Hinter uns waren Flammen, vor uns waren Flammen. Und blöderweise auch neben und über uns. Es gab kein Entrinnen mehr!

Aber wenigstens würde ich in Jans Armen sterben. Wir waren uns nah in diesem Moment, körperlich zumindest. Gemeinsam kauerten wir unter der grauen Decke, und ich ignorierte den Umstand, dass diese wirklich ein bisschen streng nach Bettpfanne roch. Ich blickte in das Gesicht dieses wunderbaren Mannes, und ich konnte nicht anders: Ich küsste ihn nochmal auf den Mund.

So hatte ich mir meinen letzten Augenblick auf Erden wahrlich nicht vorgestellt!

Diesmal sah Essex mich nicht überrascht an und auch nicht entsetzt, sondern völlig verwirrt. Er wollte mich nicht töten für den Kuss, wie noch wenige Sekunden zuvor, er wirkte eher … aufgewühlt? Fand er den Kuss etwa schön? Das konnte doch nicht sein, oder? Das wäre doch verrückt. Noch verrückter als alle anderen Dinge, die mir bisher passiert waren.

Aber vielleicht, ganz, ganz vielleicht könnte es ja doch sein, dass unsere beiden Seelen füreinander bestimmt waren und er dies in diesem Augenblick spürte, obwohl ich mich in einem Männerkörper befand. Womöglich war ja nicht ich die Kreislaufstörung in der ewigen Liebe zwischen Jan und Olivia. Vielleicht war ja Olivia diejenige, die die ewige Liebe zweier füreinander bestimmter Seelen immer wieder torpedierte? Der Seelen von Jan und mir?

Ich musste es einfach wissen und küsste Essex nochmal sanft auf die Wange.

Er wusste nun gar nicht mehr, wie er reagieren sollte.

Etwas in ihm fühlte sich definitiv zu mir hingezogen.

Und das ließ mich – trotz der unfassbaren Hitze um uns herum – wohlig erschaudern.

Auch Essex hatte sich seine letzten Momente auf Erden gewiss nicht so vorgestellt.

Es war ein fast schon romantischer Augenblick, blöd nur, dass die Flammen um meine Füße herumzüngelten. Die Hitze da unten wurde unerträglich. So sehr, dass ich auf und ab hüpfen musste, um den Flammen auf den Boden zu entkommen. Essex tat es mir gleich. Und so sprangen wir auf und ab wie Griechenland-Touristen, die in der Mittagshitze am Badestrand ihre Latschen vergessen hatten. Das Feuer sengte meine Strumpfhose an, sie wurde bereits schwarz, jeden Augenblick würde ich verbrennen. Ich hüpfte panisch höher und höher. Das alles hatte nun rein gar nichts mehr mit Romantik zu tun, sondern nur noch etwas mit Gedanken wie: ‹Wäre ich mal doch lieber mit Axel in die Kiste gestiegen statt zum Hypnotiseur in den Wagen.›

Unter dem Knistern der Flammen hörte ich auf einmal ein Knacken. Es stammte von dem verkohlten Holz unter unseren Füßen – dank unserer panischen Sprünge gab der Boden langsam nach.

«Wir müssen aufhören zu springen!», sagte ich panisch zu Essex.

«Dann verbrennen wir», erwiderte er.

«Aber wir brechen sonst durch den Boden.»

Kaum hatte ich das gesagt, krachten wir auch schon durch den Boden. Wir befanden uns im freien Fall, und ich schrie dabei Essex ins Ohr: «HILFEEEEEEEE!»

Wir schlugen hart auf dem Boden der kleinen Wohnung unter uns auf, aus der die Bewohner anscheinend schon längst vor den Flammen geflohen waren. Dabei landete ich direkt auf dem armen Essex, der dadurch meinen Fall abfederte. Dennoch schrie ich ihm weiter ins Ohr: «EEEEEE!!!»

Ächzend und hörbar mit Schmerzen erwiderte er: «Hören Sie auf zu schreien, sonst werde ich noch ... Heiliger Mist!»

«Du wirst ‹Heiliger Mist›?», fragte ich verdutzt.

«Nein», erwiderte er und deutete nach oben. «Die Decke wird gleich auf uns niederschmettern. Deswegen rief ich ‹Heiliger Mist›.»

«Heiliger Mist», bestätigte ich mit Blick auf eine brennende Holzplanke, die sich soeben gelöst hatte!

Essex nahm geistesgegenwärtig Schwung und rollte mit mir zur Seite, während nur einen halben Meter neben uns die Planke aufprallte.

Jetzt war es Essex, der auf mir lag. Und ich sah ihn, meinen Retter, erneut verliebt an, was ihn sichtlich irritierte: «Ich wäre dir sehr verbunden, wenn du mich nicht andauernd so ansehen würdest.»

«Stört dich das?», fragte ich.

«Überraschenderweise nicht …», erwiderte er leise.

Aber mich störte es!

«Irgendetwas zieht mich zu dir …», stammelte Essex völlig verwirrt und sah mich dabei doch tatsächlich fasziniert an. Wäre ich in einem Frauenkörper gewesen, hätte er mich in diesem Augenblick garantiert geküsst. Mein Herz schlug wie wild, denn es gab kein Leugnen mehr: Zwischen unseren Seelen gab es wirklich eine Verbindung! Eine, die über die Zeiten hinweg Bestand hatte. Und sogar über die Geschlechtergrenzen.

31

Natürlich reagieren Menschen in Extremsituationen extrem. Und wenn wir hier heil herauskommen würden, durfte mich Essex meinetwegen auch gerne küssen. Von mir aus konnte er wie eine Töle mit der Zunge mein Gesicht abschlecken. Aber dies hier war keineswegs der richtige Zeitpunkt! Daher rief ich aus: «Wir müssen hier weg, Rosa!»

Shakespeare hatte recht, dennoch gefiel es mir nicht, zerstörte er doch damit den magischen Moment.

«Wir sollten aufstehen», sagte ich zu Essex. Der nickte bestätigend. Wir rappelten uns auf und rannten nun aus der leeren Wohnung ins Treppenhaus, das ebenfalls schon lichterloh brannte. Überall gab es schwarzen Rauch, man konnte kaum noch etwas erkennen. Wir stolperten die Treppen runter, aber es wurde immer schwerer zu atmen. Der Rauch wurde immer dicker, verstopfte einem die Lunge. Überraschenderweise war es Essex, der sich damit noch schwerer tat.

Ein Schauspielerkörper, der sich jeden Tag auf der Bühne seine Seele aus dem Leib spielt, ist nun mal besser in Form als jeder Soldat.

Ich stützte Essex, der langsam das Bewusstsein verlor. Doch auch ich konnte mich kaum noch auf den Beinen halten und wurde von schweren Hustenkrämpfen geschüttelt. Aber ich konnte Essex ja auch nicht hierlassen. Dazu liebte ich ihn – oder Jan … oder seine Seele … viel zu sehr. So zog ich den bewusstlosen Mann röchelnd die Treppen runter. Durch den schweren Rauch erkannte ich schemenhaft die Tür. Ich nahm die letzte Stufe, es waren nur noch wenige Meter bis in die

Freiheit. Doch der Rauch wurde immer zäher und ätzender, ich hustete schwer und hatte das Gefühl, kleine Teerklumpen auszuspucken. Mir wurde schwindelig, von Sekunde zu Sekunde schwand mein Bewusstsein. Mit letzter Kraft erreichte ich die Tür. Ich tastete durch den schwarzen Rauch nach der Klinke. Meine Hand glitt über das Holz der Tür auf der Suche nach dem Griff. Das Holz war schon heiß, an meinen Fingern spürte ich dicken, klebrigen Ruß ... da erfasste ich endlich die Klinke! Ich wollte sie mit letzter Kraft runterdrücken ... nur um dabei festzustellen, dass ich gar keine letzte Kraft mehr besaß. Ich brach zusammen, mit dem ohnmächtigen Essex in meinen Armen, genau vor der Tür, wenige Zentimeter vor der Rettung. Wir beide würden jetzt gemeinsam ersticken. Oder verbrennen. Was immer auch zuerst geschah. Und mein letzter Gedanke war: ein Tod wie in einer großen Liebestragödie.

Wenn man mal von dem Geruch der Decke absah.

Hätten die beiden Tölpel sich nicht zuvor so lange verliebt in die Augen gestarrt, wären wir jetzt gerettet gewesen, statt vor der Tür elendig zu verenden. Doch es gab ein Glück in diesem schier unermesslichen Unglück: Da Rosa ohnmächtig wurde, konnte ich plötzlich meinen Körper wieder spüren. Völlig überrascht versuchte ich meine Finger zu bewegen ... es gelang! Ich konnte meine Gliedmaßen wieder kontrollieren! Welche unfassbare Freude! Trotz der Hitze und der Lebensgefahr war ich überglücklich, nicht mehr in meinem Hirn gefangen zu sein. Es war jedoch eine Ironie des Schicksals, dass ich dank meiner Euphorie wertvolle Sekunden vertrödelte, indem ich glücklich meine Finger auf und ab bewegte wie ein kleines Kind beim heiteren Zahlenreim. Als ich mich aufrappeln wollte, raubte mir der Rauch das Bewusstsein, und ich brach zusammen. We-

nige Zentimeter vor meiner Haustür. Hier, so mein letzter Ge-
danke, würde also mein Leben enden, in den Armen eines Sol-
daten. Dies war kein Ende einer großen Tragödie, auch nicht
das einer großen Komödie. Für mein törichtes Handeln musste
es einen neuen Begriff geben: Es war eine Trottelie!

32

«WILL …», hörte ich aus der Ferne jemanden sagen.

«WILL!» Der Ruf wurde lauter.

«WILL!!!»

Ich traute mich nicht, die Augen zu öffnen. Wo war ich? Bei Prospero im Zirkuswagen? Oder in einem neuen Leben im Haushalt von Britney Spears? Aber weder Prospero noch Britney hätten mich ‹Will› genannt. Außerdem war mir immer noch heiß, und ich konnte kaum atmen, war also immer noch in dem völlig verrauchten Treppenhaus. Ich gab meinen Augen den Befehl, sich zu öffnen, und schemenhaft erkannte ich durch den schwarzen Rauch eine große, dicke Gestalt: Es war Kempe! Er hatte die Tür aufgestoßen und zog mich vom Boden an den Armen hoch.

«Ich hol dich raus», ächzte der dicke Mann.

«Rette … Jan», stammelte ich.

«Wer ist Jan?», fragte Kempe irritiert.

Da wurde ich erneut ohnmächtig.

Als ich das nächste Mal aufwachte, lag ich auf der Straße dem brennenden Haus gegenüber, neben mir Essex, der immer noch bewusstlos war. Und vor mir stand der dicke Schauspieler, dessen Papageienweste jetzt ganz verrußt war.

«Du hast mir das Leben gerettet», flüsterte ich.

«Das ist schon eine Gewohnheit», erwiderte er.

«Eine Gewohnheit?»

«Es ist das fünfte Mal», grinste er.

«Wie bitte?»

«Ich habe mitgezählt. Das erste Mal war, als du dich umbringen wolltest.»

«Ich wollte mich umbringen?»

«Wegen dem Kummer, den deine Frau dir bereitet hat ...»

Shakespeare hatte Liebeskummer wegen seiner Frau? Und er wollte sich deswegen sogar das Leben nehmen? Jetzt bekam ich richtig Mitgefühl mit ihm. Er war also tief im Herzen kein arroganter, Frauen verachtender Mensch, sondern seine Ablehnung gegenüber dem weiblichen Geschlecht hatte ihren Ursprung in einem großen Schmerz. Er war, wie ich schon vermutet hatte, eine verletzte Seele. Wie ich. Womöglich sogar mehr als ich, denn ich hatte mich wegen Jan nie umbringen wollen, sondern nur Jahre meines Lebens verschwendet.

Wo war Shakespeare überhaupt gerade? Er schwieg. Ich glaubte nicht, dass er verschwunden war, ich meinte seine Anwesenheit in meinem – sorry, in seinem – Körper noch irgendwie zu spüren. War er etwa noch bewusstlos?

«Das zweite Mal habe ich dir das Leben gerettet», redete Kempe weiter, «als du gegenüber dem Earl von Worcestershire die Vermutung geäußert hast, dass seine Eltern sicherlich Geschwister gewesen waren. Das dritte Mal, als die Äbtissin des Klosters von Cambridge dich erschlagen wollte, weil du zwei ihrer Nonnen gezeigt hattest, dass Askese ziemlicher Käse ist.»

Er lachte laut auf. Er hatte das gleiche herzerwärmende Lachen wie mein Freund Holgi, und er war für Shakespeare ein echt guter Freund, so wie Holgi es für mich war. Wie oft hatte er mich getröstet, wenn ich fertig war. Wie oft musste er mir dabei zusehen, wie ich mich wegen Jan in den Schlaf weinte. Wie oft musste er zu mir kommen, weil ich erst auf dem Klo feststellte, dass ich wieder mal vergessen hatte, Tampons einzukaufen.

Dafür riskierte Holgi zwar nicht sein Leben, verzichtete aber auf den ein oder anderen One-Night-Stand, der ihm sicherlich mehr Freude bereitet hätte, als den Verkäufer an der Tanke nach Tampons zu fragen. Und wie hatte ich ihm das gedankt? Nicht sonderlich. Ich hatte ihn immer als selbstverständlich angesehen, ihm nie gesagt, dass er mir auf seine Weise genauso viel bedeutete wie Jan. War es das, was ich über die wahre Liebe lernen sollte, dass es die Freundschaft ist?

«Das vierte Mal hab ich dich soeben gerettet», lächelte Kempe und unterbrach damit meine Gedanken.

«Ich dachte, das wäre das fünfte Mal gewesen.»

«Nein, das kommt jetzt, mein Freund.»

Ich blickte Kempe erstaunt an.

«Die Leute von Henslowe wollen dich umbringen. Phoebe hat ihrem Vater erzählt, du hättest sie entjungfert.»

«Das ist aber nicht wahr!», protestierte ich.

«Dann hast du jetzt den ganzen Ärger ohne vorherigen Spaß», lächelte Kempe gespielt mitleidig.

«Sehr witzig», pampte ich ihn an.

«Versteck dich im Theater», schlug Kempe vor.

«Werden die mich da nicht als Erstes suchen?», wollte ich wissen.

«Das haben sie schon getan, daher werden sie dort nicht nochmal hingehen. Und ich werde sie ein bisschen auf der Suche nach dir in die Irre führen, ins Bordell, wo einige von mir bezahlte Damen auf sie warten, um sie abzulenken … und sie mit Syphilis zu erfreuen.»

«Du bist ein guter Freund», seufzte ich erleichtert den Satz, den ich eigentlich schon längst mal zu Holgi hätte sagen sollen. Da der aber nicht da war, drückte ich Kempe an mich. Ganz fest. Und ich hoffte, dass ich nochmal die Gelegenheit bekommen würde, Holgi auch so an mich drücken zu können.

«Du zerquetschst mich wie ein Ringer», sagte Kempe dröhnend lachend.

«Aus Liebe», erwiderte ich lächelnd, was ihn sichtlich erstaunte.

«Die Liebe von Ringern ist eine, deren Zeuge ich nicht werden möchte», schmunzelte Kempe.

Dann fiel mein Blick auf den immer noch bewusstlosen Essex. Er sah so hilflos aus, wie er da lag, voller Ruß und Brandlöcher.

«Was ist mit ihm?», fragte ich besorgt.

«Wir schleppen ihn mit ins ‹Rose›.»

Als wir das Theater erreichten, wuchteten wir Essex auf die Bühne und legten ihn dort ab. Kempe verabschiedete sich, um seine Mission Syphilis durchzuführen. Shakespeare sprach noch immer nicht mit mir. Da stand ich also ganz allein in dem Theater, das eine ganz andere Atmosphäre aufwies als zuvor. Es war ruhig, die begeisterte aufgewühlte Menge, die am späten Nachmittag mit den Akteuren auf der Bühne mitgefiebert und sich dabei so prächtig amüsiert hatte, lag längst in ihren Betten. Mond und Sterne leuchteten über dem offenen Dach, so hell, wie ich es noch nie gesehen hatte, noch nicht mal damals mit Jan am Meer. Dieser Anblick war einer der Vorteile davon, sich in einem Jahrhundert ohne

Umweltprobleme zu befinden. Die einzige Luftverschmutzung ging von meinen verrauchten Klamotten aus, die ich dringend wechseln musste. Doch da mir das in meinem Männerkörper sicher genauso viel Freude bereiten würde wie zuvor das Entleeren der Blase, wartete ich noch ein bisschen damit. Stattdessen atmete ich tief durch und versuchte meine Gedanken zu ordnen: Ich hatte hier schon viel über die Liebe gelernt: dass es Seelen gab, die füreinander über alle Zeiten hinweg bestimmt waren. Auch wenn ich noch nicht genau wusste, ob Jan für mich bestimmt war oder für Olivia. Sicher waren Jans und meine Seelen irgendwie miteinander verbunden, so viel war nun klar. Aber ich fragte mich doch: War ich wirklich seine große ewige Liebe oder nur die Versuchung, die die wahre Liebe behinderte? Eine, die ihn immer nur in Extremsituationen heimsuchte: als er damals bei Sylt kurz vor dem Ertrinken war und nun eben in Shakespeares Haus kurz vor dem Flammentod.

Ich hatte auch gelernt, dass ich meine Liebe zu meinem besten – und einzigen – Freund nicht ausreichend gepflegt hatte. Und dass das Leben viel zu kurz war, um es nicht zu genießen, obwohl ich nicht so genau wusste, wie ich es genießen sollte. Aber augenscheinlich hatte ich trotz allem noch nicht genug über die wahre Liebe gelernt, um in die Gegenwart zurückzukehren.

Ich seufzte, blickte mich um, ging hinter die Bühne und sah dort einen kleinen Schreibtisch mit einer Kerze, Feder und Tinte. Genau so einer, wie er bei Shakespeare in der Wohnung stand. Höchstwahrscheinlich schrieb er hier gelegentlich noch ein paar Änderungen für seine Stücke. Ich beugte mich über die Papiere und sah hingekritzelte einzelne Sätze wie: ‹Die Hölle ist leer, und alle Teufel sind schon hier.›

Ich schmunzelte und erinnerte mich daran, dass ich noch

etwas über die Liebe gelernt hatte: dass ich es liebte zu schreiben.

Ich zog aus meiner Hemdtasche das angefangene Sonett und freute mich, dass das Papier zwar an den Seiten leicht angekokelt, aber ansonsten noch heil war. Ich zündete die Kerze an und breitete das Papier auf dem Schreibtisch aus. Etwas Ruß rieselte von dem Hemd auf das Papier. Mit einem Mal hörte ich:

«Das Papier wird schmutzig.»

«Himmel!», schrie ich erschrocken auf und schimpfte: «Du hast echt ein Faible für Überraschungsmomente.»

«Moment, Moment, wer hat denn hier wen geschockt? Ich war es nicht, der einen Mann geküsst hat!»

«Na ja … wenn man es genau nimmt, warst du es schon», gab ich zu bedenken, «es war dein Körper.»

«Ich glaub nicht, dass ich daran erinnert werden möchte.»

«Du hast damit angefangen.»

«Und ich hör auch sofort wieder damit auf.»

«Gute Idee.»

«Aber ich fände es erfreulich, wenn du nie wieder einen Mann küssen würdest.»

Da ich Shakespeare dies nicht versprechen konnte, schwieg ich. Nach einer Weile schlug er vor:

«Wir sollten die Kleidung wechseln.»

«Was?»

«Wir sollten die Kleidung wechseln und uns waschen.»

«Ich bin eine Frau und denke gar nicht daran, einen fremden Mann auszuziehen, selbst wenn ich in seinem Körper stecke», stellte ich klar.

«Aber so verrußt können wir wohl kaum vor die Gräfin Maria treten und unseren Auftrag erfüllen. Und wenn wir dies nicht tun, landen wir im Tower.»

«Ich habe mir sagen lassen, da soll es weniger schlimm sein als in der Schule», ätzte ich, wohl wissend, dass der Mann recht hatte. Ich musste die Klamotten wechseln und mich waschen. Bestimmt erklärte ich: «Aber die Unterhose bleibt an.»

«Was ist eine Unterhose?»

«Wie ‹Was ist eine Unterhose?›?»

«Ich habe dieses Wort noch nie gehört.»

«Du weißt nicht, was eine Unterhose ist?» Ich konnte es nicht fassen. Ich war in einem Jahrhundert gelandet, in dem die Unterhose noch nicht erfunden war!

«Was ist also eine Unterhose?», fragte ich nochmal.

Ich überlegte kurz und dachte mir, dass ich wohl kaum die Zukunft verändern würde, wenn ich Shakespeare das Konzept der Unterhose verrate, und so schilderte ich ihm, um was es sich bei einer der besseren Erfindungen der Menschheit handelte. Als ich fertig war, sagte er beeindruckt:

«Mit so einer Unterhose könnten einige Menschen ihre braunen Stellen an den Strumpfhosen vermeiden.»

Wenn man es so betrachtete, war die Unterhose vielleicht sogar die beste Erfindung der Menschheit. Doch diese Erkenntnis half mir nicht weiter. Wenn ich mich also umziehen würde, musste ich mich ganz ausziehen müssen. Also zog ich es vor, mich nicht umzuziehen.

«Du willst mich wirklich nicht entkleiden?» Rosa schien eine anständige Frau zu sein, von denen gab es nicht allzu viele. Langsam dachte ich, dass mich viel fürchterlichere Geister hätten heimsuchen können als Rosa: der Geist von Attila, dem Hunnen, der von Nero oder – gar nicht auszudenken – der von meiner garstigen Mutter. Wenn die mich hätte ausziehen müssen … an so eine albtraumhafte Begebenheit wollte ich gar nicht denken. Ich konzentrierte mich eilig wieder auf das vor

mir liegende Problem: «Es gibt eine Möglichkeit, wie wir aus diesem Dilemma herauskommen können.»

«Wenn du jetzt sagst, dass du eine Frau rufen könntest, die das Ausziehen übernimmt, hau ich dich.»

«Dann würdest du dich aber auch selber hauen.»

«Das wäre es mir dann wert.»

Rosa hatte Pfeffer im Hintern – natürlich bildlich gesprochen, denn eigentlich handelte es sich hier um meinen Hintern. Nichtsdestotrotz war ich äußerst amüsiert, mochte ich doch Frauen mit Temperament. Ich verriet ihr: «Ich habe im Feuer eine Entdeckung gemacht. Wenn du schläfst oder bewusstlos wirst, kann ich meinen Leib wieder übernehmen.»

Das erstaunte mich sehr. Aber es schien tatsächlich ein Ausweg zu sein, so musste ich nicht selber Shakespeares Körper waschen. Außerdem war ich tatsächlich nach all den Erlebnissen hundemüde und erschöpft.

«Das klingt nach einem guten Plan», antwortete ich daher Shakespeare. «Ich würde sehr gerne schlafen.»

Ich ging zu einer Liege, die in einer Ecke zwischen Theaterrequisiten wie Fahnen, Speeren und hölzernen Pferden stand. Die Liege mutete römisch an, sie war eine von der Sorte, von der aus Cäsaren ‹Orgien, gebt mir Orgien!› riefen. Ich legte mich darauf, fand aber einfach nicht in den Schlaf. Es war noch zu viel Adrenalin im Blut. Außerdem stank ich fürchterlich nach Rauch.

«Was ist?», fragte ich.

«Ich kann nicht einschlafen.»

«Dem kann ich vielleicht Abhilfe schaffen. Es gibt seit ein paar Jahren ein neues Schlaflied, das jedes englische Kind zurzeit gerne hört. Ein regelrechter Gassenhauer. Vielleicht hilft es.»

«Das ist jetzt nicht dein Ernst ...», grinste ich.

«Schlaf, Kindlein, schlaf, dein Vater hüt' die Schaf ...», begann ich einfach zu singen.

«O nein!», lachte ich auf.

«Die Mutter schüttelt's Stängelein ...»

«Das klingt ehrlich gesagt etwas anrüchig», kam es mir in den Sinn.

«Das ist wohl wahr.»

«Zumal der Vater ja gerade die Schafe hütet», schmunzelte ich. «Da stellt sich doch die Frage, wessen Stängelein die Mutter überhaupt schüttelt.»

«Man kann nur vermuten, dass es sich um einen anderen Mann handelt. Einen, der nicht so streng riecht wie der Schafhüter.»

«Vielleicht der Schwager», mutmaßte ich.

«Oder der Pfarrer.»

«Deswegen will die Mama wohl auch so sehr, dass das Kind endlich einschläft. Das Kindchen bekommt sonst eine schlechte Meinung von Gott, wenn es die beiden erwischen sollte.»

«Über kurz oder lang bekommt diese Meinung sowieso jeder.»

«Zum Beispiel der Vater, der auf der Weide steht und nichts von der Sache mit dem Stängelein ahnt.»

«Der arme Mann holt sich sicherlich indessen gewiss seine Befriedigung bei den Schafen.»

«Vielen Dank, mit diesem Bild im Kopf kann ich jetzt bestimmt gar nicht mehr einschlafen», grinste ich.

«Mir tut der Pfarrer besonders leid.»

«Weil er wegen des Beischlafes Ärger mit den Kirchenoberen bekommt?»

«Nein, dem Beischlaf frönen ja selbst die Bischöfe.»

«Warum dann?»

«Weil er nur ein Stängelein hat, keinen Stängel.»

Ich musste laut auflachen; eins musste man Shakespeare lassen, er hatte Sinn für Humor.

«Mir tut in diesem Falle die Frau noch mehr leid», erwiderte ich.

Ich musste laut auflachen, eins musste man Rosa lassen, sie hatte Sinn für Humor.

Ich hatte das erste Mal in der Vergangenheit richtig Spaß. Um genau zu sein, ich hatte das erste Mal seit ziemlich langer Zeit richtig Spaß.

Ich hatte das erste Mal seit langem aufrichtige Freude. Um ehrlich zu sein, ich hatte das erste Mal seit der großen Katastrophe in Stratford richtige Freude.

Sollte ich meine Seele vielleicht doch mögen können?

33

Rosa und ich fabulierten die Geschichte vom Schäfer, dem Pfarrer und dem Stängelein weiter, stellten dabei unter anderem fest, dass der Begriff ‹Schäferstündchen› jetzt eine Sodomie-Konnotation besaß, und hatten dabei wirklich viel Freude. Aus unserem gemeinsamen Gelächter wurde nach und nach – je schläfriger Rosa wurde – gemeinsames Schmunzeln, und am Ende schlief sie zufrieden ein. Ich fragte mich, wie Rosa wohl als Mensch ausgesehen hatte, wie es wohl sein mochte, sie als Frau so auf der Liege zu sehen. War sie bezaubernd? Gar betörend? So betörend, wie sie geistreich war?

Doch ich vertrieb diesen Gedanken, ich durfte nicht erneut wertvolle Zeit verlieren. Ich erlangte wieder die Kontrolle über meinen Körper, zog die dreckigen Kleider aus, ging mich eilig waschen, fand neue Kleidung in den Truhen des Theaters und begab mich auf den Weg zu dem Alchemisten Dee. Ich wandelte durch das nächtliche Southwark, dessen Straßen so gut wie menschenleer waren. Um diese Zeit befand sich nur noch das Gesindel unter dem Gesindel auf den Straßen und in den Hurenhäusern: Diebe, Räuber, Finanzbeamte. Ich hastete vorbei an Henslowes Bordell, das soeben seine Pforten schloss. Die Freier torkelten auf die Straßen, einige mussten sich bereits am Gemächt kratzen. Ich überlegte mir, ob ich nicht vielleicht auch einen kleinen Abstecher in das Bordell machen sollte – wir Theaterleute bekamen dort Rabatt und wurden auch nach Schließung des Ladens bedient –, doch da torkelte der betrunkene Kempe mit einigen von Henslowes Schlägern aus dem Hurenhaus heraus. Warum war er mit diesen verachtungswürdigen Lumpengestalten da gewesen? Warum bedankten sie sich bei ihm für die Einladung? Und vor allen Dingen: Warum bedeutete er mir händefuchtelnd, ich solle verschwinden?

Irgendein Unheil, so kombinierte ich, musste Rosa mit Phoebe angerichtet haben. Entweder hatte sie das kleine Biest entjungfert. Oder sie hatte genau das nicht getan. Und wenn man bedachte, welche Scham Rosa bei der Idee empfand, mich zu waschen, lag das Problem wohl eher in einer Nicht-Defloration begründet. Doch mit diesem vergleichsweise unbedeutenden Dilemma würde ich mich ein andermal beschäftigen. Zunächst einmal musste ich Rosa aus meinem Körper loswerden.

Ich hastete von dem Bordell durch die leeren Gassen in Richtung Themse. Dort lieh ich mir ein kleines Boot, ruderte auf dem von Fackeln erleuchteten Fluss hinab zu einem alten, von den Normannen während ihrer Herrschaft erbauten Steingemäuer. Hier war der Sitz des Alchemisten Dee. Ich klopfte an das schmiedeeiserne Tor, und binnen weniger Sekunden öffnete mir ein kleiner Chinese mit einem Schnurrbart, einer schwarzen Kappe und einem grünen Gewand. Er fragte mich: «Was ist Ihl Begehl?»

«Mein Begehr ist es, John Dee zu sehen. Mein Name ist William Shakespeare.»

Der Asiate strahlte mit einem Male, als er meinen Namen hörte: «Shakespeale? ... Ich liebe ‹Liebes Leid und Lust›.»

Er war ein Liebhaber meiner Kunst! Ich wusste es schon immer: Meine Stücke vermochten Menschen aus aller Herren Länder zu begeistern.

«Was genau lieben Sie denn an dem Stück?», fragte ich, als wir die große steinerne Eingangshalle betraten. Ich hörte immer wieder gerne Komplimente über meine Arbeit.

«Die schönen Menschen dalin stellen sich immel so dumm an.»

Ja, dies war eins der großen Geheimnisse von guten Geschichten: Man wollte sehen, dass schönere und reichere Menschen es auch schwer hatten. Daher schrieb ich über die Ängste von Herrschern, die liebestollen Spiele von Grafen und die Inzestlieben der Könige.

Der chinesische Theaterfreund führte mich in einen Raum, in dem sich viele Sternkarten befanden, mit deren Hilfe Dee Adeligen – und wie man munkelte, sogar der Königin – Horoskope erstellte. Es hingen zudem überall Teppiche aus Asien an den Wänden. Sicherlich waren diese – wie auch der kleine Chinese – alles Mitbringsel von Dees legendären Reisen in das ferne Asien. Der Alchemist selbst war an seinem steinernen

Schreibtisch mit einer Lupe über ein chinesisches Pergament gebeugt, auf dem eine Sternkarte abgebildet war. Womöglich erstellte er mit Hilfe des Wissens der asiatischen Weisen seine astrologischen Vorhersagen. Dee war alt, hatte buschige Augenbrauen und wirkte nicht wie ein Mann, der außer an der Wissenschaft noch an irgendetwas Interesse besaß.

«Was wagst du mich zu stören, Hop-Sing?», fragte er den Chinesen mit leiser Stimme, ohne von der Sternkarte aufzublicken.

«William Shakespeale ist hiel.»

«Was willst du, Barde?», fragte er, blickte aber immer noch nicht von dem Pergament auf.

«Ich bin von einem Geist besessen und brauche Ihre Hilfe.»

«Das interessiert mich nicht», bekam ich als Antwort, und der Alchemist machte eine Handgeste, die mir bedeuten sollte hinauszugehen.

«Ich … flehe Sie an …», bettelte ich verzweifelt. «Der Geist ist eine Frau …»

«Dies ist mir einerlei.»

«… sie stammt aus einem fernen Land mit einem merkwürdigen Namen …»

«Dies ist mir auch einerlei …»

«… das Land heißt Wuppertal …»

Kaum hatte ich das gesagt, ließ der Alchemist von der Karte ab, sah mich mit weit aufgerissenen Augen an und fragte erstaunt: «Wuppertal?»

34

Dee stand auf und fragte mich wie ein Inquisitor aus, was ich über Rosa und Wuppertal wusste. Da dies recht wenig war, waren meine Antworten für ihn äußerst unbefriedigend. Schließlich fragte ich den Alchemisten: «Warum interessieren Sie sich so für dieses Wuppertal?»

«Weil dieser Ort erst in einer fernen Zukunft existieren wird», erwiderte er.

Ich blickte erstaunt, hatte nun wahrlich meinerseits Hunderte von Fragen, aber Dee schnitt mir das Wort ab und befahl mir: «Sei in der übernächsten Nacht wieder bei mir. Nicht früher, nicht später. Dann werde ich dich von diesem Geist befreien. Ein für alle Mal!»

«Wirst … wirst du ihn vernichten?», fragte ich. Auf einmal war ich ein bisschen besorgt, schließlich hatte ich inzwischen doch etwas Sympathie für Rosa gewonnen.

«Dies ist im Rahmen des Möglichen.»

Ich musste schlucken, und da der Alchemist meine Unsicherheit spürte, erklärte er: «Wo gehobelt wird, da fallen Späne», eine jener Mode-Phrasen, die gerade neu in Londons Sprachschatz auftauchten.

Ich erschauderte bei dem Gedanken, dass Rosas Geist womöglich vernichtet würde. Aber mit ihr in meinem Leibe konnte ich auch nicht weiterleben, und so bestätigte ich mit leiser Stimme: «Wo gehobelt wird, da fallen Späne.»

Ich verließ das Haus des Alchemisten und fuhr im Morgengrauen zurück nach Southwark. Vor dem Theater wartete tatsächlich bereits die Kutsche, die mich zu der Gräfin Maria bringen sollte. Kaum hatte ich mich hineingesetzt, verlor ich wieder die Macht über meinen Körper, denn Rosa erwachte …

… für eine Sekunde hoffte ich, dass ich bei Prospero auf der Zirkuswagenliege erwache und dass die ganze Zeitreise nur ein böser Traum war. Aber dies war natürlich nicht der Fall. Es ruckelte, und Pferdegetrappel war zu hören. Ich öffnete die Augen: Ich befand mich wieder in der Kutsche, hatte ein braunes Ballonhemd an und trug grüne Strumpfhosen. Ich spürte etwas darin, griff in die Tasche und fand ein Medaillon. Es war aber nicht jenes mit dem Abbild der blöden Gräfin, die so aussah wie Olivia, in ihm war das Bild zweier Kinder gleichen Alters, schätzungsweise sieben oder acht Jahre alt. Das Mädchen hatte ein weißes züchtiges Kleid an, war hübsch und strahlend. Der kleine Junge trug Strumpfhose, Ballonhemd und Halskrause und wirkte eher traurig, sensibel, gar zerbrechlich.

«Hamnet und Judith, meine Zwillinge.»

«Du hast also tatsächlich Kinder», stellte ich fest. Langsam gewöhnte ich mich daran, dass Shakespeare aus dem Nichts in meinem Kopf mit mir sprach.

«Hattest du etwa an meiner Potenz gezweifelt?»

«Deine Potenz interessiert mich nicht», erwiderte ich.

«Sie interessiert sonst alle Frauen.»

«Ich bin nun mal nicht ‹alle›.»

«Ja, das scheint mir auch so.»

Shakespeare sagte dies nicht abfällig, sondern eher nett. Begann er mich etwa zu mögen? So, wie ich ihn langsam sympathischer fand? Ich kam wieder auf seine Kinder zu sprechen: «Es ist nur so, du wohnst in einer kleinen Kammer, und da ist kein Platz für eine Familie …»

«Meine Kinder leben noch in meinem Heimatdorf Stratford-upon-Avon.»

«Warum bist du dann in London und nicht in Stratford?»

«In meinem Heimatort gibt es leider einen außerordentlich

geringen Bedarf an Stückeschreibern. Dort hätte ich nur als Handschuhmacher mein Leben fristen können. So wie mein Vater. Und wenn ich eins nicht möchte, ist es, so zu werden wie mein Vater.»

Das konnte ich gut verstehen, ich wollte ja auch nicht so sein wie meine Mutter. Neugierig fragte ich weiter: «Und, siehst du deine Kinder oft?»

«Viel zu selten.»

Er gab sich Mühe, sämtliche Trauer aus seiner Stimme zu verdrängen, aber es gelang ihm nicht. Mitfühlend fragte ich: «Du liebst sie sehr, nicht wahr?»

«Nur ein Barbar würde seine Kinder nicht lieben!»

«Bist du geschieden?»

«Geschieden? Was soll denn das bedeuten?»

Ach ja, stimmte ja: Scheidung war ein Konzept, das hier noch nicht erfunden war. Genauso wenig wie Ehevertrag, Alimente und Sorgerechtsstreit. Ich korrigierte meine Frage: «Ich meine, was ist mit deiner Frau? Warum wollte sie nicht mit dir nach London?»

«Du bist sehr neugierig, Rosa.»

«Verzeih …», antwortete ich. Er hatte ja recht, das Ganze ging mich rein gar nichts an. Ich war nur ein Geist, der zufällig seinen Körper übernommen hatte, keine Freundin.

Es tat mir leid, dass ich Rosa so rüde zurückgewiesen hatte. Offenbar schien sie sich aufrichtig für mein Schicksal zu interessieren und war damit außer meinem treuen Gefährten Kempe das einzige Wesen auf Gottes Erde, das an meinem Schicksal Anteil nehmen wollte. Sollte ich Rosa von Anne erzählen?

Shakespeare schwieg, und ich spürte instinktiv, dass er gerne über seine Gefühle reden wollte, sich aber nicht traute. Typisch Mann!

«Manchmal tut es auch gut, über seine Gefühle zu sprechen …», bot ich ihm daher an.

Über seine Gefühle zu sprechen, dachte ich mir, was ist denn das für eine merkwürdige Idee.

«Ich weiß ja, dass euch Männern das schwerfällt. Aber über seine Gefühle zu reden, ist wie Erbrechen.»

«Erbrechen?»

«Anfangs ist es unangenehm, aber danach fühlt man sich erleichtert.»

«Du hast ein interessantes Gespür für Metaphern», musste ich amüsiert feststellen.

«Danke», grinste ich.

Für einen kurzen Augenblick überlegte ich, ob ich es nicht tatsächlich wagen sollte. Schließlich hatte ich seit Jahren mit niemandem über meinen Schmerz gesprochen. Außer in jener Nacht, wo ich der Hure Sophie alles anvertraute, was mein Herz beschwerte, wohl wissend, dass die Hure betrunken vor sich hin schnarchte. Aber auch, wenn ich Rosa fast glauben mochte, dass es mich erleichtern könnte, endlich mein Herz auszuschütten, konnte ich immer noch nicht genug Mut fassen, irgendeiner Person die Geschichte meines Schicksals anzuvertrauen.

«Und, magst du reden?», fragte ich vorsichtig.

«Ich bin müde. Ich muss mich ausruhen …»

Von da an sagte Shakespeare kein Wort mehr. Wir waren wohl bei weitem nicht so weit, miteinander über Gefühle zu reden. Eventuell war das auch gar nicht nötig, nicht angemessen ... wenn man es recht bedachte, war es auch absurd: Warum sollte der große Shakespeare ausgerechnet mit jemandem wie mir über seine Gefühle reden?

Vielleicht weil wir ein und dieselbe Seele hatten.

Ich verspürte bei diesem Gedanken ein klein wenig Hoffnung: Shakespeare und ich hatten es beide nicht leicht mit der Liebe. Vielleicht war es ja möglich, dass wir uns doch irgendwann gegenseitig helfen. Womöglich könnten wir ja gemeinsam herausfinden, was die wahre Liebe ist.

35

Die Kutsche fuhr durch die Stadt auf dem Weg zur Gräfin, und ich konnte nur hoffen, dass die spanischen Spione mir nicht folgten. Ich realisierte nun auch, dass Essex nicht bei uns war – war er noch im Theater? Ich war so sehr mit Shakespeare und meiner Situation beschäftigt, dass ich ihn fast vergessen hatte. Es war das erste Mal seit Jahren, dass ich nicht mit dem Gedanken an Jan aufgewacht war.

Die Kutsche näherte sich dem Stadttor, das von Soldaten bewacht wurde. Auf dem Weg dorthin schlichen uns ärmlich aussehende Bauern entgegen, die von außerhalb in die Stadt kamen und Wagen mit Getreide hinter sich herzogen – Pferde konnten sie sich anscheinend nicht leisten. Die Männer sahen unglaublich ausgemergelt aus und hätten sich sicherlich über EU-Agrar-Subventionen gefreut. Als wir das Tor passierten, sah ich etwas unglaublich Schreckliches: zwei abgeschlagene, auf Speere aufgespießte Menschenköpfe. Ich hatte so einen furchtbaren Anblick noch nie gesehen und rechnete damit, dass ich mich jeden Augenblick übergeben musste, aber anscheinend war Shakespeares Magen stabiler als meiner. Er war wohl an solche Anblicke gewöhnt. Ich bekam immer mehr Mitgefühl mit ihm.

Er selbst meldete sich nicht zu Wort, er schlief offenbar irgendwo in den Tiefen meines ... seines ... unseres ... Hirnes. Es war ihm gegönnt, auch für ihn waren diese Zeiten mit mir sicherlich anstrengend. Ich hoffte nur, dass er den Rest der gestrigen Nacht wirklich nur zum Waschen und Klamottenwechseln genutzt hatte und nicht zu irgendeiner Defloration.

Die Kutsche fuhr aus der Stadt hinaus, und die Luft wurde gleich viel besser. Die Wiesen blühten mit wunderbaren gelben und roten Blumen, denen es sichtlich guttat, dass saurer Regen und Kohlenmonoxid-Ausstoß noch nicht erfunden waren. Der Anblick dieser Wiesen war wunderschön und lenkte mich von den abgeschlagenen Köpfen ab. Leider brachte er mich auch dazu, mir auszumalen, wie schön es wäre, durch sie mit Jan/Essex zu lustwandeln. Selbstverständlich besaß ich in dieser Phantasie meinen Rosa-Körper. Ansonsten hätte sie ja auch eine ‹Brokeback Mountain›-Anmutung gehabt.

Nach einigen Kilometern Fahrt durch diese wunderschöne Landschaft erreichten wir ein kleines Schloss. Es war ein richtiges Schloss, nicht so ein englisches Landhaus, wie man es aus den Jane-Austen-Filmen kennt. Wir fuhren über die Zugbrücke, durch das offene Tor hindurch und an einem wunderschönen Garten vorbei, in dem ein Hecken-Labyrinth stand. Die ganze Anlage wirkte bezaubernd, und ich dachte mir: Wenn ich eine Gräfin wäre, würde ich auch so ein Schloss haben wollen.

Die Kutsche hielt vor der Pforte, ich stieg aus und klopfte an die schwere Eichentür. Nach einigen Augenblicken öffnete ein älterer Herr in weißen Strumpfhosen, blauer Jacke, roter Weste und einer Kappe, die entfernt an die Dinger erinnerte, die die Menschen bei «Mainz bleibt Mainz, wie es singt und lacht» trugen. Der Mann wirkte sehr steif und näselte: «Mein Name ist Malvolio, und ich bin der Majordomus des Hauses.»

«Okay …», antwortete ich, ohne auch nur einen blassen Schimmer zu haben, was ein Majordomus eigentlich ist.

«Und wer sind Sie?», wollte der Mann nun wissen.

«Ich heiße William Shakespeare.» Es war das erste Mal, dass ich den Namen ganz ohne Zögern über die Lippen brachte.

«Und was ist Ihr Begehr?», fragte er.

«Ich möchte zur Gräfin.»

«Gerne, Sie müssen sich nur ein kleines bisschen gedulden.»

«Wie lange?»

«Sieben Jahre», lächelte er und schloss die Tür vor meiner Nase.

Sieben Jahre? Diese Frau meinte es wirklich ernst mit ihrem Gelübde, das Andenken ihres verstorbenen Bruders zu bewahren und während dieser langen Trauerphase keinen Mann sehen zu wollen.

Kurz entschlossen ging ich um das Schloss herum, fand ein offenes Fenster und stieg ein. Drinnen war es viel ungemütlicher als im Garten. An den Wänden hingen mehr ausgestopfte Tiere als in einer Tiroler Schankwirtschaft. Und zwischen den ganzen Tierkadavern hingen lauter Gemälde von einem jungen, etwas gedrungen wirkenden Mann. Man sah ihn bei der Jagd, beim Fechten oder beim albernen Starren durch die Gegend, wie man es nur von Leuten kennt, die auf Ölgemälde gebannt wurden. Höchstwahrscheinlich war dieser Mann der verstorbene Bruder, um den Maria so sehr trauerte. Ich hoffte mal, dass sich dies nicht um eine Geschwisterliebe handelte, bei der man als normal sozialisierter Mensch «verdammte Inzucht» ausrief.

Am Ende des Ganges entdeckte ich eine offene Tür, die aus dem Landhaus heraus in den hinteren Bereich des Anwesens führte. Plötzlich hörte ich hinter mir Schritte und das Schnaufen des Majordomus. Ich hastete aus der Tür heraus und auf einen kleinen Seerosenteich zu. Der Majordomus folgte mir nicht, hatte mich also nicht gehört. Ich atmete auf, da hörte ich erneut andere Schritte, leichtere diesmal. Ich blickte mich um, und die Gräfin kam heraus. Sie sah genauso aus wie Olivia, hatte ihr Haar hochgesteckt, ein Handtuch in der Hand, aber vor allen Dingen: Sie war splitterfasernackt. Anscheinend wollte sie in ihrem kleinen See baden. Noch hatte sie mich nicht entdeckt, aber wenn die Gräfin mich jetzt sähe, würde sie sicherlich um Hilfe schreien. Und dann wäre sie bestimmt nicht so offen für mein Anliegen, und der Boss des Geheimdienstes Walsingham würde seine Drohung wahr machen, mir an den Kragen zu gehen.

Auf der anderen Seite, wäre dieser Essex für mich frei und wir könnten uns wieder küssen … mein Gott, was dachte ich da für einen Quatsch?

Ich wollte schnell verschwinden, doch wohin? Ich sah mich panisch um und sah nur einen einzigen Ausweg: Ich sprang in den See. Kaum war ich unter die Seerosen-Oberfläche getaucht, stellte ich fest, dass ich in meinem Leben schon mal bessere Ideen hatte. Ich würde ja wohl kaum so lange unter Wasser bleiben können, bis die Gräfin ihr Bad beendet hatte.

Ich sah direkt neben mir einen nackten Fuß in den See eintauchen und dann noch einen.

Als ich wieder aufwachte, sah ich unter Wasser die wohlgeformten Beine einer Frau. Ich hatte schon viel schlechtere Anblicke beim Erwachen.

Die Gräfin stand jetzt auf Taillenhöhe eingetaucht genau neben mir, sah mich aber dank der Seerosen nicht.

Außerdem sah ich nun einen wohlgeformten Hintern, der bei mir durchaus Interesse hervorrief.

Ich durfte mich nicht bewegen, damit sie meine Anwesenheit nicht bemerkte. Doch meine Luft ging langsam zur Neige, aus meinem Mund stiegen Luftblasen nach oben auf. Von jenseits der Wasseroberfläche hörte ich dumpf die Stimme der Gräfin, die erstaunt ausrief: «Luftblasen?...Ich habe doch gar nicht gefurzt.»

Ihre Stimme klang wie die von Olivia. Sie war zwar verzerrt, aber ihre Melodie, ihre Tonlage, war genau gleich...

«Ich werde», hörte ich die Gräfin sagen, «den Majordomus anweisen, dass ich keine Linsen mehr zum Essen will.»

Es blubberten immer mehr Luftblasen nach oben.

«Und keinen Bohneneintopf mit Zwiebeln.»

Ich konnte die Luftblasen einfach nicht mehr zurückhalten.

«Und kein Hefebier!»

Ich hatte keine Ahnung, was ich jetzt tun sollte.

«*Rosa, ich möchte ja nicht unhöflich sein und dich zum Auftauchen drängen, ich schaue mir ja auch gerne den wundervollen Hintern und die Beine der Gräfin an …*»

Shakespeare war wirklich unglaublich.

«*… aber, wie soll ich es sagen: ICH WILL NICHT ERTRINKEN, VERFLUCHT NOCHMAL!*»

Shakespeare hatte recht, wenn ich noch länger hier unten bliebe, würden wir ertrinken. Ich hörte die Gräfin verblüfft sagen: «Wo kommen denn all die Luftblasen her? Ich merke gar nicht, wie ich furze.»

Ich nahm jetzt all meinen Mut zusammen und tauchte auf.

Vor der nackten Gräfin.

Wie erwartet schrie sie entsetzt auf: «Heilige Mutter Gottes!!!!»

Doch nach dem ersten Schreck fasste sich die Gräfin wieder, bedeckte ihre Brüste und fragte mich: «Was machen Sie hier?»

Ich schnappte nur nach Luft.

«Was machen Sie in meinem Teich?»

«*Die Aussicht bestaunen.*»

«Ich … ich bin ein Gesandter des Earl of Essex», versuchte ich zu erklären.

Worauf die Gräfin befand: «Der Earl ist ja schon ein aufdringlicher Mann, aber seine Gesandten sind offenbar noch aufdringlicher.»

«Ich soll Ihnen etwas von ihm ausrichten», sagte ich ihr.

«Und was?»

Das fragte ich mich nun auch. Ich sollte die Frau ja für Essex gewinnen, da konnte ich ja wohl kaum sein missratenes

Gedicht aufsagen. Während ich noch fieberhaft nachdachte, kam mir Shakespeare zu Hilfe und soufflierte:

«*Trag ihr den Anfang unseres Sonetts vor.*»

So stand ich also tropfend im Teich vor einer Frau, die aussah wie meine Nebenbuhlerin Olivia, und deklamierte:

> *Soll ich dich einem Sommertag vergleichen?*
> *Er ist wie du so lieblich nicht und lind;*
> *Nach kurzer Dauer muss sein Glanz verbleichen,*
> *Und selbst in Maienknospen tobt der Wind …*

Die Gräfin war sichtlich bezaubert, doch bevor ich weiterreden konnte, legte sie ihren Finger auf ihre Lippen und bedeutete mir zu schweigen.

«Das … das hat nicht der Earl gedichtet, nicht wahr …?», fragte sie.

«Doch … doch», log ich.

«Nein, dies war gewiss eine andere Seele, eine weniger kriegerische», erwiderte sie gerührt.

«*Dichter sind auch bessere Liebhaber als Soldaten*», ergänzte ich. *Aber leider hörte mich die schöne Gräfin nicht, und Rosa verriet ihr nicht, was ich gesagt hatte.*

«Ich glaube, es war eher von Ihnen, mein Herr», vermutete die Gräfin. «Wie heißen Sie?»

«Ähem … William Shakespeare.»

«Verzeihen Sie, Master Shakespeare, ich glaube, ich habe von Ihnen noch nie gehört.»

Verflucht noch eins! Ich wusste es doch: Ich musste unbedingt noch bessere Stücke schreiben, um meinen Ruhm zu mehren. Damit auch solche wunderbaren Wesen von mir erführen.

«Master Shakespeare, ich muss Sie bitten, jetzt meinen Teich zu verlassen und gleich darauf mein Schloss.»

Ich wollte protestieren, aber sie sagte streng: «Jetzt.» Also verließ ich klatschnass die Szene.

«Rosa, wir dürfen noch nicht gehen!»

Ich konnte vor den Ohren der Gräfin nicht mit Shakespeare reden, sie würde mich für komplett gaga halten. Daher sagte ich zu ihr: «Wenn Sie mich kurz entschuldigen würden», und ging hinter einen Baum. Während ich dort vor mich hin tropfte, erklärte ich Shakespeare leise: «Sie will, dass wir gehen.»

«Das ist wahr. Jedoch sprechen sehr viele Dinge dagegen, diesen Ort zu verlassen. Zum einen werden uns Walsingham und die Queen grausam bestrafen, wenn wir aufgeben.»

«Das stimmt», musste ich zugeben.

«Und zum anderen genieße ich es sehr, bei der nackten Gräfin zu sein.»

«Aber ich nicht!»

«Du bist ja auch eine Frau.»

«Im Moment leider nicht.»

«Die Gräfin ist wahrlich eine Schönheit.»

«Du findest sie schön?»

«Ich würde sehr gerne mit ihr zu Bett liegen.»

«Was?!?»

«Natürlich erst, wenn du meinen Körper verlassen hast.»

«Wie überaus zuvorkommend von dir», sagte ich ironisch.

«Eine Nacht mit mir würde die Gräfin sicherlich von der Trauer über ihren Bruder ablenken.»

«Wie selbstlos», sagte ich sarkastisch.

«So bin ich nun mal. Selbstlos und charmant.»

«Wer's glaubt», seufzte ich.

«Die Gräfin wird es gewiss glauben. Und für mich könnte eine solche Liaison äußerst gewinnbringend werden.»

«Gewinnbringend, wie denn das?», fragte ich irritiert.

«Jeder Dramatiker träumt von einer wohlhabenden Gönnerin. Würde die Gräfin mir verfallen, und das wird sie gewiss, wenn ich es darauf anlege, könnte sie mir ein eigenes Theater finanzieren. Eines, in dem ich jedes Stück aufführen könnte, das ich möchte, und in dem ich keine Kompromisse mit einem Bordellbesitzer mehr eingehen muss. Davon träume ich schon seit langem, und ich weiß auch schon, wie ich dieses Theater nennen werde: das ‹Globe Theatre›!»

Auf diese Ausführungen ging ich gar nicht mehr ein. Ich dachte nur eins: Das hatte mir gerade noch gefehlt – Shakespeare ist scharf auf die Gräfin!

36

In meinem Frauenkörper hätte ich nun garantiert eine üble Migräne bekommen. Aber dazu neigte Shakespeares Körper dankenswerterweise nicht. Wenigstens ein Vorteil.

Ich musste Shakespeare davon überzeugen, sich nicht für die Gräfin zu interessieren: «Die Queen will, dass die Gräfin und Essex zusammenkommen.»

«Ich weiß.»

«Wenn wir gegen ihren Willen handeln, wird sie uns – wie du gerade selbst gesagt hast – grausam bestrafen.»

«Auch damit sprichst du Wahres aus.»

«Also wäre es höchst unklug, die Gräfin zu verführen.»

«So ist es.»

«Dann hörst du jetzt bitte auf, mich damit zu nerven?»

«Nein.»

«Was???»

«*Mein Wille steht fest: Sie soll mir mein Theater finanzieren. Sie ist die erste Frau, der ich bisher begegnet bin, die reich und zugleich schön ist. Ihr Gesicht ist würdevoll, ihr Körper ist makellos…*»

«Von wegen», protestierte ich. «Die Gräfin hat an den Beinen leichte Beulen», unterbrach ich ihn gereizt, obwohl ich mir da nicht ganz sicher war. Olivia hatte jedenfalls in unserem Jahrtausend ein bisschen Orangenhaut auf dem Oberschenkel, wie ich mal bei einem gemeinsamen Badeausflug mit Jans Freunden feststellen durfte. Zwar hatte sie bei weitem nicht so viele Runzeln wie ich, aber es war dennoch schön festzustellen, dass auch sie nicht ganz perfekt war.

«*Ich habe keine Beulen bemerkt. Und glaub mir, ich habe eben sehr genau hingesehen. Die Gräfin ist wirklich eine beeindruckende Erscheinung, als hätten die Götter ihren Körper erschaffen, und wenn ich Götter sage, dann meine ich damit außerordentlich fähige Götter…*»

«ARGGHHHH», schrie ich laut auf. Ich konnte das Ganze nicht mehr ertragen.

«Geht es Ihnen nicht gut?», hörte ich die Gräfin besorgt sagen.

Ich drehte mich um, sie stand wenige Meter entfernt, in ihr großes Handtuch gehüllt. Es war nicht so ein schönes, kuscheliges buntes Handtuch, wie man es in unserer Zeit kannte, sondern einfach ein graues, grobes Leinentuch, das Ähnlichkeit mit einer Gefängnisdecke hatte. Die Frauen dieser Zeit hatten also nicht nur Korsagen zu erdulden.

«Wie … wie lange hören Sie schon zu?», fragte ich die Gräfin.

«Seit ‹Die Gräfin hat an den Beinen leichte Beulen›», antwortete sie.

Hätte ich noch Macht über meinen Körper gehabt, wäre ich jetzt vor Scham in den Boden versunken.

«Ich … ähem … meinte eine andere Gräfin», erwiderte ich nicht gerade überzeugend, und sie glaubte mir natürlich kein Wort.

«Es ist Zeit, dass Sie zu dem Earl zurückgehen», forderte sie mich auf.

Ich nickte, doch Shakespeare protestierte in meinem Hirn:

«Trage weiter unser Sonett vor.»

«Ich trage kein Sonett mehr vor», widersprach ich regelrecht bockig. Worauf die Gräfin kühl erwiderte: «Master Shakespeare, das habe ich auch nicht von Ihnen erwartet.» Sie konnte sich genauso von oben herab benehmen wie Olivia. Ich ging eiligen Schrittes davon, aber Shakespeare ließ nicht locker:

«Wenn du ihr das Sonett nicht vorträgst, dann werde ich von nun an die ganze Zeit ‹God save the Queen› in deinem Kopf singen.»

«Was?»

«God save our gracious Queen», hob ich an.

«Das ist jetzt nicht dein Ernst.»

«Long live our noble Queen, God save the Queen», sang ich noch schiefer, in einer Tonlage, die jeden Musikliebhaber in den Freitod treiben konnte.

«Wenn wir nicht in einem Körper wären, würde ich dich jetzt hauen.»

«Send her victorious …»

«Vielleicht hau ich dich einfach dennoch ...»
«Happy and glorious ...»
«Okay, okay, du hast gewonnen.»

Es gab nun mal keine mächtigere Waffe als die Penetranz, um etwas durchzusetzen. Das war auch eins der Erfolgsrezepte der anglikanischen Kirche. Neben der Folter.

Ich drehte wieder um und ging zurück zur Gräfin. Sie hatte mich ja gehört und musste davon ausgehen, dass ich die ganze Zeit irre mit mir selber gesprochen hatte. Daher schaute sie mich mitfühlend an: «Haben Sie in einem Krieg gekämpft, und haben die Ereignisse Sie dort um Ihren Verstand gebracht?»

«Nein, ich habe in keinem Krieg gekämpft», antwortete ich.

«Was hat sonst Ihren Geist verwirrt?», fragte sie besorgt.

«Das zu erklären würde sehr lange dauern», seufzte ich. Und dann tat ich, wie Shakespeare mir geheißen, und deklamierte unser halbfertiges Sonett:

> *Soll ich dich mit einem Sommertag vergleichen?*
> *Er ist wie du so lieblich nicht und lind;*
> *Nach kurzer Dauer muss sein Glanz verbleichen,*
> *Und selbst in Maienknospen tobt der Wind.*
> *Oft blickt zu heiß des Himmels Auge nieder,*
> *Oft ist verdunkelt seine goldne Bahn,*
> *Denn alle Schönheit blüht und schwindet wieder,*
> *Ist wechselndem Geschicke untertan.*

Die Verse rührten die Gräfin zu Tränen. Mitten im Vortrag sagte sie tief verzückt: «Ihre Zunge ist sehr sprachfertig.»

«Sie ist auch sonst sehr geschickt», rief ich.

Das sagte ich der Gräfin dann doch lieber nicht. Stattdessen betrachtete ich ihr gerührtes Gesicht und fand es extrem befremdlich, dass ausgerechnet ich meine größte Nebenbuhlerin so verzaubert hatte. Mit Worten, an deren Dichtung ich beteiligt war.

Ich wollte jetzt wirklich weg, da konnte Shakespeare singen, wie er wollte, das wäre mir dann auch egal. Daher sagte ich «Auf Wiedersehen» und verbeugte mich. Dabei stellte ich fest, dass so eine Verbeugung zwar eine galante, jedoch auch eine ziemlich männliche Geste war. Sollte der neue Körper etwa auf mein Verhalten abfärben? Würde ich irgendwann zum Mann, wenn ich hier noch lange bleiben würde? Zu jemandem, der sich alle naselang mal in den Schritt greifen würde?

Ich schüttelte diesen Gedanken ab, hastete davon, da rief mir Olivia aufgewühlt nach: «Richten Sie dem Earl bitte etwas von mir aus?»

Ich drehte mich zu ihr um und fragte: «Was denn?»

«Er soll mir nochmal eine Nachricht überbringen lassen.»

Sie wirkte nun ganz nervös. Ich verstand nicht ganz, was mit ihr los war: Sie wollte doch sieben Jahre lang von Männern in Ruhe gelassen werden. Und jetzt wollte sie doch den Earl treffen?

«Ich werde es ihm ausrichten.»

«Danke. Aber es gibt da eine Bedingung.»

«Welche?», fragte ich.

Mit zittriger Stimme antwortete sie: «Nur Sie dürfen mir diese Nachricht überbringen, Master Shakespeare.»

Jetzt war alles klar: Sie wollte nicht wirklich eine Nachricht von dem Earl. Sie wollte mich wiedersehen. Nur mich. Oder besser gesagt: Sie wollte den Mann wiedersehen, der sie mit einem Sommertag verglichen hatte: Shakespeare. Der fröhlich vor sich hin jubilierte:

«O danke, ihr Götter!»

Wenn die Gräfin sich jetzt in Shakespeare verknallt hatte und ich Gefühle für Essex hegte, der aber seinerseits etwas von der Gräfin wollte, dann rauschten wir hier schnurstracks auf eine Vierecksbeziehung zu.

Eine Vierecksbeziehung mit nur drei Körpern.

37

Noch bevor ich analysieren konnte, wie diese neueste Entwicklung der Ereignisse unsere Vierecksskiste in drei Körpern verkomplizieren würde, baute sich der Majordomus Malvolio vor mir auf: «Wenn du mir die Gräfin abspenstig machst, dreh ich dir den Hals um!»

Stand eigentlich jeder Mann auf diese Kuh?

«Keine Sorge, ich habe kein Interesse an ihr», versuchte ich ihn zu beschwichtigen.

«Aber ich!»

«Ich glaube, wir müssen uns dringend mal unterhalten», sagte ich nun völlig genervt zu Shakespeare.

«Worüber?», fragte Malvolio.

«Dich hab ich nicht gemeint, du Idiot.»

«Ähem ... wen denn dann?», fragte er irritiert, nachdem er sich umgesehen hatte und niemanden entdecken konnte.

«Einen anderen Idioten», erwiderte ich und ging von dannen. Mir war klar, dass ich hier nicht in Ruhe Shakespeare zusammenstauchen konnte. Ich eilte also aus dem Gebäude, sah das Hecken-Labyrinth und dachte mir, der perfekte Ort für ein ungestörtes Gespräch. Nur wenige Minuten später sollte sich herausstellen, dass es sich bei diesem Gedanken um eine völlige Fehlannahme handelte.

Ich ging in das Labyrinth, von einem verschlungenen Weg in den nächsten, und schon schnell verstand ich, warum einige reiche Leute sich so ein Ding in den Prachtgarten stellten: Man fühlte sich darin ganz schnell der normalen Welt entrissen. Als wäre man in einem anderen, abgeschiedenen Land.

An einer der akkurat geschnittenen Hecken stand eine Holzbank. Keine schlichte, wie man sie bei uns in öffentlichen Parks fand, sondern eine handgeschnitzte mit vielen Verzierungen, die allesamt den Bruder der Gräfin abbildeten. Man konnte fast den Eindruck bekommen, dass es sich bei dem Verstorbenen um den Heiland handelte. Ich setzte mich darauf und atmete erst einmal tief durch. Nachdem ich meine Gedanken etwas sortiert hatte, wandte ich mich an Shakespeare: «Ich sag es noch ein letztes Mal: Du musst diese Frau vergessen.»

«Weißt du, was ich allmählich vermute, Rosa?»

«Nein, aber du wirst es mir sicherlich gleich sagen.»

«Du bist eifersüchtig auf die Gräfin.»

«Ich soll eifersüchtig sein?», rief ich empört aus.

«Du liebst Essex, das liegt auf der Hand, leugnen ist da zwecklos.»

Ich schwieg weiter.

«Du hast ihn geküsst! Und zwar leidenschaftlich.»

Er pampte mich regelrecht an, man konnte fast glauben, dass er genauso auf Essex eifersüchtig war wie ich auf die Gräfin.

Meine Stimme war viel zu barsch. Doch ich verstand einfach nicht, warum Frauen sich zu solch tumben Toren wie Essex hingezogen fühlten. Besonders wenn es sich um so geistreiche Wesen wie Rosa handelte. Da sie immer noch schwieg, stichelte ich weiter: «Und am liebsten hättest du mit ihm zu Bett gelegen.»

Jetzt mochte ich nicht mehr länger schweigen und protestierte: «Ich wollte nicht mit Essex schlafen!»

«Das ist aber sehr erfreulich zu hören», kommentierte eine weibliche, frostige Stimme. Ich sah erschrocken auf und sah direkt vor mir ... die Queen. Es war die verdammte Queen!

«Fuck!», rief ich gedankenlos aus.

«Das ist sehr rüde, Shakespeare», rügte die Queen, die ein blau-goldenes Kleid anhatte und eine kleine Ausgehkrone auf dem Kopf trug.

«Rosa», erklärte ich panisch, «die Queen hat schon Menschen aus viel nichtigeren Anlässen lebendig begraben lassen.»

Lebendig begraben? Mich fröstelte bei der Vorstellung. Ich musste mich irgendwie rausreden: «Ich ... ich ... ich hab nicht ‹fuck› gesagt ...»

«Was denn dann?», wollte die Queen wissen.

Gute Frage.

Während ich nachdachte, legte die Queen den Kopf leicht zur Seite wie ein Raubvogel. «Ähem ... ich meinte Fagott», stammelte ich leise.

«Fagott?»

«Fagott?», fragte auch die Queen irritiert, und ich erklärte schwach: «Das Instrument ...»

«Sie weiß, was ein Fagott ist», seufzte ich.

«Ich weiß, was ein Fagott ist», erwiderte die Queen scharf.

«Was habe ich gesagt?»

Die Königin sah jetzt nicht nur so aus, als ob sie mich lebendig begraben lassen möchte, sondern als ob sie mir auch noch als Dreingabe einen Schwarm Termiten mit in den Sarg legen wollte. Dann stellte sie, nicht ganz zu Unrecht, fest: «Hier ist weit und breit kein Fagott zu sehen.»

«Ähem», stammelte ich, «ich meinte, … ich würde gerne mal Fagott spielen.»

«Sie sehen mich und rufen bei meinem Anblick aus, dass Sie gerne Fagott spielen würden?» Die Königin hatte nun einen ‹Ich wurde schon mal besser verarscht›-Gesichtsausdruck.

«Ähem, ja … Ihnen zu Ehren», antwortete ich kleinlaut.

«Sie wünschen sich also, mir zu Ehren Fagott zu spielen?» Ich grinste als Antwort etwas debil.

«Was Besseres fällt Ihnen als Ausrede für Ihren üblen Fluch nicht ein?»

«Das wollte ich auch gerade fragen.»

«Leider nein», antwortete ich noch viel kleinlauter. Die Königin legte den Kopf noch ein bisschen mehr zur Seite, und man konnte fast befürchten, dass ihre Ausgehkrone gleich vom Kopf rutschen würde.

«Ich wusste, dass du mich ins Grab bringen wirst, Rosa.»

Die Augen der Queen verengten sich, sie öffnete den Mund, und ich erwartete, dass sie jetzt ihre Garde, die gewiss vor dem Labyrinth wartete, rufen würde, damit die mich im nächsten Wald verscharrt. Ich bereitete mich auf das Ende vor. Doch dann begann die Königin zu lachen. Laut zu lachen.

Das kam dann doch etwas überraschend.

Das Lachen der Queen war herzlich und befreit, fast schon sympathisch, als ob hinter ihrer harten Fassade im Herzen eine fröhliche Frau steckte, die einfach nur von Regeln und

Konventionen gefangen war. Dennoch war ich noch nicht erleichtert, vielleicht lachte sie ja auch nur, weil sie sich etwas Amüsanteres einfallen ließ, als mich lebendig begraben zu lassen …

Gewiss kam ihr etwas Gemeines mit einem Fagott und meinen Körperöffnungen in den Sinn …

Die Queen setzte sich neben mich auf die Bank und wischte sich die Tränen aus den Augen: «Wissen Sie, Shakespeare, jeden anderen hätte ich nach so einem Fluch in meiner Gegenwart hinrichten lassen. Aber Sie haben mich zum Lachen gebracht. Wissen Sie, wann ich das letzte Mal so gelacht habe?»

Das musste, so dachte ich mir, lange her sein, wenn man sich so ihre Falten an den heruntergezogenen Mundwinkeln betrachtete. Aber das wollte ich lieber nicht antworten, also erwiderte ich: «Nein, das weiß ich nicht.»

«Ich auch nicht», seufzte die Queen und wirkte dabei auf einmal ganz sanft und weich. Wie sie wohl in der Jugend gewesen war? So ohne die Bürde des Amtes? War sie eine junge Frau gewesen, die als Teenager, wie alle anderen auch, fröhlich vor sich hin pubertierte, zu viel Alkohol trank, ihre königlichen Eltern zur Raserei brachte, ihre erste Liebe erlebte und gleich darauf den ersten Liebeskummer? Konnte man mit ihr über so etwas reden?

Höchstwahrscheinlich nicht, denn sie riss sich schon wieder zusammen und wurde ganz geschäftsmäßig: «Ich bin gekommen, um zu sehen, ob du Fortschritte gemacht hast.»

Was sollte ich ihr jetzt erzählen? Dass Shakespeare sich in die Gräfin verknallt hatte, die Gräfin sich in mich und ich mich in Essex? Das war sicher der schnellste Weg ins Grab.

«Ähem ... ja ... ich mache Fortschritte ... nicht allzu schnelle ... eher Fortschrittchen ... so klitzekleine süße Babyfortschrittchen ...»

«Und warum hast du ausgerufen, dass du nicht mit Essex schlafen willst?», unterbrach sie mich.

«Diese Frage hatte ich befürchtet.»

«Weil ich nicht mit ihm schlafen will», sagte ich aufrichtig und in Ermangelung einer intelligenteren Antwort.

«Ich wusste doch», lächelte die Queen nun, «du bist quer.»

«Quer?» Ich war irritiert.

«‹Quer› bedeutet, Männer zu lieben. Jetzt denkt die Königin, dass ich Männer liebe! Und das hab ich nur dir zu verdanken, du törichtes Wesen! Korrigiere das. Auf der Stelle!»

Shakespeares Ton gefiel mir nicht, und ich war immer noch sauer wegen seines anmaßenden, eifersüchtigen Gequatsches von vorhin. Deswegen dachte ich mir, er könnte mal eine kleine Lektion vertragen. Ich wollte ihm zeigen, wer hier Boss im Körper war. So sagte ich: «Ja, ich bin quer.»

«Wie bitte?»

«Ich mag nur Männer.» Es machte mir Spaß, Shakespeare zu ärgern.

«Rosa, du zerstörst meinen Ruf!»

Die Queen sagte: «Das habe ich mir gedacht. Sie sehen ein bisschen weibisch aus.»

«Moment mal!»

«Total weibisch», bestätigte ich.

«Ich werde dich umbringen ...!»

«Manchmal zieh ich mir Frauensachen an: hohe Schuhe, ein Kleid ...»

«... langsam und qualvoll werde ich dich töten!»

«... und besonders gerne lackiere ich mir die Fingernägel.»

«Einerlei, ob du mir eine Lektion erteilen willst, Rosa. Ich

möchte dich gerne darauf hinweisen, dass die Kirche in unserem Lande die queren Männer auf den Scheiterhaufen werfen lässt!»

Ich schluckte, und die Queen lächelte: «Meine Kirchenleute wollen natürlich, dass alle Queren auf den Scheiterhaufen geworfen werden ...»

«Ich habe dich gewarnt!»

Vielleicht hätte ich mir doch was anderes aussuchen sollen, um Shakespeare eins auszuwischen. Kaum hatte ich das gedacht, erklärte die Königin: «Aber keine Sorge, ich umgebe mich gerne mit Männern, die quer sind.»

«Und ich erst», grinste ich erleichtert und dachte dabei ganz kurz an meinen Freund Holgi.

«Mit den Queren kann man sehr gut über seine eigene Pein sprechen.»

«Welche Pein haben Sie denn?», fragte ich.

Sie antwortete nicht, mochte wohl nicht mit jedem dahergelaufenen Queren über ihre Probleme reden.

«Verzeihen Sie, meine Königin, ich war wohl etwas zu neugierig», sagte ich.

«Nein, nein, verehrter Shakespeare, es ist schon gut. Lassen Sie uns reden. Ich benötige jemanden, dem ich mein Herz ausschütten kann.»

«Okay ...»

«Aber ich muss Sie warnen. Der letzte Quere, dem ich mein Herz ausschüttete, tratschte am Hof meine Geheimnisse weiter.»

«Und was ist mit ihm passiert?»

«Das wollen wir nicht wissen!»

«Ich habe ihn an seiner Zunge aufhängen lassen», lächelte die Queen, und ich musste mich schütteln.

«Was hab ich dir gesagt, Rosa? Wir wollen das nicht wissen.»

«Ich werde Ihnen jetzt erzählen, was mein Herz beschwert», hob die Königin an. «Eine Königin darf nie privat sein. Sie darf sich nie verlieben. Höchstens in einen Mann königlichen Geblüts. Doch wissen Sie, wer die Männer königlichen Geblüts sind, die derzeit um mich werben?»

«Nein, das weiß ich nicht.»

«Der König von Dänemark ist ein grobschlächtiger Mann, der mir bei einem Bankett anvertraute, dass er gerne mehrere Zofen gleichzeitig in seinem Bett beglückt, und mich fragte, ob ich nicht gerne Zeuge seiner legendären Potenz sein möchte. Der schwedische König hingegen kann seine Blase nicht mehr kontrollieren, und der italienische Prinz liebt es dem Vernehmen nach, sich als Frau zu verkleiden.»

Wow, dachte ich bei mir, die Königin hatte ja eine noch schlechtere Auswahl als ich bei Elite-Liebe.de.

«Und die adeligen Edelmänner, in die ich mich verliebe, sind für mich tabu.»

«Wie Essex», sagte ich leise.

Sie antwortete nicht. Aber ihr trauriger Blick gestand, dass ich damit ins Schwarze getroffen hatte. Sie tat mir nun richtig leid.

Ich erinnerte mich daran, dass irgendwann um 1930 oder so ein englischer Thronfolger auf die Krone verzichtet hatte, um seine bürgerliche Liebe zu heiraten. Daher fragte ich, zugegeben etwas naiv: «Und was wäre, wenn Sie einfach abdanken würden? Jemand anderes die Krone übergeben?»

«In diesem Falle würde meine Halbschwester Maria die Thronfolge erlangen. Sie würde das Land in die Hände der Spanier geben, und mein England würde seine Größe, seine Würde und seinen Stolz verlieren. Es würde vor die Hunde gehen!»

Man konnte an ihrem angewiderten Gesicht erkennen, wie unerträglich ihr dieser Gedanke war.

«Sie lieben England mehr als Ihr eigenes Glück?»

«Ja», antwortete sie aufrichtig und mit würdevollem Stolz in der Stimme.

Ich betrachtete sie. Diese Frau liebte ihr Land. Sie hatte damit etwas, was ihrem Leben einen Sinn gab. Damit hatte sie mehr Lebensinhalt als die meisten Menschen. Auch mehr als ich.

Sollte ich von ihr lernen? Dass die wahre Liebe nicht einem Menschen gilt, sondern einer höheren Sache?

«Ich bin sogar bereit», redete die Queen weiter, «den Mann, den ich liebe, nach Irland zu schicken, in den Krieg. Für England setze ich sein Leben aufs Spiel.»

Für einen ganz kurzen Moment war ihre Stimme zittrig, doch dann fand sie ihre Contenance wieder und verkündete aus tiefster Überzeugung: «Für England tue ich dies aus vollem Herzen.»

Sie war bereit, ihre Liebe zu opfern. War es das: Wahre Liebe heißt, Opfer zu bringen?

Ich wehrte mich gegen diesen Gedanken. Mit aller Macht! Ich wollte nicht wie die Queen enden. Als eine unglückliche Frau, die sich für ein höheres Ziel opfert. Es musste doch noch einen anderen Weg geben. Einen schöneren. Einen freudvolleren.

«Wird die Gräfin nun Essex aufsuchen und lieben?», fragte die Königin und kam damit zurück auf das Geschäftliche.

«Dies braucht sicherlich noch etwas Zeit», antwortete ich, ohne ihr mehr zu verraten.

«Wir haben aber keine Zeit. Unsere Armee in Irland wird zurückgeschlagen. Essex muss sie bald anführen, oder die Niederlage Englands ist gewiss. Ich werde meine Garde anweisen, die Gräfin zu holen.»

«Sie zu holen?», fragte ich irritiert.

«Ich werde sie zwingen, den Earl zu heiraten», erklärte die Queen und stand von der Bank auf. Es war unglaublich: Die Queen wollte ihre große Liebe nicht nur in den Krieg schicken, sie wollte ihn auch noch mit einer anderen Frau verheiraten!

«Aber», fragte ich die Königin, «was ist, wenn die Gräfin nicht heiraten will …?»

«Wenn sie dazu nicht bereit sein sollte, werde ich sie hinrichten lassen.»

«Rosa, das … das dürfen wir nicht zulassen …»

Da war ich doch glatt mal einer Meinung mit Shakespeare, der wohl gerade in Gedanken sein zukünftiges, von der Gräfin finanziertes ‹Globe Theatre› einstürzen sah. Ich konnte diese Frau zwar nicht besonders leiden, aber sie hatte weder eine Zwangsehe noch eine Hinrichtung verdient.

Ich rannte daher der Queen hinterher und rief: «Warten Sie, Eure Majestät.»

Sie blieb stehen, drehte sich um, und ich bat sie: «Geben Sie mir noch etwas Zeit.»

Die Queen betrachtete mich eindringlich. Nach einer Weile antwortete sie: «Ich mag Sie, Shakespeare. Ich werde in zwei Tagen ein großes Fest auf dem Armada-Schiff des Admirals Drake geben. Bis zu diesem Fest sollten Sie Erfolg haben. Andernfalls werde ich Essex und die Gräfin dort miteinander vermählen. Aber ich warne Sie, enttäuschen Sie mich nicht!»

«Das werde ich gewiss nicht», plapperte ich dankbar, «ich steh nämlich überhaupt nicht auf Enttäuschungen. Die sind immer so enttäuschend und …»

«Ich habe Sie verstanden», sagte die Queen in scharfem Ton und rauschte mit wehendem Kleid aus dem Labyrinth. Ich setzte mich wieder auf die Bank und tupfte mir den Schweiß von der Stirn: Ich hatte – für den Moment wenigstens – die Gräfin gerettet. Und unwillkürlich dachte ich: Jetzt war ich wohl nicht mehr ganz so ein Klischee: Welche Hollywoodheldin in den romantischen Komödien setzte sich schon für die makellose Gegnerin ein? Mann, sollte ich durch die Reise in die Vergangenheit etwa zu einem reiferen Menschen geworden sein?

Ich blickte mit diesem schönen Gedanken hoch in den Himmel, sah über die Hecken in die Bäume und betrachtete die Wipfel. Es war ein so schöner Sommertag, der Himmel war blau, und die Luft war warm, mit genau der richtigen Brise Wind, dass man nicht schwitzen musste. In den Ästen saßen singende Vögel, hüpfende Eichhörnchen und schwarzgekleidete Männer mit Pfeil und Bogen …

Ich erkannte sie sofort wieder, es waren die spanischen Spione, die mir in Shakespeares Wohnung gedroht hatten, mich zu killen, falls ich der Queen helfen sollte, Essex mit der Gräfin zu verkuppeln.

Tja, in der Vergangenheit gibt es nun mal keine Verschnaufpause.

38

«Wer sind diese Männer, die da oben in den Bäumen hocken?», begehrte ich zu wissen.

«Nun, es sind jedenfalls keine Ornithologen», antwortete ich lakonisch und hatte tierischen Schiss, dass sie jeden Moment ihren Bogen auf mich richten würden.

«Was sind ‹Ornithologen›?»

«Menschen, die Vögel beobachten.»

«*Warum in drei Teufels Namen sollte man Vögel beobachten?*»

«Das ist eine Freizeitbeschäftigung für diese Leute …»

«*Wer ist denn so töricht, dass er so einer tristen Freizeitbeschäftigung nachgeht?*»

«Nun, da gibt es diesen Schriftsteller Jonathan Franzen, und … ach, das ist doch jetzt völlig scheißegal!»

«*Oder meintest du: Leute, die Menschen beim ‹Vögeln› beobachten? Wir nennen diese Sorte von Mensch allerdings nicht Ornithologen …*»

«Könnten wir uns vielleicht auf das vorliegende Problem konzentrieren? Diese Leute wollen uns umbringen, verdammt nochmal!!!»

«*Oh*», schluckte ich, «*in dem Falle wäre es mir lieber, es wären ‹Ornithologen›.*»

Hastig erklärte ich Shakespeare, dass es sich bei den Männern um spanische Spione handelte und weswegen sie uns an den Kragen wollten. Ihn überraschte dies alles nicht, lebte er ja schon länger als ich in politisch komplexen Zeiten. Ich fragte Shakespeare, wer wohl der Anführer dieser Männer sein mochte. Aber er erwiderte nur, dass er es nicht wisse und dass es unglaublich schwer sei, solche Machenschaften auch nur ansatzweise zu durchschauen:

«*Wer versucht, die Politik zu verstehen, wird zwangsläufig im Wahnsinn enden.*»

Shakespeare beruhigte mich, dass diese Leute in Anwesenheit der königlichen Garden nicht versuchen würden, uns zu killen. Ich ging daraufhin zurück ins Schloss, durch einen anderen Ausgang wieder hinaus und verließ so das Gelände durch ein Tor, das sich weit abseits von den Bäumen befand, in denen die Spione saßen. Sie konnten uns nicht sehen, aber es war gewiss, dass sie den Weg überwachen würden, der nach London führte. Die Frage war daher: Wohin sollten wir nun? Bleiben war zu gefährlich. In die Stadt zurückzukehren war noch gefährlicher. Da machte Shakespeare einen Vorschlag:

«Es gibt nur einen Ort, an dem wir sicher untertauchen können: Stratford-upon-Avon. Meine Heimat.»

39

Am Abend erreichten wir Stratford-upon-Avon, einen kleinen Ort mit wenigen Straßen, die sehr gepflegt wirkten. Die kleinen Häuser des Ortes wirkten mit ihren reetgedeckten Häusern zauberhaft, hier wäre es bestimmt schön, ein Ferienhäuschen zu besitzen – bestimmt deutlich schöner als in Kampen auf Sylt. Und garantiert auch billiger.

«Wo werden wir übernachten?», fragte ich. «Bei deiner Frau?»

Shakespeare antwortete darauf nicht, stattdessen lenkte er meine Schritte zu einem Kloster, das auf einem kleinen grünen Hügel lag. Während die Mai-Sonne unterging und das malerische kleine Städtchen in ein noch malerischeres Licht tauchte, klopften wir an das Tor des Klosters. Es wurde uns geöffnet von einem bärtigen, gemütlichen Mann in Mönchskutte, der eine Flasche Wein in der Hand hielt. Wäre er ein Dachs gewesen, hätte er genauso ausgesehen wie Bruder Tuck in Disneys ‹Robin Hood›.

«Will!», rief der Mönch erfreut aus, umarmte mich und knutschte mit feuchten Küssen meine Wange ab.

«Rosa, ich hätte dir vielleicht sagen sollen, dass Lorenzo einst in unseren Jugendtagen in mich verliebt war.»

Ja, das wäre wohl eine hilfreiche Information gewesen, dachte ich.

Nachdem Lorenzo mir genug feuchte weingetränkte Küsse aufgedrückt hatte, führte er mich in das Innere des Klosters. Es war karg, düster, an den Wänden hingen Jesus-Kreuze und Fackeln, aber darauf achtete ich kaum, denn hier liefen auffällig viele junge Männer herum, die auf knabenhafte Art und Weise sehr hübsch aussahen. Bei ihnen wäre sogar mein Kumpel Holgi, ein überzeugter Atheist, Mönch geworden. So sagte er immer: «Wenn es einen Gott gibt, warum lässt er dann Erektionsprobleme zu?»

Während Lorenzo zu seinen Mönchen ging und ihnen Anweisungen gab, ein Mahl für mich vorzubereiten, erklärte Shakespeare in einem anerkennenden Tonfall:

«Das Kloster von Bruder Lorenzo ist weniger ein Zufluchtsort für Gläubige als für Quere.»

«Das macht das Kloster richtig sympathisch», fand ich.

«Und dass du es deswegen sympathisch findest, macht dich sympathisch», erwiderte ich mit aufrichtigem Gefühl.

«Und dass du es sympathisch findest, dass ich es deswegen sympathisch finde, macht dich sympathisch», lächelte ich.

«Du findest mich also sympathisch?», schmunzelte ich. Ich war durchaus geschmeichelt.

«Du findest mich ja anscheinend auch sympathisch», grinste ich breit.

«Sag mal, Rosa, schäkerst du etwa mit mir?»

Das war eine überraschende Frage, und noch überraschender war, dass er womöglich damit recht hatte: Unsere Kabbeleien und Geplänkel nahmen tatsächlich langsam Züge eines Flirts an. Ich hatte seit Jahren nicht mehr mit jemandem geflirtet, und nun tat ich dies ausgerechnet mit Shakespeare? Zugeben wollte ich das jedenfalls nicht, er sollte sich ja bloß nichts einbilden, denn eingebildet war er genug. Daher sagte ich: «Nein, du schäkerst mit mir!»

«Ich schäkere mit dir?» Dies war eine überraschende Feststellung, und noch überraschender war, dass Rosa damit womöglich recht hatte. Aber zugeben wollte ich das natürlich nicht. Sie sollte sich ja bloß nichts einbilden, denn eingebildet war sie genug. Daher fragte ich: «Warum sollte ich mit dir schäkern?»

«Du schäkerst mit mir, weil ich im Gegensatz zu den Frauen, mit denen du dich sonst so umgibst, die Huren, die Phoebes, keine geistige Amöbe bin», antwortete ich. Mir machte es nun richtig Spaß, mit ihm ein bisschen zu plänkeln.

«Dies mag sein. Dafür besitzen diese Frauen aber im Gegensatz zu dir einen Körper.»

«Das ist auch ihr einziger Vorteil», plänkelte ich dagegen.

«Die Gräfin jedoch besitzt noch ein paar andere Vorzüge: Bildung, Geld, Edelmut ...»

Jetzt machte es schlagartig keinen Spaß mehr. Ich fühlte mich der Gräfin mal wieder komplett unterlegen: Sie war reich, sie konnte ihm ein Theater finanzieren, und sie hatte auch noch einen eigenen Körper. Sauer pampte ich: «Die blöde Kuh ist nicht so toll, wie ihr alle denkt.»

«Also war es vorhin doch die Wahrheit, du bist eifersüchtig auf die Gräfin», stellte ich nach diesem Ausbruch von Rosa fest.

Ich schwieg, es war zu offensichtlich.

«Aber», so fragte ich dann doch etwas durcheinander, «bist du es wegen Essex oder ... gar wegen mir?»

Eifersüchtig wegen Shakespeare? Das war doch ein völlig abwegiger Gedanke. Der konnte ja nur von so einem aufgeblasenen Ego wie ihm kommen. Ich wollte ja nichts von

Shakespeare, auch wenn das Flirten mit ihm jetzt für ein paar Momente Freude machte … Doch alles, was darüber hinausging, wäre völlig absurd gewesen … Wir beide passten ja überhaupt nicht zusammen, wir stammten aus verschiedenen Jahrhunderten, hatten andere Einstellungen zum Leben, und wir hatten ja nicht mal zwei Körper, mit denen man gemeinsam etwas hätte anfangen können. Das Einzige, was wir gemeinsam hatten, war die Seele … und die Freude am Schreiben … und die Freude am Plänkeln … also eigentlich doch jede Menge … mehr als mit vielen anderen Männern in meinem Leben … das musste ich schon zugeben … aber gleich lieben?

Ich liebte doch Jan.

Oder?

Bevor ich Shakespeare irgendetwas Ausweichendes erwidern konnte, führte Bruder Lorenzo mich in die kleine karge Zelle, in der er normalerweise wohnte, und erklärte: «Bruder Marcus war bereit, mir Platz in seiner Kammer zu machen. Ich werde heute Nacht bei ihm schlafen.»

Er zwinkerte mir zu, und daher ging ich mal davon aus, dass er ohnehin häufiger bei Bruder Marcus übernachtete. Ohne den Mönch betrat ich das Zimmer, nahm etwas von der Mahlzeit ein, die mir die Mönche bereitgestellt hatten, selbstgebackenes Brot und Rotwein, und legte mich schweigend auf das Strohlager. Shakespeare verabschiedete sich müde von mir und schlief ein. Ich hätte auch verdammt gerne gepennt. Doch kaum hatte ich die Augen geschlossen, trat Lorenzo in die Kammer. Er sah anscheinend mein erschrockenes Gesicht und sagte: «Keine Angst, ich will dich nicht verführen. Die Zeiten, in denen wir uns küssten, sind vorbei.»

«Wir uns küssten?» Ich war völlig verblüfft: Shakespeare und Lorenzo hatten mal miteinander rumgemacht?

«Du musst das doch nicht verleugnen, Will. Es ist so lange her. Und wir waren Jungen.»

Shakespeare hatte sich also als Teenager einmal sexuell ausprobiert … wer hätte das gedacht?

Ich betrachtete mir den Mönch: Wenn er einem nicht gerade das Gesicht abschlabberte, war er ein sympathischer Kerl. Und er kannte Shakespeare und damit sicher auch die Geschichte mit seiner Frau. Wenn Shakespeare mir schon nicht berichten wollte, was genau in seiner Ehe schiefgelaufen war, konnte er es vielleicht tun. Daher begann ich, ihn unauffällig auszufragen: «Ähem, wie geht es meiner Frau?»

«Wie soll es Anne schon gehen?», erwiderte der Mönch, und sein bisher durchgehend fröhliches Gesicht wurde mit einem Male zornig: «Sie ist tot wie immer.»

40

Meine Kehle wurde ganz trocken: Shakespeares Frau war tot?

Lorenzo faltete unterbewusst die Hände, als ob er für sie beten wollte. «Sie war eine so liebliche Person. In ihrer Anwesenheit hatte sogar ich vergessen, dass ich ein Querer war.»

Ich musste unwillkürlich an das Gemälde in Shakespeares Kammer denken, auf dem Mrs. Shakespeare tatsächlich sehr lieblich lächelte. Was war nur mit … wie hieß sie nochmal? Anne? … geschehen. Wie war sie gestorben? Ich wollte, ich musste mehr erfahren. Daher bat ich: «Lorenzo, bitte tue für einen Augenblick so, als sei ich ein Fremder, und erzähle mir, was zwischen Anne und mir vorgefallen ist.»

«Wieso sollte ich etwas so Törichtes tun?» Lorenzo sah mich besorgt an.

«Weil ich dich aufrichtig darum bitte.»

Der Mönch war verwirrt.

Daher bat ich: «Sieh mich an, und du wirst erkennen, dass ich nichts Böses im Sinn habe.»

Lorenzo blickte mich prüfend an und erkannte in meinen Augen, dass sich nichts Arglistiges hinter meinem Wunsch verbarg.

«Du willst also wissen, wie ein Außenstehender die Tragödie eurer Liebe beschreibt, vielleicht gar, wie ein Dichter, wie du selbst einer bist, sie schildern würde?»

«Ja ... bitte ...», antwortete ich mit brüchiger Stimme.

«Dann erzähle ich dir nun die Geschichte von der größten Liebe, die es in Stratford-upon-Avon und vermutlich in ganz England jemals gegeben hat.»

Er sagte diese Worte in einem Tonfall, der mich erschaudern ließ.

«Es waren zwei Häuser in Stratford, das Haus des Handschuhmachers Shakespeare und das Haus des Farmers Hathaway, beide gleich an Würde, durch alten Groll verfeindet ...»

«Alter Groll? Was denn für ein alter Groll?», unterbrach ich.

«Dies weiß man bei altem Groll doch nie», erwiderte er lakonisch.

Klang ein bisschen wie bei ‹Asterix auf Korsika›. Oder wie auf dem Balkan.

Lorenzo fuhr mit seiner Erzählung fort: «Aus dieser Feinde unheilvollem Schoß das Leben zweier Liebender entsprang. Diese beiden Liebenden verheiratete ich heimlich, gegen den Wunsch ihrer Familien, hier, in dieser Abtei.

Ich hatte die Hoffnung, endlich Frieden zu schließen zwischen den beiden streitbaren Häusern. Und es gelang mir, wie ich stolz feststellen durfte. Doch dieser Friede wurde von Annes Cousin Tybalt hintertrieben. Ein Mann, den Anne von Kindesbeinen an wie einen Bruder liebte. Aus falschem Stolz hetzte Tybalt gegen William, behauptete, er wäre untreu.»

Und das klang wie ‹Denver Clan›.

«Shakespeare indes verspottete mit flinker Zunge seinen Cousin und bezeichnete ihn als einen ‹Mann, der ein großes Pferd reitet, da er damit sein kleines Glied kompensiert›. Tybalt wurde immer hasserfüllter und verunsicherte die sensible, gutgläubige Anne mit immer neuen Lügen. Schließlich wollte er seiner Cousine beweisen, um was für einen untreuen Lump es sich bei Shakespeare handelte. Und da sich dieser von sich aus keine Fehltritte erlaubte – dafür liebte er seine Anne viel zu sehr –, beauftragte Tybalt vier edle Huren, ihn zu verführen.»

«Und Shakespeare ließ sich von ihnen verführen ...», flüsterte ich. Da war es William also genauso ergangen wie mir mit dem Sportlehrer Axel. Dass unsere dusselige Seele in jedem Jahrhundert den gleichen blöden Fehler begehen würde ...

«Nein!», protestierte Lorenzo. «Er blieb standhaft. Selbst der Schuft Tybalt musste dies einsehen.»

Ich war nun völlig überrascht. Der Frauenvernascher Shakespeare war viel treuer als ich?

«Du hast schon immer gesagt», erklärte Lorenzo, «dass ein Geschlechtsakt ohne Liebe dir so viel Freude bereitet wie das Halten deines Hodens in einen Brennnesselbusch.»

Shakespeare war also ein Mann, dem Sex ohne Liebe nichts bedeutete. Das machte ihn noch viel sympathischer.

Und jetzt hatte der arme Kerl anscheinend nur noch Brenn-nessel-Sex ohne Liebe.

«Die Huren setzten ihre ganze Weiblichkeit ein bei dem Versuch, ihn zu verführen, und wahrlich, sie hatten Unmengen an Weiblichkeit aufzubieten. Doch William Shakespeare blieb standhaft, und damit meine ich nicht sein Geschlechtsteil.»

Ich schaute unwillkürlich zu meiner Strumpfhose, dann hastig wieder weg.

«Die edlen Huren waren danach so geknickt, dass sie ins Kloster gingen. Allerdings darf ich nicht vergessen zu erwähnen, dass dieses Kloster seit jenem Tag sehr häufig von Edelmännern besucht wird und diese Herren dem Kloster anschließend viel Geld spenden.»

Ja, in dieser Zeit hätte Papst Benedikt sicherlich Ausschlag gekriegt.

«Tybalt war zornig, dass seine Scharade nicht fruchtete, wollte aber nicht aufgeben. Er parfümierte heimlich Shakespeares Hemd, berichtete Anne von dessen angeblichem Fehltritt, ließ die Huren, noch bevor sie ins Kloster verschwanden, als Zeugen auftreten – natürlich bestach er sie mit Geld –, und die arme, leichtgläubige, zerbrechliche Anne lief tränenüberströmt aus dem Hause, in unsere Dorfkirche hinein, um dort Zuflucht für ihre geschundene Seele zu finden. Shakespeare folgte ihr und setzte sich zu ihr auf die Kirchenbank. Er bat sie flehentlich, ihm zu vertrauen, aber egal, was er auch sagte, sie konnte es nicht. Die jahrelange Feindschaft zwischen den Familien war stärker als ihr Glaube an Shakespeare. Sie lief hoch in den Glockenturm, kletterte auf die Brüstung und wollte hinabspringen in den Tod.»

Die Leute in diesem Jahrhundert neigten wirklich zum Drama. Andererseits: Diese Frau hatte sich umgebracht, weil sie glaubte, die wahre Liebe ihres Lebens verloren zu haben. Als ich Jan verloren hatte, aß ich nur Schokolade und trank Ramazzotti. Sollte Jan am Ende gar nicht meine wahre Liebe gewesen sein? War ich deswegen einfach bereit gewesen, ihn mit dem Sportlehrer zu betrügen? Shakespeare jedenfalls wollte seine Anne nicht betrügen ...

«Shakespeare rannte hinauf zu seiner Anne in den Glockenturm. Er weinte, flehte sie an, von der Brüstung zu kommen, sonst würde er selber springen, doch sie konnte ihn nicht hören, denn just in diesem Moment wurden die Glocken zur vollen Stunde geschlagen. Shakespeare, der erkannte, dass er sie in ihrem Kummer nicht erreichen konnte, trat nun von hinten an sie heran. Er wollte rasch ihre Hand packen, sie im letzten Moment davor bewahren zu springen, doch da stürzte sie sich beim letzten Glockenschlag herab ... in die Tiefe ...»

Mir stockte der Atem.

«Shakespeare rannte zu ihr und sah, dass ihr Genick gebrochen, ihr liebliches Gesicht zerschmettert war. Er würde nie wieder ihr wunderbares sanftes Lächeln erleben. Völlig aufgelöst ging er daraufhin zu dem kleinen Flüsschen Avon, um nun auch sich das Leben zu nehmen. Doch da kam eine Schauspieltruppe vorbei – was, wie ich fest glaube, eine göttliche Fügung war. Ein Gaukler namens Kempe hielt Shakespeare davon ab, ins Wasser zu gehen.»

Und Kempe, so begriff ich nun, musste Shakespeare fortan immer wieder das Leben retten, da in ihm immer noch eine tiefe Todessehnsucht wohnte, die dafür sorgte, dass er sich stets in lebensgefährliche Situationen begab.

«Bei wem wachsen die Kinder auf?», wollte ich nun wissen.

«Sie werden von Tybalts Frau auf dessen Farm großgezogen.»

«Sie wohnen bei diesem schrecklichen Kerl?»

«Seine Frau hat große Güte. Und er selber wurde vor lauter Schuldgefühlen wahnsinnig. Er ist den ganzen Tag und die ganze Nacht bei den Schweinen seines Hofes.»

«Um sie zu füttern?»

«Um sie zu begatten.»

«Armes Schwein», rutschte es mir heraus.

«Arme Schweine», meinte Lorenzo.

«Die auch.»

Aber das ärmste Schwein war der Mann, dessen Körper ich bewohnte. Nach so einem Erlebnis würde er sein Herz wohl nie wieder jemandem öffnen können. Jetzt hatte ich schon wieder etwas über die ‹wahre Liebe› gelernt: Man konnte sie verlieren. Für immer.

«Nun, da ich dir törichterweise eine Tragödie erzählt habe, die du bereits kennst», hob Bruder Lorenzo an, «musst du mir im Gegenzug einen Gefallen gewähren.»

«Ich werde es versuchen. Um was für einen Gefallen handelt es sich denn?»

«Mir den Teil der Tragödie zu schildern, den ich noch nicht kenne.»

«Wie bitte?»

«Tu nicht so unwissend! Du selbst hast mir in einem schwachen Moment erzählt, dass du auf dem Glockenturm Schuld auf dich geladen hast, wolltest mir aber nicht mehr darüber verraten. Seitdem grübele ich jeden Tag, welche Schuld es wohl sein mag. Du hast Anne nie betrogen, und du wolltest sie retten ... daher möchte ich jetzt von dir endlich wissen: Welche Schuld hast du auf dich geladen?»

Das würde ich auch gerne wissen.

41

Als ich erwachte, schlummerte Rosa noch. Ich verließ das Kloster und wanderte zu der großen Farm der Hathaways. Unsicher wartete ich nun auf dem Weg vor dem Anwesen: Sollte ich das erste Mal seit Annes Tod zu ihrem Grab gehen? Endlich Blumen darauflegen? So viel Kraft hatte ich nicht. Vielleicht könnte ich es wagen hinzugehen, wenn Rosa wieder bei mir war und ich nicht allein sein würde. Andererseits wäre dann Rosa diejenige, die zu Annes Grab geht, und nicht ich. Ich wünschte mir nun sehr, Rosa wäre ein Mensch und kein Geist und sie würde mich zum Friedhof begleiten.

Während ich darüber nachdachte, rannte ein Schwein quiekend an mir vorbei. Es war in panischer Flucht.

Im nächsten Augenblick rannte der verwirrte Tybalt dem Schwein hinterher und rief froher Laune: «Warte, mon amour!»

Es gab Zeiten, in denen ich diesen Tybalt gerne erwürgt hätte, nicht ohne ihm vorher noch demonstriert zu haben, wie unangenehm eine Kreuzotter in der Strumpfhose sein mochte. Doch jetzt neidete ich dem Schuft seinen Wahnsinn: Er wurde nicht von schrecklichen Schuldgefühlen geplagt wie ich und war glücklich bei den Schweinen, selbst wenn diese nicht glücklich wirkten.

Da öffnete sich das Haus, und ein blonder, zarter Junge trat heraus. Hamnet. Mein Sohn. Er trug seine Schultasche. Hamnet ging in meine Richtung, und jetzt war ich doch froh, dass Rosa noch schlief und ich ihn selbst umarmen durfte. Der Kleine sah mich, rief frohgemut: «Papa!», warf die Schultasche beiseite und rannte auf dem Kiesweg auf mich zu.

Mein Herz war erfüllt von Freude: Gleich würde ich nach langer Zeit endlich wieder meinen geliebten kleinen Sohn umarmen, und ich würde ihn lange nicht mehr loslassen. Hamnet *war nur noch wenige Schritte von mir entfernt. Ich streckte meine Arme aus, in glücklicher Erwartung, auch er streckte seine Arme aus, ebenfalls in glücklicher Erwartung, da ...*

«Uahh ... wie lange habe ich geschlafen?»

... übernahm Rosa wieder meinen Körper. Das Gespür für richtige Zeitpunkte war bei Rosa anscheinend recht unterentwickelt. Daher tobte ich vor Zorn.

«Was regst du dich so auf?», gähnte ich. Und kaum hatte ich das gefragt, lief mir etwas vors Schienbein.

«Deswegen.»

Ich blickte hinab und sah den kleinen blonden Jungen aus Shakespeares Medaillon, nur diesmal live und in Farbe. Er blickte mich sehr enttäuscht an.

«Umarme ihn ...»

Ich schaltete nicht so schnell. Der Junge sah mich traurig an und sagte: «Du warst lange nicht mehr bei mir, Papa!»

«Umarme ihn endlich ...», bat ich nun flehentlich.

Natürlich wollte ich Shakespeare diesen Gefallen tun. Also umarmte ich den Kleinen schnell, und er flüsterte: «Ich hab dich so vermisst.» Dabei drückte er sich ganz fest an mich. Mir war klar, was ich zu antworten hatte: «Ich dich auch ... ich dich auch ...»

Nun drückte er sich noch viel fester an mich.

«Danke, Rosa ...»

Shakespeares Stimme zitterte, als er dies sagte. Hörte ich da etwa Tränen in seiner Stimme? Höchstwahrscheinlich war das, was Shakespeare in diesem Moment empfand, die wahre Liebe: die Liebe zu seinem Kind.

Jan und ich hatten auch über Kinder nachgedacht, die Umsetzung jedoch immer auf unbestimmte Zukunft verschoben. Wir hielten uns mit Anfang dreißig noch für so jung. Jetzt würde er mit Olivia Kinder bekommen, während sich meine biologische Uhr im schnellen Vorlauf befand. Da hatte ich doch schon gleich wieder etwas begriffen: Hätte ich meine kostbare Lebenszeit nicht verplempert, wäre ich schon längst Mama gewesen.

«Bitte … bitte … geh nicht wieder weg …», flüsterte der kleine Hamnet, und die Tränen kullerten über seine Wange.

Was sollte ich darauf nun antworten?

Was hätte ich selbst darauf geantwortet, wenn ich Macht über meinen Körper gehabt hätte? Dass ich nur in London Geld verdienen konnte, dass ich ihn und seine Geschwister unmöglich in dem Sündenpfuhl der großen Stadt aufwachsen lassen konnte … ein Kind würde so etwas nie und nimmer begreifen …

«Ich … ich liebe dich, egal, wo ich bin», sagte ich zu dem Kleinen, in Ermangelung einer direkten Antwort auf seine Frage. Und es war ja noch nicht mal richtig gelogen, denn meine Seele liebte den kleinen Jungen, und ich empfand daher tatsächlich etwas für dieses blasse Kind.

«Das war eine gute Antwort.»

Shakespeare hatte jetzt definitiv Tränen in der Stimme. Hamnet hingegen beruhigte sich: Er wischte sich die Tränen aus den Augen und nahm – fast schon ein bisschen geschäftsmäßig – seine Schultasche. Er verstand sehr genau, was mein ‹Ich liebe dich› bedeutete, so wie Kinder eigentlich immer genau spürten, was Erwachsene eigentlich meinten. Hamnet wusste, dass es in diesem Zusammenhang ‹Ich liebe dich, aber ich werde nicht hierbleiben› bedeutete. Der Kleine ging ein paar Schritte, drehte sich noch einmal um und antwortete mit traurigen Augen: «Ich liebe dich auch, Papa.»

Da hätte ich am liebsten selbst losgeheult.

42

Shakespeare tat mir leid, wegen mir konnte er nicht einmal mehr seinen Sohn umarmen. Die ganze Zeit hatte ich gejammert, wie furchtbar die Situation für mich war, aber für ihn musste alles noch viel schrecklicher sein. Daher sagte ich zu ihm: «Entschuldige, dass ich bei dir bin.»

«*Es ist doch nicht deine Schuld, nicht wahr? Es war doch ein Zauberer, der dich zu mir gesandt hat.*»

«Aber der ... nennen wir es mal ‹Zauberbann› ... wird erst wieder aufgehoben, wenn ich herausgefunden habe, was die ‹wahre Liebe› ist.»

«*Was ist denn dies für ein außerordentlich geistloser Zauber, der eine solche Bedingung hat?*»

«Ich hab mir den nicht ausgedacht.»

«*Und, hast du mittlerweile herausgefunden, was die ‹wahre Liebe› ist?*»

«Ich hab einiges über sie herausgefunden: Sie kann die Jahrhunderte überdauern, man kann sein Land lieben, seine Kinder, oder man kann es lieben, so blutige Geschichten zu schreiben wie du mit ‹Hamlet› ...»

«*Hamlet ist eine Komödie, keine ‹blutige Geschichte›*», protestierte ich.

«Noch nicht. Aber wenn du erst mal darauf gekommen bist, dass ‹Sein oder nicht sein› ein Satz über Selbstmord sein kann ...»

«*Selbstmord? ... Das ist genial!*»

«Stammt ja auch von dir.»

«*Nein, tut es nicht*», erwiderte ich für einen kurzen Moment verwirrt.

«Noch nicht.»

«*Aber dieser Satz setzt bei mir Gedanken frei*», erklärte ich begeistert. «Ich mache Hamlet zur Tragödie, und dann wird er in der Szene, in der er mit seiner Mutter rangelt, tatsächlich mit ihr schlafen ...»

«Das werden die modernen Theaterregisseure lieben ...», schmunzelte ich.

«Und die Zuschauer erst. Inzest lieben die Leute immer ...»

Ja, das wissen auch die Leute von der Bild-Zeitung.

«Und Hamlets geliebte Ophelia wird wahnsinnig ... aber Hamlet spielt den Wahnsinn nur ... und der Hofnarr Yorick ist tot und nur noch ein Totenschädel, mit dem Hamlet spricht ... was zudem dramaturgisch sehr schön ist, weil der Schauspieler dann zwar einen Monolog hält, aber zugleich etwas ansprechen kann ... dann wirkt es nicht wie bei anderen Monologen, als würde er Selbstgespräche führen ...»

Das war es also: Der kreative Ausbruch, das Erschaffen von Figuren und Situationen, lenkte Shakespeare von seinem eigenen Schmerz ab. Sich Geschichten auszudenken, war für ihn besser als Drogen, Alkohol oder meine eigene Frust-Diät aus Ramazzotti und Schokolade.

«... es gibt kaum etwas Alberneres, als auf der Bühne Selbstgespräche zu führen ...»

«Es ist zwar schön, dir beim kreativen Prozess zuzuhören», unterbrach ich seinen Gedankenfluss, «aber worauf ich eigentlich hinauswollte, ist: Kannst du mir vielleicht helfen herauszufinden, was die ‹wahre Liebe› ist?»

Für mich war das keine Frage. Ich hatte nur eine wahre Liebe im Leben. Daher antwortete ich Rosa betrübt: «Anne ... es ist immer nur Anne ...»

«Dann ist die ‹wahre Liebe› also die große tragische?», fragte ich.

Auch wenn mir diese Antwort nicht gefiel, war sie für Shakespeare doch die Wahrheit.

Und wenn sie stimmte, dann würde ich gleich bei Prospero auf der Liege aufwachen.

Ich wartete einen Moment …

… aber ich verließ Shakespeares Körper nicht. Und ich wachte auch nicht im Zirkuswagen wieder auf.

«Es muss doch noch was anderes geben …», erklärte ich daher.

«Liebe endet immer tragisch, Rosa. Die Frage ist nur, auf welche Art.»

Shakespeare sagte das sehr bestimmt, und ich versuchte, ihm zu widersprechen: «Wenn es wirklich das gewesen war, was ich lernen sollte, wäre ich jetzt weg.»

«Du musst nicht herausfinden, was die wahre Liebe ist, um meinen Körper zu verlassen.»

«Muss ich nicht?»

«Nein, es gibt da eine Alternative …»

«Und welche?»

«Den Besuch bei einem Alchemisten …»

43

Am Abend trampten wir nach London zurück. Da wir davon ausgingen, dass die spanischen Spione die großen Tore der Stadtmauern bewachten, versteckten wir uns – aus Mangel an Alternativen – bei einem Bauern im Wagen, der Dung für den Palastgarten in die Stadt brachte. Entsprechend stank ich, als ich in London aus dem Wagen krabbelte und auf das steinerne Gemäuer zuging, in dem der Alchemist Dee wohnte. Ich klopfte an das Tor und war mir unsicher, ob ich in diesem unheimlichen Haus tatsächlich Hilfe bekommen könnte. Aber Shakespeare glaubte fest daran. Was konnte es also schon schaden, hineinzugehen und es zu versuchen? Ein kleiner Asiate öffnete mir, der ein bisschen so aussah wie eine Nebenfigur in «Tim und Struppi – der blaue Lotos». Bei meinem Geruch rümpfte der Mann die Nase: «Sie stinken wie eine Latte.»

«Latte?»

«Ja, Latte», bekräftigte er.

«Äh … meinen Sie eine Latte … macchiato?»

«Macchiato? Ich kenne kein macchiato! Ich habe gesagt: Sie stinken wie eine Latte!»

Meinte der das etwa anzüglich?

«Ich hasse Latten!», merkte er an.

Da hatte einer anscheinend ein Problem mit der Sexualität.

«Wenn ich eine Latte sehe, schlage ich auf sie ein», sagte er vehement.

Das fand ich jetzt etwas radikal.

«Bis sie platt daliegt.»

Na ja, jedem das seine.

«Und dann nehme ich eine Fackel und velblenne sie.»

«Das ist aber drastisch», rutschte es mir dann doch heraus.

«Was machen Sie denn, wenn Sie eine Latte sehen?», fragte der Chinese.

Das kam drauf an, wem die Latte gehörte.

Ich empfand die Frage als etwas indiskret. Über so etwas redete ich ja nicht mal mit meinem besten Freund Holgi, also antwortete ich: «Das geht Sie gar nichts an.»

Der Chinese blickte mich indigniert an, dann sagte er: «Tleten Sie ein.»

«Tleten?»

«Tleten. Walum velsteht mich nie jemand?!?» Der kleine Chinese sprang wütend auf der Stelle.

Jetzt begriff ich endlich und grinste: «Kein Glund, sich aufzulegen.»

Der kleine Asiate sah mich darauf an, als ob er mich gleich zu Chopsuey verarbeiten wollte. Daher sagte ich grinsend: «Solly.»

Mit finsterem Blick führte er mich in einen gewölbeartigen Raum voller asiatischer Gegenstände. Von einem riesigen Schreibtisch voller Sternkarten stand ein älterer Herr mit buschigen Augenbrauen auf, bedeutete dem Lattenhasser hinauszugehen und ging freudig auf mich zu.

«Hallo, Rosa!», begrüßte er mich.

Der Alchemist nannte mich tatsächlich Rosa, er hatte Shakespeare also geglaubt, dass ich mich in dessen Körper befand. Aber warum hatte der Alchemist so etwas Verrücktes, auch wenn es wahr war, so einfach geschluckt? Warum hatte er daran keinen Zweifel gehabt?

«Du kommst also aus Wuppertal?», fragte Dee mit leuchtenden Augen.

«Ja … das tue ich», erwiderte ich etwas überrascht, Shakespeare hatte ihm wohl erzählt, dass ich dort geboren bin. Ahnte er auch, dass ich aus der Zukunft stammte? Das wusste doch nicht mal Shakespeare.

«Und, wie sieht es in dieser Stadt aus?»

«Das willst du nicht wissen.»

«Es muss da wunderbar sein», strahlte Dee.

«Wunderbar ist vielleicht nicht das richtige Wort …»

«Phantastisch?»

«Hmm … wenn man mit ‹phantastisch› ‹stark unterdurchschnittlich› meint …»

«Du musst mir alles über Wuppertal erzählen!» Dee war höchstwahrscheinlich der Einzige in der gesamten Geschichte der Menschheit, der je diesen Satz gesagt hatte.

«Ich möchte dir eigentlich nicht davon erzählen», antwortete ich vorsichtig.

«Du möchtest das nicht?» Er war nun sehr enttäuscht.

«Ich glaube ... das ist zu gefährlich ...», versuchte ich zu erklären.

Der Alchemist überlegte eine Weile, dann nickte er: «Vielleicht hast du recht. Das ist zu gefährlich. Sowohl für mich – ich könnte mit dem Wissen die Welt beherrschen – als auch für Wuppertal.»

Jetzt war klar: Er wusste, dass ich aus der Zukunft stammte. Doch woher?

«In Wuppertal kann es zwar nicht viel schlimmer werden», sagte ich, «aber ich freu mich, dass Sie es verstehen.»

«Du bist sehr weise, Rosa», fand der Alchemist. Und damit war er wohl auch der erste Mensch in der Geschichte, der diesen Satz über mich sagte.

Aber ... wenn ich wirklich ‹weise› war, dann war ich anscheinend immer weniger ein Klischee. Und das machte mich nun auch ein bisschen stolz.

«Ich werde dich und Master Shakespeare nun bald voneinander trennen», kündigte der Alchemist an.

«Ähem, wie genau wollen Sie mich denn aus Shakespeares Körper vertreiben?», fragte ich, glaubte ich doch nicht wirklich, dass er dazu in der Lage war.

«Ich lebte lange Jahre bei den Shinyen-Mönchen in Tibet», antwortete er. «Und dort habe ich erfahren, dass es bei der altehrwürdigen Kunst der Rückführung Probleme geben kann.»

O mein Gott, er kannte die Mönche, die den Hypnotiseur Prospero ausgebildet hatten! Er wusste von den Rückführungen! Und davon, dass es bei diesen Rückführungen auch zu Schwierigkeiten kommen konnte, wie die, in der ich mit Shakespeare gelandet war. Womöglich hatten die Mönche sogar Berichte aufgeschrieben, von Menschen, die unsere Zukunft kannten, gar Landkarten unserer Zeit erstellt, in denen auch Wuppertal aufgeführt war. Mir wurde heiß und kalt: Dieser Alchemist konnte mir vielleicht tatsächlich helfen! Und die Shinyen-Mönche hatten ihm erzählt, dass Seelen aus der Zukunft zu Besuch kommen konnten.

«Ich werde jetzt ein Pendel holen, um dich aus dem fremden Körper zu befreien.»

Er ging nun aus dem Raum in eine kleine Nebenkammer, um ein Pendel zu holen. Völlig aufgeregt sagte ich zu Shakespeare: «Ich glaube, dieser Mann kann uns wirklich retten.»

Aber Shakespeare antwortete mir nicht.

Ich schwieg die ganze Zeit, denn mich plagte das schlechte Gewissen: Ich plante Rosas mögliche Vernichtung, hatte doch der Alchemist bei unserem letzten Treffen zu mir gesagt, es wäre durchaus möglich, dass Rosas Geist dabei ausgelöscht wurde. Ich konnte mir das selbst gegenüber nur damit rechtfertigen, dass ich mit ihrem Geist in meinem Leib meinen Kindern gegenüber kein guter Vater sein konnte. Eingestanden, ich war auch derzeit kein guter Vater, in dem Sinne, wie Heinrich der Achte auch kein herausragender Ehemann gewesen war, aber ich beschloss, mich meinen Sprösslingen gegenüber in Zukunft zu bessern, damit die Auslöschung von Rosas Geist auch eine tiefere Rechtfertigung bekommen würde.

Dass Shakespeare lediglich schwieg und nicht etwa schlummerte, spürte ich ganz genau. Ich wollte ihn aufmuntern, irgendwie den Schmerz, den er durch Annes Tod erlebt hatte, lindern. Ich hatte ja durch meine Reise in die Vergangenheit eine neue Perspektive auf die Dinge bekommen, und falls ich Shakespeare nun tatsächlich verlassen sollte, wollte ich ihm gerne etwas von dem Gelernten zum Abschied mitgeben. Zum Beispiel, dass es keine gute Idee ist, seine wenigen Jahre, die man auf der Erde hat, zu verplempern. Daher erklärte ich ihm: «Seitdem ich hier bei dir bin, habe ich viel über das Leben erfahren.»

«Und um was handelt es sich dabei?», fragte ich, nun doch ein wenig neugierig.

«Man hat zu wenig Zeit, um das Leben mit Traurigkeit zu vergeuden.»

«Das klingt weise», musste ich zugestehen. «Etwas morbide. Aber weise.»

«Verschwende also deine Zeit nicht damit, nach hinten zu sehen», forderte ich ihn auf.

Sprach Rosa damit nicht etwas Wahres aus? Womöglich sollte ich in der Tat endlich versuchen, Anne zu vergessen und Platz für ein anderes Weib in meinem Leben zu schaffen. Für eines wie Rosa? Oder für eines wie die Gräfin? Nur, wie sollte das gehen?

«Genieße dein Leben, nutze deine Zeit», forderte ich ihn auf und vermied es zu erwähnen, dass er in meiner Zeit eigentlich schon lange tot war.

«Hieltest du dich selber an deinen Rat, bevor du in meinen Körper gefahren bist?»

«Nun ... ähem ...», stammelte ich.

«*Hatte ich mir gedacht.*»

«Bei mir ist das was anderes ...», versuchte ich zu erklären. «Ich habe noch ein bisschen Hoffnung, dass ich meine große Liebe erobern kann, dass wir Seelen sind, die durch die Jahrhunderte füreinander bestimmt sind.»

«*Und ausgerechnet Essex soll diese große Liebe sein?*»

«Ja ... nein ... ich hoffe es ...»

«*Klingt sehr unentschlossen.*»

Das Ganze war viel zu kompliziert, um es mit Shakespeare zu besprechen. Nicht nur wegen der ganzen Verwicklungen, die es mit sich brächte, wenn er erführe, dass ich aus der Zukunft stammte. Ich hatte auch Angst, er würde mir vorhalten, dass Jans Seele nicht für die meine bestimmt war. Und mir dann meine eigenen Worte um die Ohren hauen: dass das Leben viel zu kurz ist, um wertvolle Lebenszeit zu verschwenden, und dass ich Jan endgültig abhaken solle.

«*Ich habe mir sagen lassen, es würde einem guttun, wenn man über seine Gefühle spricht ...*», spottete ich.

Ich fühlte mich doch etwas ertappt. Und da ich es nicht ausstehen konnte, mich ertappt zu fühlen, antwortete ich einen Hauch zu patzig: «Ich rede mit dir gerne über meine Gefühle, wenn du mit mir über deine redest: Warum hast du Schuld auf dich geladen?»

«*Wie bitte?*», fragte ich erschrocken.

«Bruder Lorenzo hat mir erzählt, dass du glaubst, bei Annes Tod Schuld auf dich geladen zu haben. Aber keiner kann sich erklären, um was für eine Schuld es sich dabei handelt.»

«*Lorenzo sollte nur mit Gott reden!*», fluchte ich ob des Vertrauensbruchs des Mönchs. «*Ich hoffe, er gerät nach seinem Ableben in eine Hölle, in der es nur Frauen gibt.*»

«Du kannst mir vertrauen, William.»

«*Ich werde mich garantiert nicht vor dir über meine Empfindungen auslassen!*»

«Ich meine es doch nicht böse ...»

«*Wir sollten schweigend auf Dee warten!*», schnitt ich ihr scharf das Wort ab.

Das war eine klare Ansage: Wenn dieser Alchemist es gleich tatsächlich schaffen könnte, uns zu trennen, dann würden Shakespeare und ich uns nie so nahe gekommen sein, dass wir uns gegenseitig vertrauten.

Das machte mich traurig. Sehr traurig.

In diesem Augenblick trat Dee wieder mit einem Pendel in den Raum. Es war ein kleines goldenes Pendel, exakt so eines, wie Prospero es hatte. Meine Traurigkeit verwandelte sich in Vorfreude: Dieser Mann würde mich tatsächlich nach Hause bringen! Er bat mich, auf einer Liege Platz zu nehmen. Dann sagte Dee die schönsten Worte, die ich in der Vergangenheit bisher gehört hatte: «Schau auf dieses Pendel!»

«Aber so was von gerne!», strahlte ich.

«Deine Augen werden schwer», redete der Alchemist weiter.

«Darauf freue ich mich schon!»

«Und sie werden immer schwerer ...»

«Ich liebe nichts mehr als schwere Augen ...»

Jetzt würde Rosa womöglich vernichtet werden. Meine Wut über sie verwandelte sich in ein schlechtes Gewissen: Sie war ein guter Mensch ... Geist ... was auch immer ... und sie hatte es nie böse mit mir gemeint. Sie war mir nah, so nah, wie mir seit Anne kein Mensch gekommen war. Gut, das lag im Wesentlichen daran, dass sie sich in meinem Körper befand, aber dennoch ... So platzte es aus mir heraus: «Schau nicht auf dieses Pendel. Rosa!»

«Und wie ich auf dieses Pendel schaue!», sagte ich zu Shakespeare. Und Dee bat mich: «Nun schließe die Augen.»

«*Tue es nicht!*», *flehte ich.*

Selbstverständlich schloss ich die Augen …

«*Rosa …!*»

Ich driftete langsam davon.

«*Rosaaaaaaaaaaa …!*»

Das war das Letzte, was ich in der Vergangenheit hörte.

44

«Na, da flattern ja einer Frau wieder die Augenlider», war das Erste, was ich in der Gegenwart hörte. Das Erste, was ich roch, war das Holz des Zirkuswagens. Konnte es wirklich sein? Befand ich mich tatsächlich in der Gegenwart? Ich stank jedenfalls nicht mehr wie eine Latte. Und die Stimme, die ich hörte, war nicht die des Alchemisten John Dee, sondern die des Hypnotiseurs! Ich öffnete die Augen und sah … Prospero in Unterwäsche. Da wollte ich die Augen schnell wieder zumachen.

«Verzeihen Sie, ich mache mich gerade bettfertig. Ich ziehe mir schnell was über», erklärte der Hypnotiseur und zog sich eilig einen lila Bademantel an. Ich aber sprang schnell auf, rannte zu einem Ganzkörperspiegel, der in dem Wagen stand, und sah … mich! Wirklich mich! Alles war da: Gesicht, Busen, Bauch … mein geliebtes Hängebäuchlein!

«Du hast also herausgefunden, was die ‹wahre Liebe› ist?», fragte Prospero. Er deutete meine Hängebauch-Freude entsprechend und ging davon aus, dass alles gut gelaufen war. Schließlich war ich ja aus der Hypnose aufgewacht. Seine

Frage verunsicherte mich: Ich hatte nicht herausgefunden, was die wahre Liebe ist, sondern mit Hilfe von Dee irgendwie geschummelt. Und obwohl ich das mit der wahren Liebe anfangs nur herausfinden wollte, um wieder in die Gegenwart zu gelangen, war ich jetzt doch enttäuscht, es nicht herausgefunden zu haben.

«Sie sehen auf einmal gar nicht mehr so glücklich aus», bemerkte Prospero überrascht.

«Sie haben mich unfreiwillig auf eine Reise geschickt, bei der man mich umbringen wollte. Und ich war in einem Männerkörper. Soll ich Sie da vor lauter Freude abknutschen?»

«Ich verstehe Ihren Unmut», antwortete Prospero voller Anteilnahme: «Ich selbst war in einem früheren Leben einmal Konkubine bei Caligula ... ich sag Ihnen, was der mit mir, Honig und einer Karotte anstellte ...»

«... das will ich gar nicht wissen.»

«Aber Sie fühlen sich doch jetzt besser, wo Sie wissen, was die wahre Liebe ist? Dadurch kennen Sie doch endlich das Potenzial Ihrer Seele ...», fragte Prospero verunsichert. Seine anderen Hypnoseopfer waren offenbar sehr viel dankbarer.

Ich hatte keine Lust mehr, mit ihm zu reden oder mich gar mit ihm zu streiten, und verließ rasch seinen Zirkuswagen, was ihn sichtlich konsterniert zurückließ.

Ich wandelte durch die abendliche Stadt, vorbei an lärmenden Autos, Straßenlaternen und Jugendlichen mit Kopfhörern in den Ohren. Und diese meine Heimat kam mir überraschenderweise viel trüber vor als das mittelalterliche London. Es war ein bisschen so, als ob man aus dem Kino kommt und sich fragt: Hey, warum kann unsere Welt nicht so farbenfroh, lebendig und aufregend sein wie das eben auf der Leinwand?

Zu Hause angekommen, ging ich erst mal aufs Klo. Sitzend. Eine Betätigung, die mir noch nie so viel Freude bereitet hatte.

Danach duschte ich ausgiebig, und während das Wasser auf mich prasselte, dachte ich nach: Ganz vergeblich war der Trip in die Vergangenheit nicht gewesen, hatte ich doch einiges gelernt: Ich musste mein Leben nutzen. Und ich wollte schreiben. Ich hatte schon viel zu viele Jahre mit der falschen Berufswahl verplempert. Morgen würde ich kündigen, Arrivederci sagen zu Grundschülern, Grundschülereltern und Schulreformen, die jeden darin Sinn Suchenden in den Freitod treiben konnten.

Kaum hatte ich das beschlossen, fielen mir schon beim Abtrocknen unzählige Geschichten ein, die ich schreiben könnte, eine viele Jahre andauernde Blockade fiel mit einem Male weg. Die Ideen für Geschichten purzelten nur so aus meiner Phantasie: Da war das Märchen von Cinderella, Schneewittchen und Rapunzel, die herausfinden, dass sie alle mit dem gleichen Prinzen verheiratet sind. Da war die Geschichte der Karrierefrau, die in eine Ameise verwandelt wird. Und da war die Story von Jack the Ripper in einer Musical-Variante (ich habe nicht gesagt, dass nur gute Geschichten purzelten). Ich setzte mich mit einer Kladde und einem Kugelschreiber an meinen Küchentisch, schrieb die ganze Nacht durch und machte mich dann morgens, von mehreren Kaffees aufgeputscht, auf den Weg in die Schule zu meiner alten Rektorin, um zu kündigen. Bei dieser Rektorin handelte es sich um eine äußerst korrekte Frau, die mich abgrundtief verachtete, weil ich in so vielen Bereichen, die ihr unendlich wichtig waren, einfach kein Talent besaß: Pünktlichkeit, Ordnung, Kopfrechnen – Letzteres war besonders tragisch, da ich es unterrichtete.

Als ich ihr Büro betrat, saß die alte Dame über Akten gebeugt. Eigentlich saß sie immer über Akten gebeugt. Gegen diese Frau wirkte Queen Elizabeth, die ich in der Vergangenheit kennengelernt hatte, regelrecht flippig. Ich hatte stets vermutet, dass sie schätzungsweise 1972 das letzte Mal gelacht hatte.

Ich erklärte ihr, dass ich kündige, da ich schreiben wolle, dass in mir die Seele eines Schriftstellers wohne. Und in meinem Überschwang verriet ich ihr auch, dass es sich dabei um die Seele von William Shakespeare handele.

Als ich mit meinem Vortrag zu Ende war, lachte die alte, verkniffene Frau mit einem Male laut prustend los. Dabei japste sie zwischendrin Sätze wie: «Das ist ja wirklich köstlich», «Ich kann gar nicht mehr aufhören zu lachen», «So habe ich seit 1972 nicht mehr gelacht» und «Au verdammt, jetzt hab ich mir in die Hose gepinkelt».

Ich beschloss daraufhin, die Sache mit Shakespeare niemandem mehr zu erzählen, nicht mal Holgi. So wollte ich nicht noch einmal ausgelacht werden. Ich verließ das Schulgebäude und atmete durch. Ein unglaubliches Glücksgefühl durchströmte mich: Dass ich den Mut gefunden hatte, der künstlerischen Bestimmung meiner Seele, dem Schreiben, zu folgen, verlieh mir einen unglaublichen Schwung. Wie berauscht ging ich durch die Straßen. So mussten sich die Sklaven gefühlt haben, als sie von Abraham Lincoln befreit von den Feldern gingen.

Mitten in mein Glücksgefühl hinein klingelte mein Handy. Dran war Holgi, und noch bevor er wirklich etwas sagen konnte, besann ich mich, dass mir in der Vergangenheit klar geworden war, wie sehr ich ihn vernachlässigt hatte. So plapperte ich hastig los: Ich erzählte ihm, dass er mein bester Freund sei, dass ich das nie genug gewürdigt hätte und ich ihn nie, nie, nie wieder abweisen würde, wenn er nachts zu

mir käme, weil ihn die ‹Liebe seines Lebens› mit einem russischen Diskuswerfer betrogen habe ...

Als ich mit meinem Vortrag zu Ende war, weinte Holgi gerührt und schluchzte Sätze ins Telefon wie: «Das ist schön»,
«Ich liebe dich auch, Rosa», «Es war kein russischer Diskus-,
sondern ein russischer Hammerwerfer», «Eigentlich kam er
auch aus Albanien», «Aber er hatte einen richtigen Hammer»,
«So einen Hammer hatte ich noch nie gesehen», «Der verlieh
dem Begriff ‹hammerhart› eine völlig neue Bedeutung ...»

Ich hörte mir alles an und tröstete ihn erneut, gab ihm Rat-
schläge, spendete Trost und fühlte mich gut dabei. Die Liebe
zu einem Freund, gemeinsam mit der Liebe zu dem Schreiben, ließ mein Herz vor Freude fast platzen. Ich war dabei,
mich endgültig zu ändern. Bye-bye, Klischee!

Holgi schnäuzte in ein Taschentuch und fragte dann:
«Wann wollen wir denn heute Nachmittag los?»

«Los?»

«Zur Hochzeit von Jan.»

Hello again, Klischee.

45

Plötzlich war alles wieder da, was ich seit meiner Rückkehr
aus der Vergangenheit komplett verdrängt hatte: dass Jan
und Olivia heute heiraten wollten und dass ich immer noch
nicht wusste, ob die beiden nun die durch die Jahrhunderte
füreinander bestimmten Seelen waren. Oder ob Jan und ich
in ewiger Liebe miteinander verbunden sein sollten. Klar, Jan
hatte mir in der Zahnarztpraxis gestern (es kam mir durch
den Trip in die Vergangenheit sehr viel länger vor) klipp und

klar gesagt, dass Olivia und er füreinander bestimmt waren, und mir was von ‹Reife ihrer Liebe› vorgefaselt. Doch Reife hin, Reife her – Essex, also Jans Seele, wollte mich in der Vergangenheit küssen, und das, obwohl ich mich in einem Männerkörper befunden hatte! Also bestand doch eine Wahrscheinlichkeit, dass unsere Seelen wirklich füreinander bestimmt waren.

Ich bat Holgi, mich nachher abzuholen, klappte das Handy zu, fuhr nach Hause, kochte mir eine schöne Kanne Tee und machte mich chic für die Hochzeit. Dabei wünschte ich mir, Shakespeares Meinung zu hören, vor der ich noch bei unserem Alchemistenbesuch so viel Angst gehabt hatte. Was würde er mir raten: Gehörten Jan und ich zusammen? Oder war Olivia für ihn bestimmt? Ich wollte unbedingt mit jemandem darüber reden, der das alles miterlebt hatte und es daher beurteilen konnte. Und während ich mir so wünschte, mit Shakespeare zu quatschen, merkte ich mit einem Male, wie sehr ich ihn vermisste.

Als ich noch in der Vergangenheit weilte, ging mir der Barde zwar gehörig auf den Geist, aber er war mir nahe. Gut, das lag wohl hauptsächlich daran, dass wir uns zusammen in einem Körper befunden hatten, aber mit ihm hatte ich mich das allererste Mal in meinem Leben nicht allein gefühlt. Selbst in den Jahren, in denen ich mit Jan zusammen war, hatte ich mich ja sehr oft einsam gefühlt, weil ich immer den Eindruck hatte, ich könne ihm nicht das Wasser reichen.

Mein Blick fiel auf meine Geschichten, die ich in der Nacht wie im Wahn runtergeschrieben hatte. Wie Shakespeare sie wohl finden würde? Vielleicht hätten wir sie gemeinsam weiterschreiben können. Oder unser Sommertag-Sonett? Mit einem Male kam mir ein Gedanke: Wenn ich genau wüsste, wem wir dieses Sonett widmen, wen wir lieblicher als einen

Sommertag finden, könnte es auf den letzten Zeilen noch mehr Kraft entfalten. Bisher hatte es ja noch keinen konkreten Adressaten. Wer könnte es also sein, der lieblicher ist? Jan?

Ich wünschte mir in diesem Augenblick wirklich sehr, Shakespeare wieder bei mir zu haben, um über alles mit ihm zu reden: über das Schreiben. Über die Liebe.

Doch wie heißt es so schön: «Sei vorsichtig mit dem, was du dir wünschst.»

Nachdem ich mich in mein kleines Schwarzes gezwängt und mir im Flur meine einzigen hochhackigen Schuhe angezogen hatte, wurde mir mit einem Male schwarz vor Augen, und ich verlor das Bewusstsein.

46

Das Erste, was ich nach dem Aufwachen spürte, war, dass ich auf sehr unsicheren Füßen stand. Ich blickte an mir herab und erkannte, dass ich Schuhe mit hohen, schmalen Absätzen trug. Und dass mein Leib mit einer Art Kleid bedeckt war. Verblüffend. Wer hatte mich wohl derart skurril ausstaffiert? War es der Alchemist? Jedoch, warum sollte er dies tun? Befand ich mich überhaupt noch in seinem Haus?

Ich sah mich um: Ich befand mich nicht mehr bei Dee, sondern in einem fremdländischen Hause. An einer Wand hing ein eigenartiges Bild. Auf diesem wälzte sich in strahlend blauen Meereswellen ein nackter Mann, der, dem Schriftzug nach zu urteilen, auf den Namen ‹Davidoff› hörte. Wer hängte sich ein dermaßen gewagtes Bild an die Wand?

Ich wollte mich weiter umsehen, knickte jedoch bei meinem

ersten Schritt sofort um und fiel der Länge nach auf den hölzernen Boden. Laut schrie ich auf: «Verflucht noch eins, wer erfindet solche üblen Schuhe?»

Erschrocken musste ich bei diesem Ausruf bemerken: Meine Stimme war nicht mehr die meine. Sie klang hoch, geradezu … weiblich …?

Verwirrt richtete ich meinen Oberkörper auf, um diese Teufelswerkzeuge von Schuhen auszuziehen, von denen man annehmen musste, sie wären von den Folterern im Tower geschustert worden. Befand ich mich womöglich im berüchtigsten Gefängnis der Menschheitsgeschichte? Hatte Walsingham mich verhaften lassen? War dies gar ein besonders übler Folterraum?

Ich zog die Schuhe aus und entdeckte, dass meine Füße in einer dünnen schwarzen Strumpfhose steckten. Eine, die bei weitem nicht so wärmen konnte wie die, die ich sonst trug. Und vor allen Dingen bemerkte ich, dass es sich bei diesen Füßen nicht um meine handelte. Meine waren nicht so schmal wie diese hier, und vor allen Dingen waren meine Zehennägel nicht rot bemalt, außer wenn ich eine betrunkene Nacht mit meinen queren Freunden verbracht hatte.

Eine machtvolle Panik stieg in mir auf. Ich fasste mir an mein rasend pochendes Herz und merkte dabei, dass ich im Brustbereich eine merkwürdige Wölbung aufwies. Genau genommen waren es zwei Wölbungen.

Im Geiste resümierte ich die Tatsachen: Ich trug ein Kleid, meine Zehennägel waren rot, und ich besaß zwei Wölbungen auf der Brust. Ich zählte eins und eins und zwei zusammen und gelangte zu dem Ergebnis: «Heilige Mutter Gottes!!!»

Mit aller Macht versuchte ich mich zu beruhigen, womöglich hatte ich einfach nur alles falsch zusammen addiert. Ich betastete nun ausführlich meine Brust, und da ich in Fragen weib-

licher Anatomie durchaus eine Koryphäe war, ergab meine Analyse zweifelsfrei: Ich hatte einen Busen. Er hing etwas, aber das war in diesem Augenblick nicht wesentlich. Entscheidend war nur folgende Erkenntnis: «Himmelherrgott, ich habe einen Busen!!!»

Das Erste, was ich instinktiv seufzte, als ich wieder aufwachte, war: «Shakespeare, könntest du bitte aufhören, mich zu befummeln?»

Erst da realisierte ich, dass ich nicht mehr Herrin über meinen Körper war. Es war schon wieder etwas schiefgelaufen, diesmal bei der Hypnose des Alchemisten. Diese verdammten Shinyen-Mönche müssten ihre ganze Pendel-Rückführungs-Sache mal schleunigst optimieren.

«Bist ... bist du das, Rosa?»

«Nein, Frank-Walter Steinmeier», antwortete ich gereizt.

«Frank-Walter Steinmeier?»

«Natürlich bin ich Rosa!», erwiderte ich. War ich etwa auch so schwer von Begriff gewesen, als ich in seinem Körper gelandet war?

«Ich ... ich befinde mich in deinem Körper ...?»

«Ja, das tust du», bestätigte ich. Es war furchtbar, nur als Stimme im eigenen Körper zu agieren, ohne etwas anfassen oder spüren zu können. Ich fühlte mich so verdammt ohnmächtig, und das schmerzte mich so sehr, dass ich nicht mal darüber nachdenken konnte, dass sich Shakespeare in der Vergangenheit auch so gefühlt haben musste.

«Besitzt du einen Spiegel?»

William klang mit einem Male sehr neugierig, den Ernst der Lage hatte er anscheinend noch nicht ganz begriffen, es war ja auch eine Angelegenheit, deren Ausmaß man nicht auf Anhieb umreißen konnte. Shakespeare stand auf, ließ meine hochhackigen Schuhe liegen, und ich lotste ihn zu dem Ikea-Spiegel am Ende des Flurs. In dem Spiegel sahen wir uns meinen Körper an, der durch Schminke und Klamotten für meine Verhältnisse ziemlich perfekt war. Da ich keine Kontrolle über meinen Körper besaß, musste ich mich selber so ansehen, wie er mich anschaute: von oben bis unten. Es war, als ob man durch eine Kamera blickte, die ein anderer in der Hand hielt.

Bei dem Anblick von Rosa wich meine Panik der Verblüffung. Sie sah einerseits so aus, wie ich es mir hätte ausmalen können: Sie wirkte intelligent, und um ihre Augen herum konnte man erkennen, dass sie einen listigen, gar verwegenen Humor besaß. Auf der anderen Seite war ich ungeheuer überrascht: Ihr Gesicht wirkte verletzlich, gar etwas schüchtern. Überhaupt nicht wie die kraftvolle Frau, für die ich Rosa hielt. Ich betrachtete mir dann den Körper und war von all den Reizen dermaßen überflutet, dass ich nur eine Beobachtung über ihren Leib hervorbringen konnte: «Rosa …?»

«Ja?» Ich war nun sehr gespannt, was er nach der Betrachtung von mir sagen würde.

«Deine Brüste hängen ein wenig.»

«Na, vielen Dank!», erwiderte ich. «Ich frage mich, wie ich mich je nach dir habe sehnen können!»

«Du hast dich nach mir gesehnt?», fragte ich überrascht und geschmeichelt.

«Ja … das hab ich …», gestand ich, und die Wut aus meiner Stimme verschwand langsam wieder.

«Das kann ich gut verstehen.»

«Wie uneitel von dir», spottete ich.

«Ich meinte dies in der Tat uneitel», erwiderte ich, «denn auch ich bin hocherfreut, bei dir zu sein.» Wahrlich war ich

voller Erleichterung, dass Rosas Geist nicht vernichtet worden war. Mit der Schuld, für Rosas Tod verantwortlich zu sein, hätte ich nicht weiterleben können. Gemeinsam mit der Schuld, die ich mir wegen Anne aufgeladen hatte, wäre ich wohl endgültig an der schweren Last auf meinem Gewissen zerbrochen.

Ich war total geschmeichelt. Wäre mein Körper noch meiner gewesen, ich wäre garantiert rot geworden. «Am liebsten würde ich dich jetzt umarmen.»

«Schade, dass das nicht geht. Aber ich würde gerne etwas anderes machen.»

«Und was?», fragte ich neugierig.

«Ich würde gerne die Kleider ablegen, um deinen Körper näher zu begutachten ...»

«Was?!?»

«Und ihn erspüren.»

«Erspüren?!?»

«Ich war schon immer neugierig zu erfahren, wie sich die weibliche Ekstase wohl anfühlen möge ...»

«Wenn du das auch nur versuchst, bist du tot.»

«Es würde mir aber helfen, die weiblichen Figuren in meinen Stücken noch lebensnaher zu zeichnen ...»

«Mausetot.»

«Ich weiß nicht, wie du mich töten willst, da du ja gerade keinen eigenen Körper hast ...»

«Und exakt das ist unser Problem! Ich hab nicht mehr meinen Körper. Aber du hast auch nicht mehr deinen!» Erst als ich das gesagt hatte, drang langsam das komplette Ausmaß der Lage zu Shakespeare durch. Er blickte an mir herab und stellte fassungslos fest:

«Ich befinde mich wahrlich in einem Frauenkörper ...»

«In meinem, um genau zu sein.»

«Und ... mein Willy ist auch nicht mehr da ...»

«Du nennst dein Ding ‹Willy›?!?», fragte ich erstaunt.

«Meine Mutter nannte ihn immer ‹Master Pipi›.»

«Dann schon lieber ‹Willy›.»

«Das hab ich meiner Mutter auch immer gesagt», seufzte ich.

«Vielleicht könnten wir das Thema wechseln und über-legen, was wir nun unternehmen?», schlug ich vor.

«Einverstanden.»

Ich wies Shakespeare den Weg ins Wohnzimmer und bat ihn dort, dass er sich – beziehungsweise mich – auf das Sofa setzen solle, damit er nicht hinfiel, wenn ich ihm erklärte, wo genau er sich befand. Shakespeare war sichtlich verwirrt von der Einrichtung meiner Wohnung. Nicht so wie Jan, der einst verblüfft war, wie man in so einem Chaos leben konnte. Es war bei Shakespeare eher eine ‹Was ist denn das für ein flimmernder Kasten?›-Verwirrung. Bevor ich ihm das Prinzip des Fernsehens erläutern konnte, musste ich ihm aber erst mal eröffnen, dass er in der Zukunft gelandet war.

«Du ... du ...» Ich suchte nach einer möglichst schonenden Art, ihm die Wahrheit mitzuteilen, und sagte dann: «Du ... du bist in der Zukunft.»

Okay, das hätte man vielleicht doch etwas schonender hin-bekommen können.

Ich berichtete ihm von Prospero, von meiner Zeitreise und davon, dass er sich nun im dritten Jahrtausend befand. Ich erwartete jetzt, Millionen Fragen über unsere Zeit gestellt zu bekommen: Ob man ihn hier kannte? Ob seine Werke berühmt waren? Was für Theaterstücke die Menschen heute gerne sahen? Ob es Kriege gab? Fortschritte in der Medizin? Warum der flimmernde Kasten gerade Bilder von Hartz-IV-Empfängern zeigte, die von Olli Geissen Schwangerschafts-tests durchführen ließen? Was ist ein Hartz-IV-Empfänger? Was ist ein Schwangerschaftstest? Was ist ein Olli Geissen? Aber tatsächlich stellte Shakespeare mir nur eine einzige Frage:

«*Dann … dann sind meine Kinder also schon lange tot?*»

47

Shakespeare schwieg eine ganze Weile traurig, und mein Körper auf dem Sofa sackte immer mehr in sich zusammen. Wie schon in der Vergangenheit war die Situation auch hier in der Gegenwart für ihn viel schwieriger als für mich. Auch deswegen musste ich schnell dafür sorgen, dass er irgendwie in seine Zeit zurückkehrte, und das würde nur mit der Hilfe von Prospero gelingen. Doch wie sollten wir zu dem Hypno-tiseur gelangen? Shakespeare als Mann der Vergangenheit würde auf dem Weg sicher schon auf den ersten Metern von einem Auto überrollt werden.

Er musste also einschlafen, damit ich wieder meinen Kör-per übernehmen konnte. Doch wie sollte ich ihn dazu brin-gen? In der Stimmung, in der er war, konnte ich ihm ja wohl kaum ‹Schlaf, Kindlein, schlaf› vorsingen und mit ihm über den Sodomie-Schäfer scherzen, bis er einschlief. Außerdem konnte man jederzeit wieder aufwachen, wie ich leidvoll in der Vergangenheit erfahren hatte. Was war, wenn ich am Steuer meines Autos saß und Shakespeare wieder erwachte und die Kontrolle übernehmen würde? In meinen Augen mischten sich Bilder von Crash-Test-Dummys, explodierenden Autos und Notärzten, die fanden, dass ich viel zu jung gewesen war, um zu sterben.

Ich hatte keine andere Wahl: Wenn wir hier beide überleben wollten, musste ich Shakespeare fit machen für die Gegenwart. Doch wie sollte ich das tun? Wenn ich ihn durch das Nachmittagsprogramm des Fernsehens führen würde, um ihn auf die Welt hier vorzubereiten, würde er nur denken, er wäre im Irrenhaus gelandet.

Sollte ich ihm im Internet Filmchen zeigen? Aber ich konnte mir schon vorstellen, was für Fragen er dann stellen würde: «Was genau ist das Internet?», «Wie funktioniert es?» oder «Was sind Server?». Und auch wenn ich tagtäglich im Netz surfte, hatte ich doch keinerlei Ahnung, wie ich diese Fragen beantworten sollte. Ich konnte ja nicht mal ein DSL-Modem anschließen, ohne einen Nervenzusammenbruch zu bekommen. Also beschloss ich, Shakespeare einfach zum Fenster zu führen. Er sollte die neue Welt mit eigenen Augen sehen.

All meine Gedanken galten meinen Kindern, so ignorierte ich anfangs Rosas Bitte, mich zu erheben und zum Fenster zu gehen. Erst nachdem sie eindringlich erläuterte, es sei lebenswichtig, dass ich die Umgebung sehe, stand ich auf, ging ein paar Schritte, öffnete den Vorhang und sah eine wahrlich fremdländische Welt vor mir: Auf der Straße, viele Meter unter mir, sausten in unfassbarer Geschwindigkeit merkwürdige Geschosse, die entfernt an Kutschen erinnerten. Rosa erläuterte mir, dass man diese Geschosse Autos nannte und dass es sich um eine außerordentlich schlechte Idee handeln würde, sich ihnen in den Weg zu stellen. Sie zeigte mir lauter weitere furiose Sachen, vor denen ich mich in Acht nehmen sollte: ein längliches Gefährt namens ‹Straßenbahn›, irritierende Lichter namens ‹rote Ampeln› und die allergefährlichsten Wesen von allen: ‹Fahrradkuriere›.

Die Eindrücke überwältigten mich und ließen mich meine Trauer vergessen. Mit Rosas Anleitung öffnete ich das Fenster, um herauszufinden, wie die Zukunft roch. Doch sie roch nicht, sie stank! Und sie war geradezu staubig. Rosa nannte den Gestank ‹Abgase›, und je länger ich diese einatmete, desto mehr wünschte ich mich auf die uringetränkten Straßen Londons zurück. Dieser Abgasgestank war genauso verblüffend wie so vieles andere in dieser schönen neuen Welt: Was waren das für fliegende Eisenvögel am Himmel? Was waren das für kleine Schachteln, die sich die Leute an die Ohren hielten und mit denen sie redeten? Die Menschen sprachen fast alle mit sich selber, so wie Hamlet mit dem Totenschädel. Waren sie genauso einsam und schwermütig, wie ich mir den Prinzen Dänemarks vorstellte?

Und was waren das für alberne Gestalten, die Rosa auf meine Nachfrage hin als ‹Nordic Walker› bezeichnete?

Erstaunlich war auch, wie viele Menschen aus den fernen Ländern auf den Straßen herumliefen: schwarze, braune und gelbe. Wie waren sie hierhergekommen? Was machten sie hier?

Eins war jedoch gewiss: Sollte ich je in meine Zeit zurückkehren, würde ich niemandem von meinen Eindrücken berichten können, ohne ins Irrenhaus eingewiesen zu werden. Auch für meine Theaterwerke könnte ich die Eindrücke nicht verwenden: Ich konnte Hamlet nicht auf der Bühne in so eine kleine Schachtel reden lassen. Ich konnte die Heere von Macbeth nicht in dieser merkwürdigen Straßenbahn in die Schlacht fahren lassen. Und das Publikum im ‹Rose› würde mit Fahrradkurieren weit weniger anfangen können als mit

Hexen und Geistern. *Während ich noch darüber sinnierte,*
hörte ich plötzlich hinter mir eine Stimme: «Rosa, wir müssen
zur Hochzeit!»

48

Ach, du meine Güte! Vor lauter Aufregung hatte ich die
Hochzeit komplett vergessen! Holgi war gekommen, um
mich abzuholen. Er war bereits im Flur, hatte er doch einen
Schlüssel zu meiner Wohnung.

Was sollte ich nun tun? Würde ich es schaffen, Shakespeare einschlafen zu lassen, Prospero aufzusuchen, Shakespeare zurück in die Vergangenheit zu schicken und dann
noch rechtzeitig zur Hochzeit zu kommen, um sie zu torpedieren? Das war ungefähr so realistisch wie ein stabiles welt-
weites Finanzsystem.

Sollte ich stattdessen erst die Hochzeit torpedieren und
dann zu Prospero? Das wäre gegenüber Shakespeare vielleicht nicht ganz fair, aber immerhin ein wenig realistischer.
Doch auch für diesen Plan müsste er vorher erst einmal einschlafen.

«Rosa?» Holgi betrat nun das Wohnzimmer. Er trug einen
rosa Anzug mit lila Weste. Shakespeare wurde bei diesem
Anblick wieder etwas lebendiger, richtete meinen Körper auf
und kommentierte Holgis Outfit spontan mit:

«Mein Herr, bei Ihrem Anblick wird man farbenblind.»

Holgi war sichtlich irritiert, solch eine gestelzte Sprache
war er nicht von mir gewöhnt. Vorsichtig sagte er: «Du siehst
großartig aus. Dein Hintern kommt in dem Kleid voll zur
Geltung.»

«*Ach … wirklich?*», *fragte ich neugierig.*

Shakespeare versuchte, einen Blick auf meinen Hintern zu erhaschen. Er nahm meinen Schminkhandspiegel, der auf dem Wohnzimmertisch lag, in die Hand, sah sich damit meinen Hintern an und bestätigte anerkennend:

«*Wahrlich … eine wohlgeformte Rundung.*»

Da fühlte ich mich dann doch wieder geschmeichelt. Shakespeare hatte ja, was Frauenkörper betraf, einen Haufen Vergleichswerte.

«*Ich würde diesen Hintern gerne mal nackt sehen.*»

«Untersteh dich!», rief ich.

«*Ich würde sehr gerne wissen, ob er Runzeln hat.*»

Holgi, der mich ja nicht hören konnte, war von diesem merkwürdigen Verhalten besorgt: «Sag mal, Rosa, hast du etwa wegen der Hochzeit wieder getrunken?»

«*Welche Hochzeit?*», *fragte ich verwundert.*

«Welche wohl?» Holgi nahm seine Einladungskarte aus der Jacketttasche und hielt sie Shakespeare vor die Nase. Und auf dieser Karte waren Jan und Olivia zu sehen.

Es war unfassbar, was ich auf diesem Bilde sah: die wunderschöne Gräfin und den kriegslüsternen Earl. Sie hatten andere Frisuren und trugen skurrile Kleidung, aber die Gesichter … es gab keinerlei Zweifel daran … die Gesichter waren dieselben.

«*Die … die beiden heiraten in der Zukunft …?*», *fragte ich mit zittriger Stimme, und der dicke Mann im rosa Anzug erwiderte:* «*Ja, und zwar in sehr naher Zukunft. Wir müssen uns verdammt beeilen, wenn wir noch pünktlich kommen wollen.*»

William antwortete Holgi nicht, er war nun völlig benommen, reizüberflutet von all den Informationen, die auf ihn einprasselten. Daher zischelte ich ihm zu: «Ich erklär dir alles, aber schick erst mal unauffällig meinen Freund hinaus.»

Shakespeare überlegte kurz, wie er möglichst dezent Holgi hinauskomplimentieren könnte, und bat ihn dann:

«Geh bitte aus dem Raum. Ich muss jetzt hier Wasser lassen.»

«Hier? Willst du dazu nicht aufs Klo gehen? Sag mal, Rosa, was ist denn mit dir los?» Holgi wurde immer besorgter.

«O ja ...», räusperte ich mich. «Klo ... was für eine exzellente Idee.»

William sah sich um, entdeckte eine Tür, eierte auf den Stöckelschuhen auf sie zu und öffnete sie.

«Das ist dein Abstellraum», bemerkte Holgi.

Shakespeare lächelte darauf etwas verquer, blickte sich erneut um, fand endlich die Tür zum Badezimmer, ging durch sie durch, schloss sie hinter sich und befand sich in einem Bad, das, auch wenn es in den siebziger Jahren gekachelt worden war, für ihn völlig futuristisch aussah. Er fragte mich:

«Ich nehme mal an, bei dem Ding da handelt es sich um die Toilette?»

«Nein, das ist das Bidet.»

«Was ist ein Bidet?»

«Eine fast so gute Erfindung wie die Unterhose», antwortete ich und erklärte ihm kurz, warum die Frauen sich so darüber freuen.

«Dies wollte ich gar nicht so genau wissen», erwiderte ich nach Rosas Erläuterung und mutmaßte: «Dann wird dies Keramikgefäß daneben die Toilette sein.»

«Ja ... aber du musst doch hoffentlich nicht tatsächlich?»,

fragte ich – es war völlig befremdlich, nicht zu wissen, ob man musste oder nicht.

«O doch, die Blase drückt sehr!»

«Scheiß Tee!», fluchte ich. Hätte ich doch nur nicht die ganze Kanne getrunken. Ich versuchte mich zu beruhigen und erklärte bestimmt: «William, es gibt drei Regeln, auf die du jetzt ganz genau zu achten hast.»

«Welche sind dies?»

«Erstens: Du schaust mich nicht an. Zweitens: Du musst dich hinsetzen!»

«Hinsetzen? Was für ein merkwürdiges Konzept beim Wasserlassen.»

«Das finden leider auch noch viele Männer in unserer Zeit», seufzte ich.

«Sind dies Edelmänner?»

«Wir nennen sie ein klein bisschen anders.»

«Und wie?»

«Blöde Trottel.»

«So nennen wir auch viele Edelmänner … Und um was handelt es sich bei drittens?»

«Du sollst abziehen.»

«Dies tue ich gerne, was auch immer dieses ‹Abziehen› sein mag.»

Wenige unangenehme Minuten später stand Shakespeare wieder von der Toilette auf, zog mich an und stellte seufzend fest:

«Das war wohl die merkwürdigste Erfahrung meines Lebens.»

«Frag mich mal», erwiderte ich.

«Ich frage dich nicht. Im Gegenteil, ich würde gerne über die ganze Angelegenheit den Mantel des Schweigens hüllen.»

«Ich hülle mit.»

«Dies erfreut mich», lächelte ich.

Darauf erklärte ich Shakespeare, was ‹abziehen› genau ist. Er tat dies und bewunderte, während das Wasser spülte, die erfreulichen Fortschritte der Menschheit in Sachen Sanitärtechnik. Danach kam er auf die Hochzeit zu sprechen, und ich erzählte ihm alles über die Seelen, die immer wieder aufs Neue geboren wurden. Dass einige in immer wieder ähnlichen Körpern auf die Welt kamen, so wie Essex und Maria, und andere wiederum in den Körpern eines anderen Geschlechtes, so wie es bei unserer Seele der Fall war. Und alle sich immer wieder aufs Neue finden. Shakespeare schwieg darauf. Lange. Schließlich fragte er mich barsch:

«Du glaubst doch nicht etwa, dass Essex und du füreinander bestimmt seid?»

«Ähem … doch, ich hoffe es», antwortete ich, überrascht, dass er so scharf reagierte.

«Essex kann aber nicht die für dich bestimmte Seele sein.»

«Warum denn das nicht?», fragte ich und hatte Angst vor der Antwort.

«Weil dann Anne nicht die für mich bestimmte Seele gewesen sein kann.»

«Ähem … wie?», begriff ich nicht auf Anhieb.

«Anne und ich waren füreinander bestimmt. Ich habe sie immer geliebt. Immer nur sie. Wenn es stimmt, was du über die Unsterblichkeit der Seele gesagt hast, dann wird sich auch ihre Seele irgendwo in dieser Zeit befinden. Und wessen Körper sie nun auch immer bewohnt, diese Person ist dann für dich bestimmt.»

Hätte ich noch eine Kinnlade gehabt, so wäre sie nun runtergeklappt.

Es war so logisch. So, so, so logisch. Annes Seele müsste hier leben. Vermutlich in dem Körper eines Mannes. Und der müsste dann die Liebe meines Lebens sein.

Aber ich hatte doch Jan wirklich geliebt. War er etwa nur ein Irrtum von mir gewesen? Wohl schon. Denn wenn wir füreinander bestimmt gewesen wären, dann hätten doch, wenn man es mal genau durchdachte, in der Vergangenheit Essex und Shakespeare ein Liebespaar bilden müssen. Schließlich waren das ja die früheren Inkarnationen von Jan und mir.

Dass die beiden sich lieben könnten, war doch recht unwahrscheinlich. Andererseits: War dies denn wirklich komplett auszuschließen? Essex hatte mich auch als Mann geküsst. Also gab es bei ihm durchaus latente homoerotische Tendenzen. Und Shakespeare, er war als junger Mann für Wochen mit Bruder Lorenzo zusammen gewesen, also war es auch bei ihm nicht komplett ausgeschlossen, dass er mal wieder einen Mann lieben würde. Von daher könnten Essex und Shakespeare doch in der Vergangenheit füreinander bestimmt gewesen sein. So hoffte ich jetzt jedenfalls. Und wenn meine Hoffnung nicht trog und es wirklich kein Irrtum war, dass die Seelen von Jan und mir zusammengehörten ... würde das bedeuten, dass Anne ein Irrtum von Shakespeare war. Daher erklärte ich: «Ich würde dennoch gerne zu der Hochzeit fahren.»

«Weswegen? Der Bräutigam dort ist nicht für dich bestimmt, sondern für die Gräfin Maria!»

«Vielleicht ist er es aber doch», hielt ich dagegen.

«Nein, auf gar keinen Fall!»

«Na ja, es könnte doch sein ...», sagte ich tapfer, «dass

Anne nicht die für dich bestimmte Frau war. Sondern Essex der für dich bestimmte Mann.»

«Dies ist eine ebenso absurde wie widerliche Feststellung, Rosa! Wir beide mögen zwar ein und dieselbe Seele besitzen, aber dein Geist ist von mickriger Natur.»

«Was ist mein Geist?» Nun wurde ich auch sauer.

«Von ähnlich klagenswertem Zustand wie deine Brüste!»

«Vielleicht machst du dir doch auch nur etwas vor», hielt ich stinkig dagegen. «Irgendetwas ist doch mit Anne und dir geschehen, sonst hättest du keine Schuld auf dich geladen. So toll kann das also zwischen euch beiden nicht gewesen sein!»

«Du weißt nicht, was du da redest!», schimpfte ich. Es erzürnte mich dabei nicht so sehr, dass Rosa eine quere Liebe zwischen mir und Essex für möglich hielt, indes machte es mich maßlos wütend, dass sie meine Liebe zu Anne in den Schmutz zog.

«Dann sag es mir doch einfach», forderte ich ihn heraus, «was ist denn zwischen Anne und dir passiert?»

«Sei endlich still, du verfluchtes Ding!», schnaubte ich wutbebend.

«Ich denke gar nicht daran!»

«Jetzt wünschte ich mir doch, dass Dee mit seiner Warnung recht gehabt hätte», platzte es aus mir heraus.

«Was für eine Warnung?», fragte ich irritiert.

«Dee hatte erklärt, dass dein Geist bei der Prozedur mit dem Pendel womöglich ausgelöscht werden könnte. Aber leider war dies nun mal nicht der Fall!»

«Du ... du hättest meinen Geist ausgelöscht?!?» Ich konnte es nicht fassen und fühlte mich von ihm verraten und verkauft. Wir beide schwiegen uns nun wütend an. Dann erklärte Shakespeare:

«Ich werde dir beweisen, dass Essex und du nicht füreinander bestimmt seid! Und zu diesem Zwecke fahren wir zu dieser Hochzeit!»

Nachdem ich diese Worte ausgesprochen hatte, schwieg die verblüffte Rosa. Ich ging wieder zurück ins Wohnzimmer zu ihrem Kumpan. In seiner Anmutung erinnerte dieser Mann mich an Kempe. Vermutlich, so folgerte ich daraus, wanderten auch befreundete Seelen gemeinsam durch die Jahrhunderte. Dies war tröstlich. Ob Gott für so etwas verantwortlich war? Oder hatte die Natur unseren Seelen eine Lebensenergie verliehen, die ewig währte?

Ja, dies klang einleuchtend. Mir war es schon immer leichter gefallen, an die Kraft der Natur zu glauben als an einen Gott. Es gab halt mehr zwischen Himmel und Erde, als sich unsere Schulweisheit erträumt – das hatte mir schon mein Freund Kempe gesagt, als er mir dieses Buch aus den fernen Ländern zeigte, namens Kamasutra.

Während Rosa sich nach unserem Streit offensichtlich entschlossen hatte, beleidigt zu schweigen, führte der Dicke mich aus dem Haus heraus. Holgi, wie der dicke Wiedergänger von Kempe hieß, ließ mich nun in eines der fremdartigen Geschosse einsteigen, das er selbst merkwürdigerweise als ‹Ente› bezeichnete, obwohl es mit einer solchen keinerlei Ähnlichkeit besaß.

Kaum hatte Holgi – was war das überhaupt für ein Name? – einen Schlüssel in ein Schloss gesteckt, raste es auch schon wie von Zauberhand los und sauste mit unglaublicher Geschwindigkeit durch die fremden Straßen. Auffälliger jedoch als alle

Geschosse war die Tatsache, dass es auf ihnen unendlich viele betagte Menschen gab. Wie alt mochten diese Personen hier an Jahren sein? Sechzig ... einhundert ... zweihundert Jahre? Und wenn die Menschen hier so alt werden konnten, warum nur sahen die meisten, selbst die jungen, so viel unglücklicher aus als die Menschen in meinem London? Wussten sie nicht, wie reichhaltig sie das Leben an Jahren beschenkte? Warum waren sie nicht dankbar dafür?

War ihr Leben durch all die Geschosse und Zaubergeräte zu beschleunigt, dass sie ihr Glück nicht wahrnehmen konnten? Würde ich, wenn ich an ihrer Stelle leben würde, auch vor lauter Traurigkeit in Schachteln reden?

Im Kontrast zu den tristen Gesichtern hingen an so gut wie jeder Ecke übergroße Bilder, auf denen sich spärlich bekleidete junge Frauen räkelten. Es machte den Anschein, als ob sie irgendwelche Waren anpriesen. Waren, deren Sinn sich mir nicht erschloss. Als ich Holgi vorsichtig danach fragte, erwiderte er nur kryptisch: «Der Sinn von Bacardi leuchtet mir schon ein. Der von Bräunungscreme auch. Nur das mit den Fitnessclubs ist wirklich absurd.»

Als ich auf einem der Bilder eine besonders spärlich bekleidete Dame sah, fand ich nicht nur ihre Anatomie unnatürlich (keine Frau konnte am Bauch so schlank sein und gleichzeitig an den Brüsten so wohlgeformt). Noch unnatürlicher war ihr Lächeln, so als ob es nicht von Herzen kam. Ich musste an Anne denken, deren Lächeln stets herzlich und voller Wärme war. Und mir fiel ein, was Rosa in ihrer Wohnung behauptet hatte: Füreinander bestimmte Seelen schienen sich immer wieder anzuziehen. Dies bedeutete: Eine von diesen unglücklichen, hektischen Personen, die hier lebten, würde Anne sein!

Ob ich sie wiederfinden würde? Auch wenn sie sich in einem neuen Körper befand, ihr liebliches Lächeln würde ich jederzeit wiedererkennen. *Falls ich Anne träfe, würde ich sie flehentlich um Verzeihung bitten. Und wenn sie mir tatsächlich verzieh, dann ... dann würde ich sicherlich doch noch an einen Gott glauben.*

51

Vor der Kirche, die im nobelsten Viertel von Düsseldorf stand, parkte Holgi im Halteverbot, zuppelte sich seinen rosa Anzug zurecht und stieg aus. Shakespeare folgte ihm mit meinem Körper und betrachtete interessiert die Hochzeitsgesellschaft. Wir sahen lauter reiche Freunde von Jan und Olivia in edlen Anzügen und teurer Abendgarderobe. Aber diese noblen Leute schüchterten mich das erste Mal in meinem Leben nicht ein, hatte ich doch anschaulich erlebt, dass selbst die aristokratischsten Menschen eben auch nur Menschen waren: Ich hatte Queen Elizabeth auf dem Donnerbalken gesehen.

Shakespeare betrachtete sich schweigend die Menge, hielt nach irgendetwas Ausschau. Er starrte eine Frau nach der anderen an, allerdings musterte er nicht deren Figuren, sondern nur deren Gesichter.

Keine von ihnen lächelte wie Anne. Nicht mal ansatzweise. Die Güte ihres Herzens besaßen diese Frauen nicht. Stattdessen begutachteten sie misstrauisch die anderen Weibsbilder: War eine andere hübscher als sie? War eine besser gekleidet? Die Frauen musterten auch mich, und ihren Blicken nach zu urteilen, hielten sie sich für etwas Besseres als Rosa. Da stellte ich mit einem Male fest: Alle Welt sah mich als Frau, und wenn ich eine Frau war, dann … dann würde Anne in dieser Zeit gewiss ein Mann sein!

Von diesem Augenblick an betrachtete ich mir die Männer ringsum. Sie trugen weite Hosen und nicht Strumpfhosen. Was – wenn man es recht bedachte – ästhetisch eine recht erfreuliche Entwicklung war.

Die meisten dieser Männer lächelten nicht von sich aus, so versuchte ich sie mit einem eigenen Lächeln dazu zu animieren.

Im ersten Augenblick dachte ich entsetzt: Hey, will William jetzt Männer angraben, um die weibliche Lust zu verspüren? Doch dann besann ich mich darauf, dass ich Shakespeare mittlerweile besser kannte: Er war eine verletzte Seele. Und er suchte gewiss nach Anne. Blöd nur, dass er die auch bei Björn suchte, indem er ihn anlächelte. Björn war ein Singlefreund von Jan, der glaubte, er sei ein ausgesprochener Frauentyp. Eine Meinung, die Björn exklusiv besaß.

Ermuntert von meinem Lächeln, schlenderte ein bulliger Mann auf mich zu. Er grinste mich breit an. Sein Lächeln erinnerte leider kein bisschen an Anne.

«Wir beide sitzen am Singletisch», sagte der Mann, ohne dass ich auch nur eine blasse Ahnung hatte, was ein Singletisch wohl sein mochte. Und dann ergänzte er: «Und wenn du Glück hast, bist du heute Nacht auch in meinem Singlebett.»

Hätte ich noch Macht über meinen Körper gehabt, hätte ich mich jetzt sehr gerne auf Björns Schuhe übergeben.

Der Mann streichelte über Rosas wohlgeformten Hintern, und ich war völlig perplex ob seiner Dreistigkeit: War es in dieser Zeit nicht üblich, die Frauen mit wohlgeformten Worten zu umgar-

nen? Ihnen Liebesgedichte vorzutragen, sie mit Komplimenten
zu berauschen oder ihnen zart ins Ohr zu säuseln? Selbst wenn
man mit der Dame nur für eine Nacht das Bett teilen möchte?

Der Akt des Werbens war doch mindestens so aufregend wie
der eigentliche Geschlechtsakt. Und in der Regel dauerte dieser
auch länger. Man hatte also mehr davon. Doch wenn die Men-
schen in dieser Zeit nicht wussten, wie man das Werben umein-
ander auskostet, was konnten sie denn überhaupt genießen?

Björn ließ die Hand von meinem Hintern. Ich war echt
dankbar, dass ich nicht habe fühlen können, wie er mich be-
tatschte. Noch bevor ich Shakespeare warnen konnte, nicht
jeden Mann, der heute am Singletisch sitzen würde, anzulä-
cheln, ging mit einem Mal Jans Mutter auf uns zu. Sie hatte
offensichtlich eine Generalüberholung in einer Schönheits-
klinik hinter sich: Ihre Haut war unnatürlich gebräunt, ihre
Stirn eine botoxverseuchte Zone und ihre Lippen extrem
aufgespritzt. Bevor ich dem verdutzten Shakespeare erklären konnte, wer diese Frau war, stand Jans Mutter schon vor
mir. Sie freute sich unglaublich, dass ich nicht ihre Schwie-
gertochter wurde, und säuselte: «Liebste Rosa, wie geht es
deiner Mutter? Hat sie immer noch Vagina-Pilze?»

«Meine Dame, Ihre Wortwahl ist genauso rüde wie Ihr Aus-
sehen», erwiderte ich kühl.

Auch wenn ich gerade unglaublich zornig auf Rosa war, so
mochte ich es doch nicht, wenn man sie beleidigte. Schon gar
nicht, wenn es eine solche Schabracke tat. Ich fragte sie daher:
«Wie sind Sie zu solchen Lippen gekommen? Die sehen aus wie
die eines Blauwals.»

Die alte Ziege schnappte nach Luft, dann erwiderte sie em-
pört: «Rosa, du wirst auch schon noch erfahren, was es bedeu-
tet, alt zu werden. Dann wirst du nicht mehr so spotten. Und

so verfallen, wie du jetzt bereits aussiehst, wird das schon sehr bald sein.»

«Doch so, wie Sie aussehen, Madam», entgegnete ich, «sind Sie bereits so reich an Jahren, dass Sie sicherlich die biblischen Zeiten aus eigenem Erleben kennen.»

Die Lippen der Alten begannen darauf zu zittern, und ich fuhr fort: «Ich gehe doch recht in der Annahme, Sie haben die Sintflut überlebt, indem Sie neben der Arche herschwammen.»

Jetzt plusterten sich die Lippen regelrecht auf, und ich setzte dem Spott noch eins drauf: «Und als Gott am sechsten Tage die Menschen erschuf, waren Sie bereits einige Tage auf der Erde.»

Der Mund von Jans Mutter sah nun aus wie der eines Blauwals, in den Plankton hineinschwimmt. So hatte noch nie jemand mit ihr geredet. Ich hätte es gerne mal getan, aber ich hatte mich nie getraut. Auch Jan hatte ihr nie Paroli geboten. Auf seine Mutter ließ er nichts kommen. Es gefiel mir außerordentlich, dass Shakespeare meine Ehre verteidigte.

Bevor Jans Mutter etwas erwidern konnte, wurden wir in die Kirche gebeten – die Trauung sollte beginnen. Aus der Ferne sah ich Jan, der in seinem perfekt sitzenden Smoking ebenso stilvoll wie atemberaubend aussah. Sowie Olivia am Arm ihres Vaters, die ein traumhaftes, bodenlanges enges Hochzeitskleid trug, das ihren makellosen Körper vorteilhaft zur Geltung brachte. Shakespeare starrte sie fasziniert an. Wütend zischte ich ihm zu: «Du musst dich mal entscheiden! Entweder du jammerst mir von deiner Anne vor, oder du willst diese blöde Kuh!»

Rosa traf mit dieser Bemerkung regelrecht in mein Herz: Ich sollte nicht von der Gräfin schwärmen, ich sollte auch nicht mehr versuchen, sie zu erobern, damit sie mir ein Theater

finanzierte, falls ich je in meine Zeit zurückkehren würde.
Solche berechnenden Gedanken hatte ich nur zulassen kön-
nen, da ich gewiss war, dass meine große Liebe verstorben
war.

Shakespeare ging schweigend mit meinem Körper in die Kirche hinein, er wollte mir wirklich demonstrieren, dass Jan
nicht der Richtige für mich war. Oder er wollte dort Anne suchen. Schätzungsweise beides. Gemeinsam mit Holgi nahm
er in einer der hinteren Bankreihen Platz, neben einer kleinen alten Frau, die ein bisschen Ähnlichkeit hatte mit einem
fiesen Rauhaardackel.

Shakespeare ärgerte sich darüber, dass die Kirche immer
noch so eine große Rolle im Leben der Menschen spielte. Als
ich ihm jedoch erklärte, dass er sich irrte und dass die Kirche
bei weitem nicht mehr die Macht über die Staatsgeschicke
hatte wie einst im alten England, freute er sich: Unsere Welt
war wohl doch nicht so trist, wie die traurig dreinblickenden
Menschen und diese merkwürdigen Nordic Walker vermuten ließen.

Mir wurde klar, dass für Shakespeare die neuen Eindrücke
noch viel anstrengender und überwältigender sein mussten
als die für mich in seiner Zeit, denn ich hatte ja schon einige
rudimentäre Kenntnisse über die Vergangenheit besessen,
als ich dort ankam, aber er wusste immer noch kaum etwas
von der Zukunft.

Während der dröge Pastor seine langatmige, einschläfernde Predigt hielt, bei der er erklärte, dass eine Ehe vielen
harten Prüfungen ausgesetzt sei (Krankheit, Eifersucht, die
Renovierung des Eigenheims), begann Shakespeare müde
zu werden, noch schläfriger als die anderen Hochzeitsgäste.
Schließlich schlief er ein, und ich erlangte endlich die Kon-

trolle über meinen Körper wieder und damit die Gelegenheit, meine große Liebe zurückzuerobern.

Ja, das Klischee feierte ein grandioses Comeback!

52

«Sollte jemand gegen diese Ehe etwas einzuwenden haben, so möge er jetzt sprechen oder für immer schweigen», leierte der Pastor.

Dies war mein Stichwort.

Ich stand unsicher auf, mit zitternden Beinen, trockener Kehle und rasendem Herzen, um zu sagen, was ich zu sagen hatte. So, wie es vor mir schon unzählige Frauen in romantischen Komödien getan hatten. Dumm nur, dass ich im Gegensatz zu diesen Heldinnen dabei vor lauter Zittern mit dem Knie gegen die Holzbank stieß und daher als Erstes laut ausrief: «Au Kacke!»

Entsprechend erstaunt blickte mich die ganze Hochzeitsgesellschaft an. Der Pastor schaute indigniert drein, Olivia war irritiert, Jan verblüfft.

«Ich wollte nicht ‹Au Kacke› sagen», erklärte ich dem Pastor hastig. «Ich hab mir nur das Knie gestoßen … und da ist mir nicht so schnell ‹Au, vermaledeit› eingefallen.»

Der Pastor sah mich streng an, aber Jan lächelte leicht, er verzieh mir den Fluch. Der Pastor wandte sich wieder seinem Manuskript zu, setzte nochmal von vorne an, das Brautpaar drehte sich zu ihm um, und alle gingen davon aus, dass ich mich gleich wieder hinsetzen würde. Doch ich blieb stehen.

«Setz dich hin», zischelte Holgi.

Ich hörte nicht auf ihn und blieb weiter stehen.

Der Pastor beendete seinen Satz erneut mit den Worten: «... für immer schweigen.»

«Mit ‹für immer schweigen› meint er dich, Rosa», drängelte Holgi. Er zog an meinem Ärmel und wollte mich auf die Bank runterzerren. Ich kämpfte dagegen an und zischelte: «Lass los.»

«Ich denk nicht dran.»

«Lass los!»

«Wie du willst. Jeder muss seine eigenen Fehler machen», seufzte Holgi und ließ dann ruckartig los. Ich verlor das Gleichgewicht und fiel nach hinten, genau auf meine Sitznachbarin, die ältere Rauhaardackel-Dame. Fluchend schrie ich auf: «Au, fuck!»

Alle in der Kirche blickten wieder zu mir.

Ich rappelte mich hastig von der Dame auf, zeigte auf sie und sagte schnell: «Sie war's! Sie war's!»

«War ich nicht!», dementierte die kleine alte Frau wahrheitsgemäß.

«Sie dürfen sich setzen», forderte der alte Pastor mich streng auf. Darauf hörte ich, wie Jans Mutter halblaut in die Kirche sagte: «Am besten auf einen elektrischen Stuhl.»

Ich blieb aber weiter stehen.

«Oder haben Sie noch etwas zu sagen?», fragte mich der Pastor nun mit einem ‹Wehe, Sie haben noch etwas zu sagen›-Unterton. Untermauert wurde diese Frage von dem ‹Wehe, du hast noch etwas zu sagen›-Blick der Braut und dem ‹Ich habe Angst, dass du jetzt noch etwas sagst›-Blick des Bräutigams. Die Frage war nur: Hatte Jan nur Angst davor, dass ich seine Hochzeit weiter stören würde, oder hatte er Angst vor seinen Gefühlen zu mir?

«Rosa hat nichts mehr zu sagen», erklärte Holgi für mich.

«Dann kann ich ja jetzt mit der Trauung fortfahren», stellte der Pastor erleichtert fest.

Gerade wollte ich den Mund zum Widerspruch öffnen, da antwortete Holgi: «Ja, das können Sie.»

Ich ging darauf nicht ein und brachte nun endlich raus, was ich vorbringen wollte: «Ich ... ich habe einen Einwand gegen diese Ehe.»

«Müssen wir uns das anhören?», fragte Olivia wutschnaubend. Der Pastor war irritiert, ganz offensichtlich war ihm so etwas in seiner ganzen Karriere noch nie passiert. Nach kurzem Überlegen entschied er: «Nein, wir müssen uns das nicht anhören.»

Er griff wieder zu seinem Manuskript, aber ich gab mich nicht so schnell geschlagen, jetzt war ich schon so weit gegangen, da musste ich das hier einfach durchziehen:

«Moment mal!», protestierte ich, «Sie haben diese Aufforderung vorgetragen, dass man was sagen soll, wenn man etwas gegen die Ehe vorzubringen hat.»

«Das war eher rhetorisch gemeint», erwiderte der Pastor unsicher.

«Dann verkünden Sie hier etwa nur leere Worte?», fragte ich.

Der Vorwurf traf, und der Pastor kam ins Grübeln. Olivia bekam es nun mit der Angst zu tun: «Sie ... Sie werden sich doch von dieser unmöglichen Person nicht etwas sagen lassen?»

Dass sie Angst hatte, gefiel mir, vielleicht war sie sich unsicher, ob ich nicht doch Jan für mich zurückgewinnen könnte. Das machte mir Mut.

«Lassen Sie Rosa reden», bat Jan den Pastor. Und das machte mir noch viel mehr Mut.

Olivia blickte Jan böse an, doch er hielt ihrem Blick stand, und dann wandte er sich an mich: «Was willst du gegen diese Ehe vorbringen?»

Ich atmete durch und begann mit meinem Anliegen: «Lieber Jan, ich habe dich eine lange Zeit geliebt, und du hast mich eine lange Zeit geliebt. Ja, ich weiß, du hast mir erzählt, dass du nun Olivia viel mehr liebst und dass ihr beide eine reife Liebe führt und dass du glaubst, ihr seid füreinander bestimmt, und so weiter und so fort ... Als du das gesagt hast, hat mir das sehr wehgetan, nicht nur, weil ich gerade eine Zahn-OP hinter mir hatte. Ich wollte schon unsere Liebe aufgeben, aber durch eine Reise, auf die ich nicht näher eingehen möchte, habe ich herausgefunden, dass füreinander bestimmte Seelen durch die Jahrhunderte wandern und sich immer wieder aufs Neue ineinander verlieben.»

Jan blickte mich mit weit aufgerissenen Augen an. Holgi hingegen hielt sich die Hand vor die Augen und schaute nur zwischen den Fingern hindurch.

«Unsere beiden Seelen suchen immer wieder die Nähe voneinander, und ich glaube, dies tun sie, weil sie füreinander bestimmt sind ...»

Ich blickte in Jans Gesicht, und er sah nicht aus wie jemand, der durch meine Worte das Gefühl gewann, dass wir füreinander bestimmt waren.

«Und jetzt, wo ich so in dein Gesicht blicke, stelle ich fest, dass diese Worte rein gar nichts bei dir auslösen ...», schluckte ich.

Er zuckte entschuldigend mit den Schultern.

«... wenn unsere Seelen wirklich zusammengehörten, würdest du wohl nicht einfach nur mit den Schultern zucken ...»

Er zuckte erneut.

«... es wäre echt nett, wenn du damit aufhören würdest ...»

Darauf zuckte er nochmal.

«Wenn ich es mir so recht überlege: Wenn wir wirklich zusammengehörten, dann würdest du nicht nur nicht zucken, du hättest mich auch mal gegen deine schreckliche Mutter verteidigt und wärst ihr im Laufe der Jahre mal über ihren Schlauchbootlippenmund gefahren.»

Ich hörte, wie seine Mutter nach Luft rang.

«… wir hätten schon längst Kinder, und du hättest mich nicht einfach so verlassen, nur weil ich ein einziges Mal einen anderen Mann geküsst habe. Das wäre schon etwas kleinlich für jemanden, der einen wirklich über all die Jahrhunderte oder gar Jahrtausende liebt.»

Jan blickte auf seine Schuhe.

«Und ich begreife jetzt auch, da du auf deine Schuhe blickst, dass das damals eigentlich nur ein willkommener Anlass für dich war, mich zu verlassen und zu Olivia zu gehen.»

Er starrte noch eindringlicher auf die Schuhe.

«Aber du musst nicht weiter auf deine Schuhe starren, denn ich hätte wohl auch nicht den Sportlehrer geküsst, wenn unsere Seelen wirklich füreinander bestimmt gewesen wären. Shakespeare hat ja auch niemand anders geküsst, als er mit seiner Anne zusammen war …»

«Shakespeare?» Jan blickte wieder von seinen Schuhen auf.

«… Shakespeare hat Anne nicht betrogen, nein, das hat er nicht!», verkündete ich laut. «Dabei hatte er jede Menge Versuchungen gehabt …»

Spätestens jetzt war der Zeitpunkt, an dem die meisten Besucher in der Kirche sich fragten, ob ich eine Freigängerin aus dem Irrenhaus war. Und ob ich womöglich Waffen mit mir führte.

«… den Sportlehrer habe ich übrigens geküsst, weil ich mich so alleine fühlte.»

«Du ... du hast dich allein gefühlt? Warum hast du mir das nie gesagt?», fragte Jan irritiert.

«Weil mir das erst so richtig klar wurde, als ich mich nicht mehr allein gefühlt habe.»

«Mit wem fühlst du dich nicht allein ...?», wollte Jan nun wissen.

«Mit jemandem, der zwar unglaublich nervt, aber der zu mir steht und mich verteidigt. Und der mir gezeigt hat, dass ich viel mehr kann, als Kinder in der Schule zu langweilen, nämlich schreiben. Er und ich sind ein tolles Team ...»

«Ein Team? Heißt das, ihr seid ein Paar?», fragte Jan neugierig, ohne große Eifersucht.

«Ein Paar ...» Da musste ich doch glatt nervös kichern. «Nein, das sind wir nicht, das geht doch auch gar nicht», kicherte ich noch viel mehr.

«Warum geht das nicht?», wollte Jan wissen.

«Wir haben ja nicht mal zwei Körper.»

«WAS HABT IHR NICHT?»

«Zumindest nicht gleichzeitig.»

«Nicht ... gleichzeitig?» Jan sah mich an, als ob er es für eine sehr gute Idee hielte, für mich mal eine Kanne Nerventee aufzugießen.

«Vergiss es», erwiderte ich daher, «jedenfalls bin ich durch diesen Mann kein Klischee mehr! Also sollte ich auch endlich aufhören, mich wie eins zu benehmen, und euch endlich heiraten lassen!»

Meine Worte hallten durch das Kirchenschiff, ohne dass irgendeiner reagierte. Erst nach einigen langen Sekunden des Schweigens traute sich der Pastor zu fragen: «Ähem, heißt das, ich kann jetzt mit der Trauung fortfahren?»

«Ja», erwiderte ich und verkündete der verblüfften Kirchengemeinde: «Die Seelen dieses Brautpaars sind füreinander bestimmt.»

Und damit war das grandiose Comeback des Klischees kläglich gescheitert.

53

Noch vor dem Ja-Wort verließ ich die Kirche. Holgi wollte mich nach Hause fahren, aber ich ließ ihn einfach stehen, ohne ihm zu erklären, was mit mir los war. Ich nahm ein Taxi zum Zirkus. Holgi war mein Freund, und als solchen liebte ich ihn, aber Shakespeare musste ich alleine loswerden. Ich hoffte inständig, dass es Prospero gelingen würde, ihn in seine Zeit zurückkreisen zu lassen.

Mein Taxifahrer hatte sich offenbar schon länger nicht geduscht und roch dementsprechend schon mal nach altem London. Um meine Nase von ihm abzuwenden, blickte ich aus dem Fenster und erlebte noch einmal, wie anders, wie viel weniger lebendig es bei uns zuging als zu Shakespeares Zeiten. Wir Menschen der Gegenwart waren wirklich viel zu schlecht drauf dafür, wie gut es uns eigentlich ging. Und ich war stets zu schlecht drauf gewesen dafür, wie gut ich es eigentlich hatte.

Als ich zu dem Zirkusplatz gelangte, war die Vorstellung bereits zu Ende. Prospero, der noch den Mantel aus seiner Show trug, zahlte vor seinem Wagen eine junge Frau aus, die er sicherlich an diesem Abend angeblich hypnotisiert hatte. Just, als sie ging, wachte Shakespeare wieder auf, und ich verlor erneut die Macht über meinen Körper. Shakespeare war irritiert, nicht mehr in der Kirche zu sein, und während Prospero hinter sich die Tür schloss, ohne uns zu bemerken, berichtete ich meinem Körpermitbewohner aufgeregt, was bei der Hochzeit alles passiert war: dass er mit Jan recht hatte, dass Jan und Olivia zusammengehörten und dass ich dies begriffen hatte, weil er mir viel näher stand, als es Jan jemals war. Dass er mir viel gegeben hatte, dass ich durch ihn das Schreiben entdeckt hatte, ich dabei das erste Mal mit einem Menschen so zusammengearbeitet habe wie mit ihm an dem wunderbaren Sonett und dass ich es am liebsten sofort gemeinsam mit ihm vollenden würde …

«Du hast Essex für mich verlassen?», unterbrach ich erstaunt Rosa in ihrem Redefluss.

«Also erst mal war es nicht Essex, sondern Jan», begann ich zu erklären. «Zweitens habe ich ihn nicht verlassen, sondern nur vor dem Altar stehenlassen, und drittens …», da fiel es mir erst selber auf, und ich war davon mit einem Mal erschrocken, «… mag ich dich wirklich mehr als ihn.»

«Du liebst mich doch nicht etwa, oder?», fragte ich voller irritiertem Staunen.

William stellte damit eine wirklich überraschende Frage. Und noch überraschender war, dass ich sie überhaupt nicht richtig beantworten konnte. Über Shakespeare hatte ich bisher nur in der Kategorie ‹mögen› nachgedacht, aber wenn ich ihn mehr mochte als Jan, über den ich bisher nur in der Kategorie ‹lieben› nachgedacht hatte, was bedeutete das dann? Mitten in meinem unentschlossenen Schweigen erklärte Shakespeare scharf:

«Du kannst mich nicht lieben! Es gibt vieles, was dagegen spricht: Zum einen haben wir nicht genug Körper. Zum anderen kann ein Mann wie ich in diesem Leben keine Liebe mehr erwarten.»

Shakespeare versuchte entschieden zu klingen, aber seine Stimme zitterte, denn in ihr lag jede Menge Schmerz. Daher fragte ich ihn: «Meinst du nicht, es ist langsam an der Zeit, dass du mir erzählst, was mit dir und Anne geschehen ist?»

«Ich soll endlich über meine Gefühle reden?»

Shakespeare klang bitter, dann schwieg er eine Weile und setzte sich auf die Treppe von Prosperos Zirkuswagen. Schließlich begann er doch zu erzählen:

«Anne stand auf dem Kirchturm. Sie weinte. Hemmungslos. Voll des Lügengiftes ihres Cousins, der behauptet hatte, ich hätte sie betrogen. Ich wollte sie am Springen hindern und ging auf sie zu. Anne blickte mich an, und ich spürte: Hätte ich ihr in diesem Augenblick die Hand gereicht ... sie hätte sie gefasst, und sie wäre gerettet gewesen ... aber ich zögerte für einen kurzen Moment, denn ich ... ich ...»

Er stockte wieder. Die Schuld schien ihn zu überwältigen. Ich wollte ihn nicht mit Fragen bedrängen und wartete, bis er weiterredete.

«... ich spürte in mir Zorn ...»

«Zorn?» Jetzt fragte ich doch nach, und es sprudelte aus ihm heraus:

«... weil Anne mir nicht vertraut hatte, dafür jedoch ihrem Cousin, ja, gar den Huren, bei denen ich angeblich lag, allen hatte sie mehr geglaubt als mir ...»

Seine Stimme, die eigentlich die meine war, wurde nun ganz leise:

«Und ... als sie für diesen Zornesaugenblick, der nur die Länge eines Wimpernschlags andauerte, die Wut in meinen Augen lodern sah ...»

Er musste nichts mehr sagen. Dass Anne daraufhin gesprungen war, ergänzte ich in Gedanken selber. Nach einer Weile des Schweigens versuchte ich ihn zu trösten: «Aber sie wäre bestimmt auch gesprungen, wenn du nicht so geschaut hättest, so durcheinander, wie sie war.»

«*Das mag schon sein ...*» *Die Stimme versagte mir erneut.*

«Aber ...?»

«*Aber das Letzte, was sie in ihrem Leben gesehen hat, ... waren meine zornigen Augen ...*»

Shakespeare kämpfte nun regelrecht damit, nicht loszuweinen. Und da ich keine Worte fand, die seine schweren Gedanken mildern konnten, flüsterte ich ihm zu: «Es ist in Ordnung, du kannst ruhig weinen ...»

«*Als Mann lässt man seinen Tränen nicht freien Lauf*», *erwiderte ich mit hohlem Stolz.*

«Erstens ist das eine selten dämliche Aussage, und zweitens bist du gerade kein Mann, sondern eine Frau.»

«*Dies ist wohl wahr ...*»

«Also ist es jetzt völlig okay für dich zu weinen», munterte ich ihn auf. Shakespeare dachte darüber nach, dann nickte er bestätigend mit meinem Kopf und ließ den Tränen freien Lauf. Er tat mir leid, ich hätte ihn so gerne in die Arme genommen. Es war ein merkwürdiges Gefühl, den eigenen Körper beim Weinen mitzuerleben und selbst unbeteiligt zu sein. So merkte ich dabei zum Beispiel, dass ich beim Flennen klang wie eine angeschossene Baby-Robbe. Shakespeare brauchte eine ganze Weile, bis er sich wieder beruhigt hatte. Als er sich mit dem Ärmel meines Kleides die Tränen wegwischte, stellte er erstaunt fest:

«*Weinen ist ja in der Tat befreiend ...*»

«Kann man jedem Mann nur empfehlen», lächelte ich.

«*Aber möglichst nicht, wenn seine Kumpane in der Nähe sind*», *lächelte ich durch meine Tränen hindurch.*

«Nein, natürlich nicht», erwiderte ich amüsiert und erklärte ihm nun, dass wir zu dem Hypnotiseur gehen sollten, damit dieser ihn hoffentlich in die Vergangenheit zurückpendeln könnte. Doch Shakespeare erwiderte entschlossen:

«Ich denke gar nicht daran.»

«Ähem … was?», fragte ich unsicher.

«Ich werde hierbleiben.»

«Das ist doch ein Scherz?» Ich konnte es nicht fassen.

«Dies ist kein Scherz. Wenn Annes Seele hier lebt, will ich bei ihr sein. Und deswegen mache ich mich auf die Suche nach ihr!»

«Du willst mir meinen Körper nicht wiedergeben?» Ich war völlig überrumpelt. Ich hatte Shakespeare zwar gerne und fühlte mich wohl mit ihm, womöglich begann ich sogar, Gefühle für ihn zu entwickeln. Aber ihm meinen Körper zu überlassen, das ging dann ja doch zu weit. Ich fragte ihn: «Dir ist schon klar, dass das komplett irre ist?»

«Wer liebt, ist nun mal verrückter als ein Mann, der in Luton-on-Hull aufgewachsen ist.»

«Luton-on-Hull?»

«Ein Dorf mit jahrhundertealter Inzuchttradition.»

«Es ist aber nicht nur irre, in meinem Körper zu bleiben, sondern auch im höchsten Maße unfair», protestierte ich jetzt lautstark.

«Wenn das Leben mit einem Male fair wäre, würde es einen wahrlich überraschen», hielt ich dagegen.

«Ich meine nicht nur gegenüber mir.»

«Gegenüber wem denn noch?»

«Auch gegenüber deinen Kindern. Willst du sie wirklich alleine lassen?», fragte ich eindringlich. Shakespeare schwieg daraufhin, atmete nach einer Weile tief durch und erklärte dann mit trauriger, würdevoller Stimme:

«Lass uns zu dem Mann mit dem Pendel gehen.»

Der Hypnotiseur war extrem überrascht, als ihm Shakespeare von unserem Dilemma berichtete. Nach der ersten Verwirrung erklärte Prospero, dass der Alchemist Dee völlig recht gehabt hatte, in Ausnahmefällen konnte es zu Schwierigkeiten bei den Reisen in die Vergangenheit kommen. Aber dass so etwas auch bei der Rückreise auftritt und ein Geist aus der Vergangenheit in die Zukunft wandert, war ein absolut neues Phänomen. Dies konnte nur geschehen, so tadelte Prospero mich scharf – er wusste ja, dass ich ihm in den Tiefen meines Körpers zuhörte –, weil ich geschummelt hatte: Ich hatte nicht herausgefunden, was die ‹wahre Liebe› war, und war stattdessen zum Alchemisten gegangen. Dass ich so die Regeln umgangen hatte, so drohte Prospero mir, würde sich noch rächen, man könne und dürfe seinem Schicksal nicht entfliehen. Prospero machte mir richtig Angst. Shakespeare spürte das und schnitt ihm das Wort ab, indem er ihn aufforderte, das Pendel zu schwingen und keine großen Reden zu halten. Mir gefiel es, dass Shakespeare mich erneut verteidigte. Daran konnte ich mich glatt gewöhnen.

Prospero erwiderte, er müsse erst mal mit den Mönchen per Internet telefonieren – ja, die Tibeter kannten auch Skype –, um sich genaue Instruktionen zu holen. Er sprach auf Tibetisch in sein Headset am Laptop, klappte nach einer Weile das Notebook wieder zu und erklärte uns, dass es gute Nachrichten gäbe: Die Mönche hätten ihm erklärt, was zu tun sei, um Shakespeare wieder in die Vergangenheit zu verfrachten. Er wolle nur eben noch sein Pendel aus dem Zirkuszelt holen. Als Prospero aus dem Wagen rausging, wurde mir klar: Shakespeare und ich würden nun voneinander Abschied nehmen, für immer.

«Das war es dann also», sagte ich bemüht locker. Ich

wollte mir nicht anmerken lassen, dass es mich auch traurig machte.

«Ja, dies war es dann wohl», erwähnte ich bemüht entspannt, ich wollte mir nicht anmerken lassen, dass mich dies betrübte.

Es folgte eine ganze Weile der Stille, in der ich immer trauriger wurde. Schließlich konnte ich das Schweigen nicht mehr ertragen und sagte: «Es war gar keine so schlechte Zeit gemeinsam.»

«Im Gegenteil, ich habe es zwischenzeitlich sogar genossen.»

«Du hast es also nicht bereut, den Körper eine Zeitlang mit mir zu teilen?», fragte ich nach.

«Kein bisschen», erwiderte ich aufrichtig.

Dass er das sagte, machte mich zutiefst glücklich.

«Das heißt, eins habe ich doch bereut», gab ich zu bedenken.

«Und was?», fragte ich. Es gefiel mir nicht, dass Shakespeare doch etwas bereute.

«Dass ich die weibliche Ekstase nicht habe erspüren können. Vielleicht könnten wir die kurze Zeit, die uns bleibt, dafür nutzen ...»

«William?», unterbrach ich ihn mit lachender Stimme.

«Ja?»

«Du bist manchmal so ein Idiot.»

«Heißt das, ich darf es nicht ausprobieren?», grinste ich.

«Und manchmal bist du ein helles Kerlchen», lachte ich.

«Und manchmal gar ein helles Frauchen», grinste ich noch mehr.

«So eine Erfahrung als Frau sollte jeder Mann mal machen», lachte ich, woraufhin Shakespeare ebenfalls laut auflachte. Und dann sagte er voller Gefühl:

«Rosa ...?»

«Ja?»

«Es war wahrlich eine Freude, mit dir zu plänkeln.»

«Danke gleichfalls, William», antwortete ich nicht minder gefühlvoll. Und hätte ich es gekonnt, hätte ich ihm jetzt sogar ein Küsschen gegeben.

Prospero betrat mit dem Pendel den Raum, und als ich es in seinen Händen sah, bekam ich es mit einem Male mit der Angst zu tun: Ich würde Shakespeare nun verlieren. Für immer. Das war schier unerträglich. Sollte ich ihn vielleicht doch noch etwas in meinem Körper wohnen lassen? Ein paar Tage ... von mir aus auch ein paar Wochen, das könnte trotz allem eine schöne Zeit werden.

Dass ich so etwas Verrücktes überhaupt denken konnte, war definitiv ein Zeichen dafür, dass ich Gefühle für Shakespeare entwickelt hatte.

Doch welche genau? Liebte ich ihn gar, wie er schon gemutmaßt hatte?

Dies war jetzt wohl die ‹Eine-Million-Euro-Frage›. Und ich konnte zum Beantworten nicht mal einen Telefonjoker ziehen.

Dafür zückte Prospero sein Pendel, und während ich noch zögerte, ob ich ihn bitten sollte, es wieder einzustecken, schwang er es bereits vor meinen Augen hin und her. Shakespeare und mir wurde wieder schwarz vor Augen, wir verloren langsam das Bewusstsein.

Das Erste, was ich hörte, als ich wieder aufwachte, war: «Mistel Dee, Mistel Dee, die Latte lichtet sich auf!»

54

Ich öffnete meine Augen und sah, wie der Alchemist und der Chinese mich anstarrten.

«Shakespeare?», fragte der Alchemist vorsichtig, und ich erwiderte: «Der schläft noch.»

Dee war sichtlich enttäuscht, dass seine Rück-Rückführung nicht funktioniert hatte. Obwohl ich eigentlich auch darüber hätte traurig sein sollen, war ich es nicht. Ich war sogar ein klein wenig froh, dass William und ich noch ein bisschen Zeit miteinander hätten.

Anstatt dem Alchemisten in allen Einzelheiten zu schildern, was geschehen war, erklärte ich ihm einfach das, was mir schon Prospero verkündet hatte: «Man darf das Schicksal nicht austricksen.» Und ich fügte noch hinzu, was ich in diesem Augenblick begriff: «Nur wer sich dem Schicksal stellt, wird belohnt.»

Der Chinese kommentierte meine Erkenntnis lapidar mit: «In unselem Dolf haben wil einen Vellückten, del schleibt solche Splüche auf und stopft sie in Kekse.»

Der Alchemist aber verstand, was ich meinte. Er legte den Arm um mich und erklärte: «Du bist eine weise Frau, Rosa. Auch wenn du derzeit ein Mann bist.»

Ich war geschmeichelt, doch nur für einen kurzen Moment, denn Dee wollte von mir wissen: «Und, was gedenkst du nun als Nächstes zu tun?»

So viel war klar: Um mich meinem Schicksal zu stellen, musste ich die wahre Liebe finden. Was nicht einfach war, hatte ich doch für meine Suche immer noch keinerlei Anhaltspunkte.

Es sei denn, meine verwirrten Gefühle zu Shakespeare hätten damit zu tun?

Nein, das konnte nicht sein! Das wäre doch völlig absurd. Zwei Menschen in einem Körper, das war gewiss nicht die wahre Liebe. Über so einen Unsinn durfte ich nicht mal ansatzweise nachdenken. Zumal ich gerade noch ein ganz anderes, dringlicheres Problem zu lösen hatte: Wenn ich nicht bis heute Abend Essex und Maria verkuppelt hätte, dann würde mich die Queen hinrichten lassen. Und dass die Gräfin sich in mich bzw. in Shakespeare verknallt hatte, machte meine Kuppelei-Versuche nicht gerade einfacher.

Ich bat Dee, mich zu Maria bringen zu lassen, und der Alchemist versprach, sein Assistent Hop-Sing würde mich hinfahren. Der kleine Chinese schlug darauf angewidert vor, dass ich mich erst mal baden solle, stank ich doch noch immer wie eine Ratte. Aber ich erwiderte grinsend: «Das ist gut so. Je mehr ich stinke, desto weniger wird mich die Gräfin wollen.»

Der Chinese führte mich naserümpfend in den Hof zu einer Kutsche, die innen mit Bildern betender Shinyen-Mönche verziert war. Der Alchemist war wirklich ein Fan von diesen tibetischen Glatzköpfen, die ich bis vor ein paar Tagen noch nicht einmal gekannt hatte. Ich fragte mich: Würde ich durch diese Tibeter ein glücklicherer Mensch werden, oder würde ich hier in der Vergangenheit elendig verrecken? Bei Ersterem würde ich ihnen vor Dankbarkeit die Glatze küssen, bei Letzterem würden die Mönche auf meiner Beliebtheitsliste sogar noch hinter Nazis und Zahnärzten landen.

Hop-Sing fuhr mich durch das morgendliche London, das von den zarten Strahlen eines wunderschönen Sonnenaufgangs beschienen wurde. Die ersten Händler bauten in den Straßen ihre Waren auf, neben auf dem Boden liegenden schnarchenden Männern, die es nachts nicht nach Hause geschafft hatten. Kinder machten sich entweder auf den Weg zur Schule, oder sie raubten die schlafenden Betrunkenen aus, je nachdem. Das elisabethanische London so erwachen zu sehen, zu spüren, wie der Puls dieser Stadt von Sekunde zu Sekunde schneller schlug, war ein erhebendes Gefühl. Dieser Ort elektrisierte mich, ließ meine Sinne wacher werden. Ein Teil von mir wollte am liebsten auf ewig hierbleiben, so wie Shakespeare ja auch für kurze Zeit in der Zukunft verweilen wollte. Aber dies war natürlich eine völlig abwegige Vorstellung: Ich konnte doch nicht einfach hierbleiben, auf ewig in Shakespeares Körper.

Oder vielleicht doch?

Als die Sonne am Morgenhimmel aufgegangen war, hielt die Kutsche vor dem Schloss. Jetzt galt es: Ich musste die Gräfin dazu bringen, am heutigen Abend zu dem Fest der Queen auf das Admiralsschiff zu gehen. Dort würde sie auf Essex treffen, und ich könnte die beiden endlich miteinander verkuppeln.

Ich schlug den schmiedeeisernen Klopfer an die Tür, und nach einer Weile öffnete mir die Gräfin Maria höchstselbst. Freudestrahlend rief sie aus: «William Shakespeare, du bist tatsächlich zu mir gekommen!»

Eigentlich hätte ich ihr sofort beichten sollen, dass ich sie nicht liebe, doch tatsächlich war ich erst mal nur erstaunt, dass ich mich in der Anwesenheit der Gräfin nicht mehr unterlegen fühlte. Ich verspürte auch keinerlei Eifersucht mehr, denn ich hatte ja endlich akzeptiert, dass die Seelen von Jan und ihr zusammengehörten. Froh über meine neugewonnene Souveränität, lächelte ich die Gräfin an. Sie deutete dies prompt falsch und fiel mir glücklich um den Hals. Dass ich noch ganz übel roch, schien sie noch nicht einmal zu bemerken. Oder, wie Hop-Sing anmerkte: «Die Dame ekelt sich anscheinend vol nichts.» (Ein Satz, der mir auch oft durch den Kopf schoss, wenn ich in Promi-Magazinen Carla Bruni sah.)

Während ich Hop-Sing mit der Hand bedeutete, in der Kutsche zu verschwinden, drückte die Gräfin mich so fest, dass ich kaum atmen konnte. All das nur, weil sie sich von den schönen Worten des Sonetts hatte verzaubern lassen. Diesen Zauber musste ich brechen:

«Wir beide können kein Paar werden», erklärte ich und stieß sie von mir. Etwas rüder sogar als nötig, um meine Haltung zu bekräftigen.

«W... warum nicht?», fragte sie und wirkte mit einem Male ganz zerbrechlich. Ich bekam Mitgefühl mit ihr und wollte ihr nun möglichst wenig wehtun. Daher log ich: «Ich... ich bin quer.»

«Das heißt, du... du liebst mich nicht?», fragte sie mit zittriger Stimme.

«Genau so ist es, ich liebe nur Männer», antwortete ich, nun nicht lügend.

Die Gräfin zitterte nun am ganzen Körper. Jahrelang hatte ich mir gewünscht, Olivia mal so richtig das Herz zu brechen, so wie sie gemeinsam mit Jan mein Herz gebrochen hatte. Aber jetzt, wo ich die Möglichkeit dazu hatte, tat sie mir nur noch leid.

«Wenn dies so sein soll», flüsterte sie, um Tapferkeit bemüht, «werde ich meinem ursprünglichen Lebensplan folgen.»

«Ursprünglicher Plan?», fragte ich nach.

«Ich werde sieben Jahre in diesem Schloss leben, ohne einem Mann zu begegnen.»

Das konnte ich nicht zulassen, sie musste ja heute zu dem Fest der Königin auf das Admiralsschiff kommen, daher erklärte ich eilig: «Wenn Sie heute Abend nicht freiwillig der Einladung der Königin folgen und sich mit Essex vermählen, wird die Queen Sie hinrichten lassen.»

«In diesem Falle werde ich meine Pläne ändern», erwiderte die Gräfin nach einem kurzen Moment des Innehaltens.

«Das ist gut», atmete ich erleichtert auf.

«Ich werde mich gleich im Teich ertränken.»

«WAS?»

«Ich werde meinem tristen Leben ein Ende bereiten.»

Noch bevor ich dagegen protestieren konnte, knallte die Gräfin mir die Schlosstür vor der Nase zu.

Die Menschen in der Vergangenheit waren zwar viel lebendiger als wir, aber wenn es um die Liebe ging, waren sie wirklich manchmal etwas extrem. Bei uns in der Zukunft waren die Gefühle der Menschen oft oberflächlich – viele Männer liebten ihr iPhone mehr als die Freundin –, aber hier im England von William Shakespeare wäre es für die ein oder andere Frau vielleicht sogar besser gewesen, etwas weniger zu empfinden.

Ich rannte um das Schloss herum und sah, wie die Gräfin auf den tiefen Teich zuging. Hastig packte ich sie und forderte sie auf, sich nicht zu ertränken. Doch anstatt zu antworten, tat die Adelsdame etwas, was auch viele Hollywoodheldinnen taten, wenn ein Mann sie packte, jedenfalls die Heldinnen rustikalerer Komödien: Die Gräfin trat mir voll in die Weichteile.

Mir hatte es noch nie so wenig Freude bereitet, ein Mann zu sein.

«Eiyeiyeiyei!», rief ich mit beunruhigend hoher Stimme.

Die Gräfin ging indessen in den See und stand schon knietief im Wasser. Es gab keine andere Wahl, ich rief mit kieksender Stimme: «Gräfin, ich liebe Sie doch!»

Maria drehte sich zu mir um und blickte mich ungläubig an.

«Es ist wahr, ich schwöre es bei allem, was mir heilig ist!», bekräftigte ich, bereits mit etwas tieferem Timbre.

«Wenn dies so ist», forderte sie mich auf, «beweise es mir.»

«Beweisen?», fragte ich überrascht.

«Küsse mich.»

Eine andere Form des Beweises wäre mir lieber gewesen.

«Küsse mich voller Leidenschaft.»

Sogar deutlich lieber. Aber hier ging es um ein Leben. Also nahm ich all meinen Mut zusammen, stapfte ins Wasser und nahm die Gräfin in meine Arme. Sie schloss die Augen, spitzte die Lippen und sah dabei ziemlich albern aus. Zögerlich betrachtete ich sie und fragte mich, ob ich als Frau vor dem Küssen auch so skurril aussah?

In meinem ganzen Leben hatte ich noch nie eine Frau geküsst und auch nie sonderlich den Wunsch danach verspürt. Außer dem einen Mal in der achten Klasse, als ich vor lauter pubertärer Neugier bei einer Pyjama-Party mit meiner Klassenkameradin Bille im angeschickerten Zustand es beinahe mal ausprobiert hätte, doch dann knutschte Bille lieber mit Gitta. Das gab meinem Selbstbewusstsein einen Knacks, denn weder Jungs noch Mädchen wollten mich in der Pubertät küssen (Gitta ist heute übrigens eine glücklich verheiratete Anwältin, Bille Trainerin im Damenfußball).

Da ich zögerte, näherte sich jetzt die Gräfin mit ihren Lippen den meinen, langsam und gefühlvoll. Dabei versuchte ich mir die ganze Zeit zu sagen: Du rettest ein Leben, Rosa, du rettest ein Leben … von daher ist es sicherlich keine allzu gute Idee, unangenehm berührt wegzuzucken.

Doch bevor es mit dem leidenschaftlichen Küssen erst so richtig losgehen konnte, hörte ich William:

«Ich erlebe es ja normalerweise gerne, wenn zwei Frauen sich küssen ... aber hier befindet sich eine der beiden Damen in meinem Leib ...»

Shakespeare war wieder aufgewacht, und auch wenn ich mich eigentlich über seine Anwesenheit freute – ich hatte ihn in den letzten Stunden doch arg vermisst –, ließ sein Timing mal wieder zu wünschen übrig. Ich konnte seine Einmischung in diesem Augenblick wirklich nicht gebrauchen. Daher antwortete ich: «Bitte halte den Mund.»

Die Gräfin drückte mich von sich und fragte empört: «Wie beliebst du zu meinen?»

Es dürfte jetzt unmöglich werden, ihr weiter Gefühle vorzuspielen, besonders wenn Shakespeare dabei auch noch Kommentare abgab. So entschied ich mich für eine andere Taktik, eine psychologisch gemeinere: «Gräfin, ich habe gelogen, ich liebe Sie nicht.»

Erschrocken blickte sie mich an.

«Ich kann Sie nicht lieben», fuhr ich fort. «Aber wenn Sie jetzt ertrinken, wird mich die Queen in den Tower werfen lassen.»

Die Gräfin blickte noch erschrockener drein, sie hatte nun Angst um mich.

«Und wenn Sie nicht wollen, dass ich dort elendig sterbe, dann kommen Sie mit mir zu der Feier auf das Schiff von Admiral Drake.»

Maria schwieg eine Weile, dann erklärte sie tapfer: «Ich werde dorthin kommen, dir zuliebe.»

Es hatte geklappt. Aber ich kam mir mies vor, hatte ich sie doch mit ihren Gefühlen zu mir manipuliert. Shakespeare spürte, dass ich ein schlechtes Gewissen hatte, und fand für mich tröstende Worte:

«Du hast ihr damit das Leben gerettet. Nicht immer heiligt

der Zweck die Mittel – zum Beispiel tut er dies nicht, wenn man
zum Zwecke der Verhütung das Zölibat wählt –, aber in diesem
Falle ist es so.»

Shakespeare tat mir so gut. Hätten wir jetzt zwei Körper gehabt, ich hätte ihn glatt umarmt.

«Du weißt, Rosa, diese edle Dame ist nicht wirklich in dich ... in mich ... in uns verliebt. Sie ist lediglich ob des Todes ihres Bruders sehr verwirrt.»

Auch damit hatte Shakespeare recht. Und ich hoffte inständig, dass sie durch Essex wieder glücklich werden und er ihr helfen könnte, den Schmerz über den Tod des Bruders zu lindern. Denn darum ging es wohl auch in der Liebe: die Wunden, die einem das Leben schlägt, zu heilen.

55

Als ich mit tropfenden Stiefeln in der fahrenden Kutsche saß, war ich etwas hoffnungsfroher, dass ich Essex und Maria am Abend auf dem Admiralsschiff zusammenbringen könnte. Doch kaum wollte ich mich erleichtert zurücklehnen, mahnte Shakespeare, dass wir noch eine andere Aufgabe zu lösen hatten:

«Wenn Walsingham heute bei dem Fest nicht das Sonett bekommt, das er bei uns in Auftrag gab, wird er uns in den Tower werfen lassen. Wir müssen es so schnell wie möglich zu Ende schreiben, wenn wir verhindern wollen, dass uns die Folterer mit ihren Zangen vorführen, wie lang unsere Gedärme sind.»

«Manchmal wünsche ich mir, du würdest weniger bildlich reden», antwortete ich schluckend und erklärte dann: «Zu dem Sonett hab ich mir übrigens ein paar Gedanken gemacht. Wir brauchen jemand Konkreten als Adressaten für unsere Zeilen.»

«*Jemand Konkreten?*», *fragte ich irritiert.*

«Eine Person, für die du tief empfindest.»

«*Wen hast du denn da im Sinn?*»

Als Antwort beugte ich mich aus dem Kutschenfenster und schrie in Richtung Kutschbock: «Hop-Sing, fahr uns nach Stratford-upon-Avon!»

Auf der Fahrt wollte Shakespeare immer wieder von mir erfahren, zu wem ich mit ihm hinwollte: Zu den Kindern? Zu Lorenzo? Zu dem Schweineliebhaber Tybalt? Aber natürlich ahnte er, wen wir besuchen würden. Das spürte ich genau, waren wir doch mittlerweile so eng miteinander verbunden, dass ich selbst Shakespeares Ängste, die er nicht artikulieren mochte, wahrnehmen konnte.

«Wo soll ich jetzt hinfahlen?», fragte Hop-Sing, als die Kutsche in das kleine Städtchen rollte.

«Zum Friedhof», antwortete ich.

«Das wild ja immel lustigel», antwortete Hop-Sing süßsauer. Offensichtlich kannte man schon im China des sechzehnten Jahrhunderts das Konzept des ‹Salkasmus›.

«*Ich war noch nie an Annes Grab*», *protestierte ich.* «*Und ich will da auch niemals hin!*»

«Du hast keine Wahl. Du musst dahin, wo ich mit deinem Körper hingehe», erklärte ich bestimmt.

«*Das ist Erpressung …*», *schimpfte ich, um meine Furcht zu überspielen.*

«Ist es nicht.»

«*Wie nennst du es denn dann?*»

«Freundliche Geiselnahme», grinste ich, während Hop-

Sing die Kutsche vor dem Friedhof anhielt. Dieser lag direkt an der kleinen Dorfkirche, von deren Turm sich Anne heruntergestürzt hatte. Kein Wunder also, dass Shakespeare nie wieder hierherkommen wollte. Die Kirche sah von außen schnuckelig aus, man konnte sich durchaus vorstellen, mal in so einer zu heiraten, und auch der Friedhof war klein und anheimelnd, voller Blumen und kleiner unprätentiöser Grabsteine. Der schlichteste gehörte zu Anne. Als ich auf das Grab zuging, forderte ich Shakespeare auf: «Dichte für sie!»

«Für Anne?», fragte ich mit zittriger Stimme.

«Wenn du ein großer Schriftsteller werden willst, musst du dich deinem Schmerz stellen. Wenn du ihn weiter verdrängst, kommen auch in Zukunft nur unperfekte Werke wie ‹Liebes Leid und Lust› heraus.»

«Ich ... weiß nicht so recht ...», zögerte ich voller Angst.

«Was willst du sein: ein großer Dramatiker oder ein leicht Überdurchschnittlicher, der feige vor seinen Gefühlen davonläuft?»

«Och, leicht überdurchschnittlich ist ja auch fein ...», antwortete ich halbherzig.

«Falsche Antwort.»

«Ich weiß», gab ich kleinlaut zu.

Ich blieb stehen und bat Shakespeare, das Ende unseres Sommertag-Sonetts zu verfassen. Vor dem Grab seiner großen Liebe versuchte Shakespeare, all seinen Mut zusammenzunehmen. Er setzte auch tatsächlich an ...

«Dein ewiger Sommer ...»

... hörte dann aber auch schnell wieder auf zu dichten.

«Ich ... kann das nicht ...», erklärte ich kaum wahrnehmbar flüsternd.

«Ich bin bei dir», antwortete ich aufmunternd.

«*Mehr, als mir manchmal lieb ist*», musste ich leicht nervös auflachen.

«Frag mich mal», lachte ich mit.

«*Lieber nicht*», kicherte ich nun ein kleines bisschen gelöster. *Und jener kleine Augenblick des gemeinsamen Lachens verlieh mir die Kraft, mich endlich meiner Trauer über Annes Tod zu stellen. So dichtete ich, wie ich in meinem Leben noch nie zuvor gedichtet hatte:*

> *Dein ew'ger Sommer doch soll nie verrinnen,*
> *Nie fliehn die Schönheit, die dir eigen ist,*
> *Nie kann der Tod Macht über dich gewinnen,*
> *Wenn du in meinem Lied unsterblich bist!*
> *Solange Menschen atmen, Augen sehn,*
> *Lebt mein Gesang und schützt dich vor Vergehn!*

Als Shakespeare damit fertig war, hatte ich Tränen in den Augen. Mit seinen Worten hatte er etwas Wunderbares geschaffen: Seine Liebe zu Anne wurde unsterblich. Und damit auch Anne selber. Nach einer Weile des Schweigens erklärte Shakespeare mit sanfter, gelöster Stimme:

«*Rosa, du tust mir gut.*»

«Du mir auch», erwiderte ich aufrichtig. Und plötzlich fand ich es ganz und gar nicht mehr so absurd, den Rest meiner Existenz mit Shakespeare in der Vergangenheit zu verbringen.

56

Hop-Sing setzte mich am Nachmittag vor dem ‹Rose› ab. Dort war gerade eine Vorstellung von ‹Romeo und Julia› im vollen Gang. Allerdings handelte es sich bei der Aufführung um eine frühe, unfertige Version des Stückes. In dieser Variante wurde neben all der Romantik auch ein heiterer Tonfall angeschlagen, was man auch an frivolen Sätzen hörte wie jenem, den Kempe gerade dem Publikum zurief: «Besser gut gehenkt als schlecht geheiratet!»

Die Zuschauer johlten dazu. Shakespeare aber erklärte mir, dass er ‹Romeo und Julia› bald umschreiben würde, in eine dramatische Romanze mit einem traurigen Ende. Die neue Geschichte, so nahm er sich vor, sollte gespeist werden aus dem Leid, das er mit Anne erlebt hatte.

Durch das Dichten am Grab hatte Shakespeare endgültig eine neue Welt des Schreibens erobert. Jetzt, wo er sich seinem Schmerz gestellt hatte, konnte er endlich ein großer Autor werden.

Doch vorher mussten wir erst einmal zu dem Fest der Queen gehen und unsere Aufgaben erfüllen. Aber so stinkend, wie wir waren, konnten wir da wohl kaum auftauchen.

«Wir müssen die Klamotten wechseln. Und uns waschen», erklärte ich daher.

«Uns waschen? Das heißt doch ... du wäschst mich?», fragte ich mit mulmigem Gefühl.

«Wenn du keine bessere Idee hast ...», erwiderte ich und hoffte, er hätte eine, war ich doch auch nicht allzu scharf darauf.

«Wir könnten uns umziehen und mit Unmengen von Parfüm begießen», schlug ich vor.

«Das ist keine bessere Idee», fand ich.

«*Das ist wohl wahr*», gab ich zerknirscht zu.

«Gibt es hier irgendwo Wasser zum Waschen?», wollte ich wissen. Shakespeare schwieg, und ich deutete sein Schweigen: «Das heißt dann wohl: ja.» Darauf führte er mich widerwillig in den hinteren Bereich des Theaters, wo wir uns ein paar neue, schicke Klamotten – inklusive edler Halskrause – für später auswählten. Wir nahmen uns noch ein Stück Seife und ein Handtuch aus einem Schrank und gingen dann hinaus, hinter das Theater, wo eine große Wasserpumpe stand, unter die man sich stellen konnte.

«*Du wirst mich jetzt also ausziehen?*», fragte ich und genierte mich doch sehr.

«In diesen stinkenden Klamotten zu duschen, macht nun mal keinen Sinn», erwiderte ich, zog die Stiefel aus und knöpfte mein Ballonhemd auf.

«*Halte ein!*», rief ich aus, als mein Oberkörper frei war und Rosa sich der Strumpfhose zuwandte.

«Hast du etwa Angst, dass ich dich nackt sehe?», fragte ich schwer erstaunt. Shakespeare schwieg kurz, dann gab er kleinlaut zu:

«*So eine Scham wie jetzt habe ich erst bei zwei Frauen empfunden.*»

«Und bei welchen?», wollte ich neugierig wissen.

«*Zum einen bei meiner Mutter, als ich zu einem jungen Mann heranwuchs. Einem, der seine ersten Lusterfahrungen mit sich allein im Bad machte.*»

«Und wer war die zweite Frau?»

«*Die zweite war Anne in unserer ersten gemeinsamen Nacht.*»

Verglich er mich jetzt mit seiner Mutter oder mit seiner verstorbenen Frau? Hatte er für mich etwa auch solche Gefühle wie für Anne? Durfte ich so einen Irrsinn denken?

Nein, durfte ich nicht! Egal, ob er sich schämte, ich musste mich/ihn jetzt ausziehen und unter dem Wasserschwall der Pumpe duschen. Ehrlich gesagt, ich war auch recht neugierig auf seinen Körper: Sah er so gut und durchtrainiert aus, wie ich vermutete? Bestimmt erklärte ich: «Wir müssen uns jetzt waschen», und begann die Strumpfhose auszuziehen.

«Rosa?», fragte ich ängstlich.

«Ja?»

«Du wirst doch nicht etwa neugierig erforschen wollen, wie sich die männliche Lust anfühlt ...?»

Ich musste laut auflachen.

«Was lachst du?», wollte ich wissen. «Wir besitzen die gleiche Seele und vielleicht in dieser Hinsicht auch die gleichen Gedanken.»

«Keine Sorge, William. Ich habe genug Männer bei ihrer Lust erlebt, glaub mir, so möchte ich nie aussehen.»

Beim Ausziehen entdeckte ich, dass Shakespeares Leib schlank und muskulös war, wirklich deutlich attraktiver als die Körper aller anderen Männer, die ich je nackt erlebt hatte (einige von meinen Liebhabern hatten eine Figur, mit der man auch Comedy-Star hätte werden können). Shakespeares Schoß betrachtete ich mir natürlich nicht, so viel Anstand besaß ich bei aller Neugier dann doch. Ich warf die Pumpe an, stellte mich drunter, und das eiskalte Wasser prasselte auf mich nieder. Überraschenderweise fühlte sich das wunderbar an, wie eine Dusche nach dem Saunagang. Ich nahm die Seife und wusch mich ausgiebig, und es war zugegebenermaßen schon etwas aufregend, diesen muskulösen Körper zu berühren. Bevor ich dies aber noch mehr auskosten konnte, trat Kempe hinzu und erklärte mir: «Henslowe ist unglaublich zornig wegen seiner Tochter.»

Ich trat aus dem Schwall der Pumpe hervor und begann mich abzutrocknen, während Kempe weiterredete: «Er ist so wütend auf dich, dass er uns aus dem Theater werfen wird. Das ist furchtbar.»

«Das ist ganz und gar nicht furchtbar», rief ich aus. «Wir werden uns eben selbst ein Theater bauen, eines, das wir Schauspieler und Schreiber selber führen. Außerhalb der Stadtgrenzen, wo uns kein Bordellbesitzer und kein Hofzensor etwas vorschreiben kann. Wir werden frei von Zwängen und Verboten die größten Stücke aufführen, die die Welt je gesehen hat. Die ganze Welt wird von unserem ‹Globe Theatre› erfahren.»

Shakespeare war Feuer und Flamme und hätte wohl am liebsten Kempe seinen Plan sofort geschildert. Obwohl seine Begeisterung mich mitriss, erzählte ich Kempe aber nichts von dem neuen Theater. Wir mussten jetzt zu dem Fest und Maria mit Essex verkuppeln. So schnappte ich mir die Anziehsachen und sagte zu dem dicken Schauspieler: «Lass uns ein anderes Mal darüber reden.»

Kempe hielt kurz inne und antwortete: «Einverstanden, ich wollte ohnehin zu Kunga.»

Dann musterte er mich und spottete in freundschaftlichem Tonfall: «Ich begreife nicht, was Henslowes Tochter an dir findet. Dein Willy ist doch wahrlich arg klein.»

Er deutete dabei auf meinen nackten Schoß. Ich sah instinktiv zwischen meine Beine und musste feststellen: Das stimmte ja!

«Er ist nicht klein», protestierte ich, «er reagiert nur immer so auf kaltes Wasser!»

Ich beschloss, auf das Thema nicht näher einzugehen, und zog mir die Sachen an, während Kempe laut lachend davonging.

«*Abgesehen davon kommt es auf die Größe nicht an, oder, Rosa? Das haben mir bisher sämtliche Frauen bestätigt.*»

Lächelnd dachte ich bei mir: Lieber Shakespeare, es gibt Dinge, bei denen sämtliche Frauen lügen.

«*Ich hab dich was gefragt, Rosa!*»

«Ihr Männer habt vielleicht Probleme», schmunzelte ich und legte mir die Halskrause um. Sie war ziemlich unbequem. Schicke Kleidung war wohl in keinem Jahrhundert praktisch.

«*Ihr Frauen macht euch doch ebenfalls unablässig Gedanken über die Schwachstellen eures Körpers*», entgegnete ich empört.

«Das ist wahr», gab ich zu und dachte an meinen Bauch. Und meinen zu großen Hintern. Und an weitere Körperstellen, an die ich gar nicht denken wollte.

«*Rosa ... Mir kommt mit einem Mal ein überraschender Gedanke!*»

«Und welcher?»

«*Männer und Frauen sind dem Prinzip nach doch völlig gleich.*»

«Was?», fragte ich überrascht.

«*Selbst wenn es für euch Frauen außerordentlich verblüffend sein mag ... auch wir Männer haben Gefühle.*»

«Dies ist in der Tat verblüffend», spottete ich.

«*Doch ist es wahr. Auch wir empfinden Trauer, Freude, Liebe, Wut und, ja, selbst die Unsicherheit, was den eigenen Körper betrifft, ist uns gemein. Denn wir sind alles Menschenwesen.*»

Ja, es war erstaunlich, was er da sagte. Doch hatte ich es bei Shakespeare in Stratford selbst erlebt, wie tief auch die Emotionen von Männern sein konnten. Dass die beiden Geschlechter sich so ähnlich waren, hatte ich mir noch nie zuvor vergegenwärtigt. Aber jetzt begriff ich es: Auch wenn in unserer Zeit ständig über den Unterschied der Geschlech-

ter palavert wurde und sich Studien, Filme und Selbsthilfe-
bücher damit befassten, gab es viel mehr, das uns verband,
als uns trennte.

«Die Seele des Menschen ist weder weiblich noch männlich»,
redete ich weiter.

«Das ... das ist eine schöne Erkenntnis», lächelte ich sanft.

«Und die habe ich nur dir zu verdanken», erklärte ich.

«Bedank dich nicht bei mir, sondern bei den ollen Shinyen-
Mönchen», lächelte ich.

«Nein, ich bedanke mich bei dir, Rosa! Und ich bin gespannt,
was ich noch alles Großartiges mit dir gemeinsam über das Le-
ben erfahren werde.»

Shakespeares Stimme klang bei diesem Satz liebevoll, und
sie erwärmte mir das Herz. Auch ich freute mich auf alles,
was ich mit ihm gemeinsam noch erleben durfte. Mein Leben mit Shakespeare erschien mir als ein einziges großes
Abenteuer des Menschseins. Ein Abenteuer, das am besten
nie enden sollte. Kaum hatte ich das gedacht, realisierte ich
endgültig: Ich hatte keine Lust mehr, in die Gegenwart zurückzukehren. Ich wollte mein Leben hier verbringen. Im alten, turbulenten, wahnsinnig aufregenden und stimulieren-
den London. Mit dem Mann, der mir mehr gegeben hatte als
jeder andere Mensch. William Shakespeare!

57

Schwungvoll ging ich auf das prächtige Armada-Schiff zu,
das an einem Kai der Themse lag und von mit schmucken Ausgehuniformen herausgeputzten Soldaten bewacht wurde, die
sich sicher sehr gut halb nackt in Frauenmagazinen gemacht

hätten. Die Masten des Schiffes funkelten in der Sonne, die Segel waren gerafft, und die Fahne Englands flatterte im Sommerwind. Es war unglaublich: Ausgerechnet ich, Rosa, geboren in Wuppertal, ging auf ein königliches Fest, und das auch noch in dem Körper eines Mannes, mit dem ich den Rest meiner Existenz verbringen wollte. Es musste wunderbar sein, zusammen das ‹Globe Theatre› zu errichten oder ‹Romeo und Julia› und ‹Hamlet› umzuschreiben. (Ich würde in die Stücke allerdings noch einen Urheberrechtsvermerk des Autors einbauen, der es zukünftigen Stadttheaterregisseuren untersagt, Aufführungen mit nackten Schauspielern zu inszenieren.) Wir würden die Menschen zum Lachen bringen. Zum Jubeln. Und zum Weinen.

An der Zukunft würde ich außer Holgi nichts vermissen, aber ich hatte ja mit Kempe eine frühere, derbere Version von ihm an meiner Seite. Und was meinen Körper betraf: Na ja, das Einzige, worauf ich würde verzichten müssen, wäre der Sex. Aber der, so versuchte ich mir einzureden, war ja ohnehin überbewertet. Die Hälfte meiner Sexerlebnisse würde ich rückwirkend gerne gegen Kinokarten eintauschen. Außerdem war mein Körper ja auch nur noch wenige Jahre von der Menopause entfernt, die eine Frau, nach allem, was man so hörte, auch nicht gerade vor Freude Macarena tanzen ließ. Und an faltigen Alterssex glaubten zwar Paartherapeuten und Art-House-Filmer, aber mir fiel es schon immer recht schwer, mir vorzustellen, dass ich bei so einer geriatrischen Akrobatik jemals mitmachen würde. Also, was hatte ich groß zu verlieren, wenn ich hierbliebe?

Jetzt musste ich nur noch Shakespeare um Erlaubnis fragen.

«William», hob ich an, das Unmögliche zu fragen.

«Ja, Rosa?»

«Ich ... ich ...» Ich hatte keine Ahnung, wie ich es formulieren sollte. Wie konnte man einen Menschen darum bitten, in Zukunft auf seinen Körper zu verzichten und so sein Leben auf ewig mit einem anderen zu teilen? Gut, Shakespeare hatte mich zwar in meiner Gegenwart danach auch gefragt, aber da war er in einer Ausnahmesituation gewesen. Und selbst wenn ich, direkt vor der Rückkehr hierher, für einen kurzen Augenblick überlegte, ihm noch ein bisschen Zeit in meinem Körper zu gewähren, konnte ich mir nicht vorstellen, dass er von meinem Vorschlag begeistert sein würde. Vermutlich würde er mir etwas antworten wie: Gegen dich wirkt Heinrich der Achte mental vergleichsweise stabil.

«*Was willst du?*», *fragte ich nach.*

«Vergiss es», antwortete ich feige.

«*Wenn du möchtest*», *respektierte ich Rosas Wunsch.*

Er hakte tatsächlich nicht nach. Das wurmte mich dann doch. Wenn William etwas für mich empfinden würde, und ich wollte jetzt doch wirklich sehr, dass er dies täte, dann hätte er wohl nicht so leicht nachgegeben. Oder? Daher zickte ich ihn an: «Du gibst dich aber leicht zufrieden.»

«*Wie belieben zu meinen?*»

«Du könntest ruhig mal nachfragen, was ich will.»

«*Das habe ich bereits. Darauf hast du geantwortet:* ‹*Vergiss es.*›»

«Aber ich hätte gerne, dass du noch einmal nachfragst und mir die Brücke baust, die mein Herz öffnet.»

Rosa wollte mir ihr Herz öffnen? Hegte sie womöglich tatsächlich Gefühle für mich? So, wie ich es in der Zukunft schon mal vermutet hatte? Und was wäre, falls dem so war? Wie sollte ich darauf reagieren? Daher fragte ich arg unsicher: «Was begehrst du?»

«Nun, ich …», stammelte ich und hörte dann auf zu reden.

Ich war zwar froh, dass er nochmal nachfragte, traute mich aber immer noch nicht, meine Wahnsinnsidee zu äußern, und sagte daher: «Ach, vergiss es.»

«*Männer und Frauen mögen zwar gleich sein*», seufzte ich daraufhin. «*Aber Frauen sind komplizierter.*»

«Okay», entschloss ich mich. «William», ich nahm all meinen Mut zusammen, «ich möchte gerne bei dir bleiben!»

«*Bei mir?*», *fragte ich zutiefst überrascht.*

«Ja, bei dir. Für immer.»

«*Für immer?*»

«Du musst nicht alles wiederholen.»

«*Muss ich nicht?*»

«Nein.»

Shakespeare antwortete nicht mehr. Sicher hatte ich ihn zutiefst abgeschreckt.

Bislang hatte ich über Rosa nur als gute Gefährtin nachgedacht. Als eine, wie ich sie noch nie die meine habe nennen können: ebenbürtig, scharfsinnig, schlagfertig. In vielerlei Hinsicht war Rosa faszinierend, in einiger womöglich gar faszinierender als Anne. Nie hatte ich für möglich gehalten, dass eine Frau dies sein könnte. Konnte es sein, dass ich jetzt, wo ich mich meiner Trauer um Anne gestellt hatte, endlich offen war für eine neue Liebe?

Bevor Shakespeare weiter schweigen konnte, baute sich der Chefspion Walsingham vor mir auf. Gut, so konnte Shakespeare wenigstens nicht erwidern, dass mein Ansinnen geisteskrank, wahnsinnig und unfassbar war.

Wäre Walsingham nicht hinzugetreten, ich hätte Rosa gestanden, dass ihr Gedanke geisteskrank, wahnsinnig und unfassbar war. Aber erstaunlicherweise auch verlockend.

«Wo ist das Sonett?», fragte Walsingham fordernd. Er trug eine noch breitere Halskrause als ich und eine noble Schärpe um den dünnen Bauch. Ich holte einen Zettel aus meiner Tasche, auf dem ich unser Sonett während der Rückfahrt von Stratford nach London notiert hatte. Walsingham las die Zeilen, und sein Gesicht bekam ganz sanfte, gerührte Züge: «Diese Worte sind wunderbar.»

«Ich weiß», antwortete ich, stolz auf meinen Anteil an dem Gedicht. Und noch stolzer auf Shakespeare, weil er sich am Grab von Anne mit seinem Schmerz konfrontiert hatte.

«Ich werde jetzt dieses Sonett der Frau vortragen, der mein Herz gehört.»

Es war nicht schwer zu kombinieren, dass es sich bei dieser Frau um die Königin handelte. Walsingham bedeutete mir, über die Planke auf das Armada-Schiff zu gehen. Wir betraten gemeinsam das prachtvolle Segelschiff, und ich fühlte mich ein klein wenig wie in einem Piratenfilm: Ich sah Kanonen, die unter Deck aus Schießscharten lugten, ein hölzernes Steuerrad und die Trapeznetze der Takelage, auf denen man zu den Masten oder zu dem Ausguck hinaufklettern konnte. Wie viele Menschen waren wohl beim Klettern von dort schon heruntergefallen? Wie oft wurde wohl vom Ausguck aus «Land in Sicht» gerufen oder «Oh, sorry, ich wollte die Flasche nicht auf deinen Kopf plumpsen lassen»?

Auf dem Hauptdeck stimmten Musiker sich mit ihren Schalmeien, Posaunen und Harfen darauf ein, bald zum Tanz aufzuspielen. Adelige Hofdamen in weiten seidenen Kleidern blickten vorsichtig auf Edelmänner in Ausgehuniformen und mit schmucken Säbeln. Und die Edelmänner taxierten die Hofdamen ebenso, wie sie selbst taxiert wurden. Dieses Fest war wie jede andere Party auch, ein guter Ort fürs Suchen und Finden der Liebe. Oder des schnellen Gelegenheitssex.

Walsingham ging in die Kapitänskajüte, in der die Queen sich auf das Fest vorbereitete. «Glauben Sie, dass Walsingham Erfolg haben wird, die Königin liebt doch Essex?», fragte ich Shakespeare und war froh, dass ich damit von meinem beschämenden Wunsch, für immer bei ihm zu bleiben, ablenken konnte.

«Die Queen ist eine Frau, die sich stets für das Machbare entscheidet. Und das Machbare ist nun mal Walsingham», erwiderte ich und spürte genau, dass Rosa nicht mehr über ihren für mich so verlockenden Wunsch reden wollte.

«So eine Beziehung hätte dann aber mit Liebe nichts zu tun», wandte ich vehement ein.

«O doch … Walsingham liebt sie. Und die Königin wird es lieben, nicht mehr einsam zu sein.»

Wie aufs Stichwort trat die Queen in einem strahlend goldenen Kleid mit einer noch strahlenderen Krone auf dem Haupte aus der Admiralskajüte heraus. Aber am strahlendsten war der Mann an ihrer Seite: Walsingham. Auch das hatte ich nun also über die Liebe gelernt: Manchmal konnte sie unglaublich pragmatisch sein. «Die beiden sehen glücklich aus», stellte ich fest.

«Gewiss hat das Sonett die beiden Alten zum hurtigen Geschlechtsakt animiert.»

«Vielen Dank für ein weiteres verstörendes Bild in meinem Kopf», erwiderte ich und ergänzte: «Ich glaube nicht, dass die beiden es miteinander getan haben. Bis die Queen so ein Kleid ausgezogen hat, dauert es doch Jahre.»

«Es gibt bei einigen dieser Kleider einen Hintereingang …»

«Das will ich gar nicht so genau wissen!», rief ich so laut aus, dass mich einige der Hofdamen irritiert ansahen. In diesem Augenblick klatschte die Queen in die Hände, und die Musiker spielten zum Tanz. Die Edelmänner forderten zu fröhlichen Klängen die Edeldamen auf. Der muntere Reigentanz begann, und die Queen tanzte mit Walsingham so grazil dazu, wie es einer Frau in ihrem Alter nur möglich war. Ich jedoch fragte mich, wo sich Essex befand. Und wo die Gräfin Maria? Statt der beiden füreinander bestimmten Seelen trat Drake auf mich zu. Er trug eine festliche rote Uniform mit goldenen Verzierungen und erklärte finster: «Dichter, ich will, dass du so schnell wie möglich mein Schiff verlässt.»

Ohne eine Antwort abzuwarten, ging er wieder von mir weg und forderte seine Frau zum Tanz auf. Diese warf mir einen ‹Ich hätte nichts dagegen, wenn du von einer Dogge entmannt wirst›-Blick zu. Das ließ nur einen Schluss zu: Garantiert hatte Shakespeare mit ihr etwas gehabt.

Es war mir irgendwie peinlich, dass Rosa nun von meinem Techtelmechtel mit Drakes Frau erfuhr. Daher musste sie unbedingt von mir erfahren, wie wenig mir dieses Weib bedeutete: «Es gibt Faultiere, die sind leidenschaftlicher als dieses Weib.»

«Das interessiert mich nicht», raunzte ich ihn an. Das kam etwas zu impulsiv heraus. Aber ich mochte einfach nicht mehr hören, mit welchen Frauen er so alles in den Laken gelegen hatte. Da mich nun schon wieder ein paar dieser Adeligen wegen meiner Selbstgespräche anstarrten, stapfte ich von der Tanzfläche weg in Richtung Heck.

«Jetzt bist du wahrlich eifersüchtig», stellte ich fest.

Ich schwieg. Sauer. Und dass ich sauer war, bedeutete, dass er ins Schwarze getroffen hatte.

Es gab keinerlei Zweifel mehr: Rosa hegte wahrlich Gefühle für mich. Welch ein Wunder. Nie hatte ich geglaubt, dass ich für eine Frau liebenswert sein konnte, die so viel von mir wusste, die all meine Verfehlungen und all meine Schwächen kannte.

Ja, ich war eifersüchtig. Und ich wollte bei ihm bleiben. Das alles ließ nur einen einzigen Schluss zu, ich hatte meine Gefühle für Shakespeare endlich sortiert ...

Es war kaum zu glauben. Und es erfüllte mich mit Glück ...
Das Ergebnis meiner Sortierung war klar ...
Es gab keinerlei Leugnen mehr ...
So völlig wahnsinnig es war ...
So unfassbar verrückt ...
Und angstmachend ...
Furchteinflößend ...
Aber auch schön ...
Und aufregend ...
Ich liebte ...
Sie
Ihn.

Oh
je
!

58

Es war sicher nicht die wahre Liebe, die ich für William empfand. Das konnte ja auch nicht sein. Denn, mal ganz ehrlich: Garantiert war eine Beziehung, bei der zwei Menschen in ein und demselben Körper lebten, nicht ganz das Wahre. Aber dies war mir völlig egal. Was ich für Shakespeare fühlte, war mehr, als ich jemals für jemanden empfunden hatte. Und wenn ich mit ihm leben dürfte und er dabei meine Gefühle erwidern sollte, dann würde mich das gewiss mehr als glücklich machen.

Wenn man genau darüber nachdachte, wurde die wahre Liebe jetzt für mich sogar zu einer großen Gefahr. Denn würde ich sie irgendwo per Zufall finden, würde ich wieder in meiner Zeit landen, ganz ohne Shakespeare.

Die wahre Liebe konnte mir also fortan gestohlen bleiben!

All jene Gedanken wühlten mich zutiefst auf. Und ich merkte, dass Shakespeare ebenfalls durcheinander war. Spürte er, was ich für ihn empfand? Es gab nur einen Weg, das herauszufinden: Ich musste ihm meine Liebe gestehen.

Mit einem Mal wurde mir ganz schlecht. Vor Angst. Jemandem die Liebe zu gestehen, ist ja schon im normalen Leben eine heikle Sache, besonders wenn man von dem Objekt der Begierde – wie ich einstmals mit Anfang zwanzig – die Antwort bekommen sollte: «Oh, du ... ich habe es dir nie gesagt, aber ich bin verheiratet ... und da ist ja auch schon meine Straßenbahn ... Tschüss ...»

Passiert einem so etwas, würde man nach Hause fahren, heulen und Ulla Meineckes ‹Nie wieder› hören. So lange, bis die blöde Kuh am Ende «Nie wieder ... bis zum nächsten Mal» singt. Dann würde man den Kassettenrecorder wegwerfen und jammern, dass Männer noch größere Idioten sind als Ulla Meinecke.

Aber in dem speziellen Fall von mir und Shakespeare könnte ich nicht einfach abhauen und mich in meinem Bettchen im Selbstmitleid suhlen. Ich würde auf ewig bei ihm bleiben!

«Hey, Barde!», unterbrach urplötzlich eine Stimme meine Gedanken. «Du hast nicht sonderlich gute Arbeit bei der Gräfin geleistet.»

Ich blickte nach unten und sah, wie Essex auf dem Boden saß, den Rücken an die Reling gelehnt und eine Flasche Whiskey in der Hand. Offensichtlich hatte der Earl sich absichtlich vom Fest gestohlen, weil er in seinem Kummer um die Gräfin das fröhliche Treiben nicht ertragen konnte. Es war wieder einmal erstaunlich, diese Langhaar-Strumpfhosen-Version meines Ex-Freundes Jan zu sehen. Diesmal war es aber ganz okay für mich, weil dieser Mann keine Gefühle mehr in mir auslöste. Mein Herz gehörte ihm nicht mehr.

Essex war mir in diesem Moment einerlei, ich überlegte, wie und in welchem Moment ich Rosa meine Liebe gestehen konnte, wenn ich es denn überhaupt wagen sollte. Was war, wenn sie mich zurückwies? In so einem Fall konnte ich mich ja nicht einfach von ihr verabschieden und mich in Hurenhäusern betrinken.

«Wie war es bei der Gräfin?», fragte Essex matt und nahm noch einen Schluck Whiskey.

«Nun, es gab da eine kleine Komplikation», erklärte ich.

«Und welche?», wollte er wissen.

«Ich wollte mich umbringen», erklärte die Gräfin und trat zu uns. Sie trug ein weißes Kleid, in dem sie äußerst würdevoll aussah. Wie eine Braut. Eine sehr, sehr traurige Braut.

«Warum wolltest du dir dein wunderbares Leben nehmen?», rief Essex besorgt aus und sprang sofort auf die Beine.

«Weil dieser Dichter mich nicht liebt», erklärte sie möglichst würdevoll. Essex blickte mich daraufhin schwer eifersüchtig an.

«Liebe Gräfin, in Wahrheit liebt Ihr mich nicht», hob ich

an, «Ihr habt Euch nur in meine süßen Worte verliebt. Worte, die Euch berührten, weil Ihr vom Tod Eures Bruders so tief getroffen seid. Ihr habt Trost bei mir gesucht, nicht Liebe. Beides kann man verwechseln.»

Auch das hatte ich gelernt. Und jetzt sollte die Gräfin es lernen. Und anscheinend klappte es: Sie schien schon verunsichert. Jetzt galt es, sie endgültig abzuschrecken.

«Meine lieblichen Worte waren niemals an Euch adressiert», fuhr ich fort. «Und zum Beweis werde ich Euch eine andere Version meines Gedichtes vortragen. Mal sehen, was diese Worte in Euch auslösen.»

> *Soll ich dich einem Wintertag vergleichen?*
> *Er ist so grau und langweilig wie du,*
> *Dein kalter Glanz erinnert mich an Leichen*
> *Und dein Geruch an einen alten Schuh.*

Die Gräfin sah mich entsetzt an. Dies war zwar mitnichten ein perfektes Gedicht, doch es tat seine Wirkung. Und nur darauf kam es jetzt an. Rosa geriet ins Stocken, also soufflierte ich ihr die nächsten Zeilen:

> *Nie konntest du mein Herz gewinnen,*
> *Nie gab es Schönheit, die dir eigen war,*
> *Denn alle Schönheit kommt von innen,*

Shakespeares Zeilen funktionierten. In den Augen der Gräfin war Verachtung zu sehen. Doch William hielt inne, er fand aus dem Stegreif nichts, das sich auf ‹war› reimte. Also übernahm ich wieder das Texten:

> *Darum bist du für mich so unsichtbar.*

Die Gräfin hatte genug. Das war ihr deutlich anzusehen. Also setzte ich zum finalen Schlussreim an:

> *Solange Menschen atmen, Tage gehn,*
> *Will ich lieber vergehn, als dich zu sehn.*

Jetzt war es so weit: Die Gräfin wandte sich angewidert von mir ab und trat an die Reling. Statt mir zu danken, starrte der Earl mich nun ebenfalls finster an, weil ich soeben seine Angebetete beleidigt hatte. Jetzt musste ich noch etwas tun, damit die Gräfin Essex wahrnehmen würde. Doch was sollte das sein? Da kam mir, beim Blick aufs Wasser, plötzlich eine Idee. Ich dachte zurück an meine erste Begegnung mit Jan, als ich ihn vor dem Ertrinken gerettet hatte. So trat ich zu der Gräfin, und mit all der mir zur Verfügung stehenden Kraft packte ich sie und schubste sie über die Reling kopfüber in die Themse.

Maria schrie wie am Spieß und platschte spektakulär ins Wasser. Wie erwartet waren solche Kleider nicht eben badetauglich: Die Gräfin ging schneller unter, als man «Zu Risiken und Nebenwirkungen fragen Sie Ihren Arzt oder Apotheker» sagen konnte.

Als Essex erschrocken über die Reling blickte, sah er nur noch Luftblasen. Kurz entschlossen schnallte er sein Schwert ab und sprang der Gräfin hinterher. Er tauchte ins Wasser, holte Maria zurück an die Oberfläche und brachte sie ans Ufer. Nachdem sie dort mit dem Prusten und Japsen fertig war, sah sie ihn dankbar und verliebt an. Endlich hatte auch Maria geschnallt, dass Essex die Seele war, die für sie bestimmt war. Ich hatte die beiden nicht nur in meiner Zeit heiraten lassen, sondern sie auch hier in der Vergangenheit zueinandergebracht. Jetzt hatte ich meine Aufgaben an Bord des Schiffes erfüllt und konnte mich endlich meinen eigenen Angelegenheiten zuwenden: Ich musste Shakespeare meine Liebe gestehen.

Vor Aufregung und Angst begannen meine Knie zu zittern. Ich sah die Flasche Whiskey, aus der Essex getrunken hatte, neben mir liegen und schnappte sie mir, um etwas zu tun, was schon unzählige Verliebte vor mir getan hatten: sich Mut ansaufen. Mit der Buddel in der Hand stand ich auf, ging zu der anderen Seite des Schiffes, blickte über die Themse und betrachtete die vorbeifahrenden Ruderboote. Diese waren mit wunderschönen Blumen geschmückt, und Artisten führten auf ihnen zur Belustigung der Festgäste akrobatische Kunststücke auf. So schleuderte ein Jongleur mit flammenden Keulen, und das adelige Publikum amüsierte sich prächtig, als er sich aus Versehen die Nase ansengte.

Ich nahm einen tiefen Schluck aus der Flasche. Der Whiskey brannte in meiner Kehle, und ich dachte mir: Wenn jemand davon die ganze Flasche austrinken sollte, würden seine zukünftigen Kinder gewiss Legastheniker werden. Aber das Gesöff tat mir gut, es wärmte viel besser als der Ramazzotti, den ich in meinem früheren Leben trank.

Ja, richtig, jetzt bezeichnete ich schon mein Leben vor meiner Begegnung mit William als ein ‹früheres›.

Es war betrüblich, dass ich nicht den Alkohol spüren konnte. Sich Mut anzutrinken, wäre sicherlich hilfreich gewesen, um gegenüber Rosa die richtigen Worte der Liebe zu finden.

Eins der Blumenboote scherte aus der Formation aus und näherte sich langsam und von den Gästen und Wachmännern unbemerkt dem Heck des Admiralsschiffes. Auf dem Boot standen drei Männer. Sie trugen Papageienkostüme, die so

bunt waren, dass sie selbst Thomas Gottschalk zu psyche-
delisch gewesen wären. Auch sie hatten brennende Fackeln
dabei, aber sie jonglierten nicht mit ihnen. Dafür schubsten
sie die Blumengebinde von ihrem Boot ins Wasser. Warum
taten sie das? Auf die Antwort musste ich nicht lange warten:
Zum Vorschein kamen Fässer. An denen Lunten befestigt
waren.

59

Bei den drei Männern, so wurde mir schlagartig klar, handelte es sich um die spanischen Spione, die mich im Auftrag
ihres mysteriösen Chefs in Shakespeares Wohnung bedroht
hatten. Die Lunten ließen schwer darauf schließen, dass sich
in den Fässern Schwarzpulver befand. Offenbar wollten die
Typen das Admiralsschiff in die Luft jagen. Keine Ahnung,
ob das ein Selbstmordanschlag werden sollte oder ob sie
rechtzeitig von Bord springen und die Sprengladung einfach
in das Schiff treiben lassen würden, aber im Ergebnis kam es
aufs Gleiche raus.

Da ich als Einzige hinten am Heck stand, hatte die Attentäter außer mir noch niemand entdeckt. Mein erster Gedanke war, einfach ins Wasser zu springen und so schnell
vom Schiff wegzuschwimmen, wie es mir möglich war.

*«Wir sollten einfach ins Wasser springen und so schnell wie
möglich von hier wegschwimmen ...»*

Shakespeare und ich dachten auch in dieser Hinsicht
gleich. Jedoch würde die ganze Festgesellschaft in die Luft
fliegen, wenn ich sie nicht warnte. Ich dachte an all die Leute,
die sterben würden: die Königin, Walsingham, Drake und

Adelige, die darüber lachen, wenn sich jemand die Nase verbrennt. Dabei stellte ich fest: Wow, von denen ist ja niemand auch nur ansatzweise sympathisch! Sollte ich für diese Menschen mein Leben riskieren? Und das von Shakespeare damit gleich mit? Das wäre ja so, als ob man das Leben seiner Liebe für eine Partygesellschaft, bestehend aus russischen Oligarchen, Investmentbankern und Paris Hilton, aufs Spiel setzte. Außerdem würde ich dann sterben, bevor ich William meine Gefühle gestehen könnte. Es wäre furchtbar, das Leben zu beenden, ohne ihm mein Herz geöffnet zu haben.

Ich stand schon auf der Reling, um ins Wasser zu springen, da hielt mich just der Gedanke an mein Liebesgeständnis vom Sprung ab. Wie konnte ich, falls Shakespeare meine Gefühle erwiderte, unsere Liebe mit dem Tod unzähliger Menschen belasten?

Ich stieg wieder von der Reling und erklärte: «Wir müssen die Festgesellschaft warnen.»

«Die Wahrscheinlichkeit ist mir eindeutig zu groß, dass wir in diesem Fall sterben», hielt ich dagegen.

«Wenn wir es nicht tun, haben wir viele Leben auf dem Gewissen», erwiderte ich bestimmt.

«Von Menschen, deren Menschlichkeit arg zu wünschen übriglässt.»

Shakespeare hatte genauso viel Angst wie ich, aber er musste sie noch überwinden, deswegen provozierte ich ihn: «Was bist du? Ein Mann oder eine Maus?»

«Ich hasse diese Frage.»

«Antworte, William!»

«Maus», erwiderte ich zögerlich.

«Schon wieder die falsche Antwort.»

«Mann», korrigierte ich nach einer Weile des Zögerns. Und es war die Wahrheit, hatte ich mich doch in der gemeinsamen

Zeit mit Rosa von der jämmerlichen Maus, die ich vor wenigen Tagen noch gewesen war, zu einem Mann gewandelt. Einem, der sogar so viel Mut besaß, sich seinem Schmerz zu stellen.

Ich rannte nun los in Richtung Hauptdeck. Admiral Drake kam mir entgegen, anscheinend wollte auch er mal etwas Ruhe abseits der Festgesellschaft finden. Sogleich wollte ich ihn warnen und rief aus: «Sir Francis ...»

«Ich habe dir doch gesagt, du sollst das Schiff verlassen, Schmierfink!», zürnte er.

«Schon ... aber da ist ein Boot, das sich dem Heck nähert ...», plapperte ich aufgeregt.

«Ich weiß», unterbrach er mich.

«Und auf dem sind spanische Spione!»

«Ich weiß.»

«Die wollen das Schiff in die Luft sprengen!»

«Ich weiß.»

«Der Admiral sagt für meinen Geschmack etwas zu oft ‹Ich weiß›», erklärte ich Rosa unangenehm berührt.

Das war mir mittlerweile auch aufgefallen, daher stammelte ich verunsichert: «Ähem ... wir sollten die Königin warnen ...»

«Och ... ich weiß nicht», grinste Drake breit. Dann riss er mir mit einem Ruck brutal die Halskrause ab und packte mich fest an der Gurgel.

«Mein Eindruck ist, er hat andere Pläne», stellte ich mit zitternder Stimme fest.

Drake würgte mich und machte aus seinem Herzen keine Mördergrube: «Wie selbst ein Spatzenhirn wie du jetzt begriffen haben solltest, mache ich mit Spanien gemeinsame Sache.»

Er war also der geheimnisvolle Chef der Spione. Die Frage

war nur, warum? Drake hatte die englische Flotte zum Sieg gegen die spanische Armada geführt. Warum tat er sich jetzt mit den Gegnern der Krone zusammen?

Prahlerisch erklärte er sich: «Die Königin hat mich trotz meiner Verdienste nicht zum Lordprotektor gemacht. Die Spanier aber werden mich nach ihrem Tode zu etwas noch Höherem ausrufen. Zum König von England.»

Der Kerl drückte noch fester zu – ich hatte bis zu diesem Augenblick ja gar keine Ahnung, wie sehr so ein blöder Adamsapfel schmerzen konnte.

Dabei zischelte Drake: «Du wirst unter diesen Umständen hoffentlich verstehen, dass ich dich nicht die Königin warnen lassen kann.»

«Hrchhh», röchelte ich wenig verständnisvoll.

Ich bekam kaum noch Luft. Panisch blickte ich mich um, ob mir irgendjemand zu Hilfe kommen konnte. Aber niemand war in der Nähe. Auf der Themse sah keiner, wie ich an der Reling gewürgt wurde, in den Trapez-Seilen über mir hing auch niemand, der auf mich hinabblicken konnte, und Essex … der schaute höchstwahrscheinlich gerade an Land der Gräfin tief in die Augen.

«Tja, Barde, hättest du mal auf mich gehört und das Schiff rechtzeitig verlassen», grinste Drake.

Reichte es nicht, dass er mich erwürgte, musste er dabei auch noch klugscheißen? Ich war kurz davor, ohnmächtig zu werden, und hatte nicht mehr viel Zeit, bis unser gemeinsames Lebenslicht ausgehaucht würde. Aber ich wollte einfach nicht aus der Welt scheiden, ohne Shakespeare meine Liebe gestanden zu haben. So sagte ich: ‹Ich liebe dich, William.› Blöd nur, dass es so klang: «Irchdrrhwllll!»

«Ähem … was hast du gesagt?», fragte ich verzweifelt.

«Irchdrrhwllll!!!», röchelte ich lauter.

«Du musst schon deutlicher röcheln», bat ich aufgewühlt.

‹Können vor Lachen›, motzte ich, jedoch klang das wie: «Krrlvrrlll.»

«Und was heißt das jetzt schon wieder?», wollte ich noch aufgewühlter wissen.

Am liebsten hätte ich vor lauter Ohnmachtsgefühl ‹fck› geröchelt.

Drake hingegen war mittlerweile von meinem Gejapse ziemlich genervt: «Himmelherrgott, ich bekomme pochende Kopfschmerzen, wenn meine Opfer so sehr zappeln.»

Mein Mitleid für ihn hielt sich in Grenzen. Er würgte immer fester, ich zappelte noch viel mehr. Aber kurz bevor ich das Bewusstsein endgültig verlor, kündigte Drake mit einem Male überraschend an: «Barde, du wirst nicht erwürgt. Ich werde dich erschießen. Das geht schneller.»

Drake ließ von mir ab, ich fiel zu Boden und rang nach Luft. Ich hörte, wie er seine Muskete aus dem Halfter zog, und traute mich nicht, in die Mündung zu schauen. Plötzlich konnte ich verstehen, dass sich Delinquenten bei einer standesgemäßen Hinrichtung eine Augenbinde wünschten. Das Einzige, was ich mir jedoch wünschte, war, Shakespeare meine Gefühle zu gestehen. Doch an Sprechen war nicht zu denken, mein Adamsapfel war immer noch eingequetscht. Aber wie sollte ich es sonst tun? Da Shakespeare und ich aus den gleichen Augen blickten, konnte er nicht sehen, wenn ich ihn verliebt anblickte oder pantomimisch etwas vorspielte oder per Flaggenalphabet kommunizierte.

Natürlich, ich könnte mir doch noch selbst den Arm küssen. Aber das würde angesichts des mordlüsternen Admirals wohl recht albern wirken, und Shakespeare würde wohl auf den Gedanken kommen, dass sich mein Verstand aufgrund akuten Sauerstoffmangels vorzeitig verabschiedet hatte.

Während ich auf den Holzplanken robbte und mir an die schmerzende Kehle griff, geiferte Drake: «Ja, kriech nur wie ein armseliger Wurm.»

Er hatte richtig Freude an der ganzen Angelegenheit. Ehrlich gesagt, jetzt mochte ich ihn lieber, als er lediglich klugschiss.

«Kriech», amüsierte sich Drake lachend.

«Sein Sinn für Humor lässt arg zu wünschen übrig», sagte ich mit zittriger Stimme.

Während der Admiral die Muskete spannte, merkte ich plötzlich, dass es manchmal auch eine ganz gute Idee sein kann, wenn man wie ein armseliger Wurm auf dem Boden kriecht, denn ich sah vor mir das Schwert, das Essex auf die Bretter geworfen hatte, bevor er hinter der Gräfin hergesprungen war. Ohne auch nur einen Augenblick zu zögern schnappte ich es mir.

Just als der Admiral den Abzug der Muskete drückte, schlitzte ich mit der Klinge seine Wade auf. Drake schrie auf, seine Hand schnellte durch den Schmerz nach oben, und der Schuss jagte in den Himmel.

Der jaulende Sir hielt seine Hand an die Wade, aus der das Blut nur so sprudelte. Ich sprang schnell auf, wollte nicht warten, bis Drake ein weiteres Mal auf mich zielen konnte. Jetzt stand ich mit dem Schwert vor ihm.

«Du musst ihn töten», forderte ich Rosa auf, war dies doch die einzige Möglichkeit, unser Leben zu retten.

«Das … das … kann ich nicht», röchelte ich etwas verständlicher, mein Adamsapfel schien sich zu erholen.

«Du musst es tun», drängte ich.

«Willst du ein Mörder sein?», fragte ich Shakespeare leise.

«Du hast recht …», lenkte ich indessen ein. Ich wollte nicht sterben. Aber ich wollte auch nicht als Mörder leben, als ein

Mensch, der sich auf eine moralische Stufe begab mit Königen,
Tyrannen oder Päpsten.

Drake richtete seine Muskete erneut auf mich, aber dies hieß
noch lange nicht, dass ich wehrlos war. Zwar wollte ich ihn
nicht töten, aber ich hatte keinerlei Probleme damit, ihm mit
dem Schwert auch noch die andere Wade aufzuschlitzen.
Der Admiral jaulte noch lauter auf und klang dabei in etwa
so wie ein Hund, dem man auf den Schwanz gesprungen ist,
mit Schlittschuhen.

Von dem Geschrei und dem Schuss aufgeschreckt, kam
Walsingham mit seinen Soldaten in Richtung Heck gestürmt.
Noch bevor er «Was zum Henker geschieht hier, schäbiger
Barde?» ausrufen konnte, machte ich ihn auf die spanischen
Spione in dem Boot aufmerksam. Die Soldaten rannten auf
Geheiß Walsinghams zu der Reling, ich folgte ihnen, und gemeinsam sahen wir, wie die Attentäter mit dem Boot direkt
am Schiff lagen. Sie waren gerade im Begriff, die Lunten mit
den flammenden Keulen anzustecken. Anscheinend handelte es sich bei ihnen tatsächlich um Selbstmordattentäter
(was, wenn man es sich recht überlegte, doch ein recht merkwürdiger Beruf war, aber immerhin musste man sich keine
Sorgen um die Altersvorsorge machen).

Walsingham gab sofort den Befehl zur Exekution, die Soldaten feuerten mit ihren Musketen, und die Spione starben
in Sekundenschnelle, noch bevor sie die Fässer mit Schwarzpulver anstecken konnten. In Actionfilmen wirkte so eine
Schießerei ja immer spielerisch, aber wenn man in natura
sieht, wie Kugeln Menschen niederstreckten, sollte man vorher tunlichst keine Aalsuppe essen. Shakespeare spürte, dass
ich Mitleid mit den Attentätern hatte, und beruhigte mich
erneut:

«Sie wären in wenigen Minuten eh gestorben. So viel Zeit hast du ihnen also nicht genommen.»

Drake trat indessen zu Walsingham und erklärte: «Jetzt müssen Sie nur noch den Anführer der Attentäter hinrichten lassen.» Impulsiv wollte ich zustimmen, aber Shakespeare wies völlig zu Recht darauf hin:

«Ich befürchte, Drake redet nicht von sich selber.»

Panisch deutete ich auf Drake und rief: «Er ist es!» Walsingham sah mich nur leer an, während Drake grinste: «Wem von uns, mein lieber Freund, wird man wohl mehr glauben: dem Helden Englands oder einem unmoralischen, kleinen Stückeschreiber?»

«Oh, wie sehr mich rhetorische Fragen anwidern.»

«Drake will Potektor werden!», erklärte ich Walsingham, ohne eine genaue Ahnung zu haben, was das genau sein sollte. Es klang ein bisschen wie ein Gegenstand, mit dem ein Arzt nach Hämorrhoiden sucht (und wenn man es genau bedachte, war Hämorrhoidenarzt ein fast so merkwürdiger Beruf wie Selbstmordattentäter).

Drake wurde ein kleines bisschen nervös, da ich sein Motiv ausbreitete, und lachte gekünstelt: «Zum einen heißt es ‹Protektor›, und zum anderen würde ich doch kein Schiff in die Luft jagen, auf dem sich mein holdes Eheweib befindet.»

«Du würdest gerade so ein Schiff in die Luft jagen!», protestierte ich.

Walsingham wandte sich nun an mich: «Barde, Sie haben mir gute Dienste mit Ihrem Sonett erwiesen …» Er lächelte für einen kurzen Erinnerungsmoment selig und befriedigt.

«Was habe ich gesagt», deutete ich seinen Blick, «das Kleid hatte einen Hintereingang.»

Ich verdrehte die Augen. Walsingham aber riss sich wieder zusammen und redete geschäftsmäßig weiter: «Dennoch muss ich Sie als Hochverräter jetzt hinrichten lassen.»

«Überlassen Sie mir die Freude, Walsingham», grinste Drake breit. Walsingham zögerte etwas, dann nickte er dem Admiral zu: «Wie Sie wollen, Sir Francis.»

Mir war es egal, wer genau mich jetzt töten wollte. Ich hatte mich sogar schon ein bisschen daran gewöhnt, dass man mir an den Kragen ging. Und genauso daran, dass ich dem Tod immer wieder von der Schippe sprang. So etwas wie Optimismus flammte in mir auf: Sicher würde ich es auch diesmal schaffen! Irgendwie! Ich würde auch das hier überleben und Shakespeare meine Liebe gestehen!

Dieser Gedanke ließ mich lächeln.

Da wusste ich ja auch nicht, dass ich wenige Minuten später in den Tod stürzen würde.

60

Drake, der Meister der sadistischen kleinen Spielchen, wollte sich erneut duellieren und damit meinen Tod richtig zelebrieren. Wir bauten uns mit Schwertern auf dem Hauptdeck auf. Die komplette Festgesellschaft stand um uns herum: die Königin, Walsingham, die Hofdamen und Edelmänner, und alle feixten sich eins, dass der Admiral gleich den Hochverräter töten würde. Selbst der Jongleur mit der abgefackelten Nase konnte schon wieder lachen.

«Und diese Menschen haben wir gerettet», seufzte ich.

«Ich bereue es auch schon ein bisschen», erwiderte ich. Die Königin machte sich indessen bereit, das Duell per Wink mit

ihrem seidenen Taschentuch zu eröffnen. Aus dem Augen-
winkel erkannte ich noch, wie ein Soldat auf Walsingham zuging und ihm etwas ins Ohr flüsterte. Dann verschwand der
Geheimdienstchef. Für ihn kam die Arbeit anscheinend vor
den Tötungsvergnügen.

«Es wäre ein wundervoller Zeitpunkt für einen Plan», befand ich.

Auf der Suche nach einem solchen ratterte es in meinem
Gehirn. Flucht war unmöglich: Soldaten bewachten die Reling, sodass ich nicht einfach ins Wasser springen konnte.
Ohnehin hätte das nur dazu geführt, dass man mich mit
Musketen erschießt und ich anschließend als Wasserleiche
auf der Themse treibe. Die Königin schwenkte das Seiden-
tuch, und Drake ging langsam mit erhobenem Schwert auf
mich zu. Ich musste jetzt also um mein Leben kämpfen. Viel
mehr noch: um meine Chance auf die Liebe.

Drakes angeschlitzte Waden schmerzten ihn sichtlich,
mit etwas Glück war er also nicht ganz so behände wie ich.
Andererseits hatte ich nicht den blassesten Schimmer vom
Schwertkampf. Höchstwahrscheinlich würde der Admiral
mich auch besiegen, wenn er einen Rollator benötigte. Also
musste ich die Voraussetzungen etwas gleicher gestalten.
Nur wie? Vielleicht indem ich dafür sorgte, dass wir uns so
bewegten, dass die Sonne ihn blendete? Ich blickte in den
Himmel, aber es war doch etwas zu bewölkt. Dafür sah ich
den Ausguck, und in meinem Kopf formierte sich ein verwe-
gener, gar wahnsinniger Plan: Wenn ich dahinein kletterte,
könnte ich Drake – der mir gewiss folgen würde – in dem
Augenblick, in dem er den Ausguck entern wollte, mit einem
Tritt in die Tiefe stürzen.

Dafür müsste ich allerdings meine Skrupel, ihn zu töten,
überwinden. Denn leider lief es wohl darauf hinaus, dass es

in diesem Duell nur einen Überlebenden geben konnte: entweder Drake oder meine Liebe zu Shakespeare.

Kaum hatte ich die Idee mit dem Ausguck bekommen, fragte ich mich allerdings, ob ich beim Klettern nach oben schneller als Drake sein mochte. Die Chancen standen gut, seine Waden waren verletzt, und ich befand mich in Shakespeares Körper, nicht in meinem, für den schon eine Viertelstunde Joggen eine Extremsportart darstellt.

Just als der Admiral mir den ersten Hieb versetzen wollte, drehte ich mich also um, rannte los und sprang an das untere Seil der Takelage. Überraschend problemlos konnte ich mich dort hochziehen.

Der verblüffte Drake folgte mir erst mal nicht. Er war unsicher, was er tun sollte. Während ich mich immer weiter in die Höhe schwang, murrte die Festgesellschaft, sie fühlte sich um ihr Vergnügen betrogen. Daher rief die Queen nach einer Weile: «Soldaten, eröffnet das Feuer!»

Frauen in Führungspositionen können richtig unsympathisch sein.

Die Soldaten legten ihre Musketen langsam an, und Shakespeare seufzte:

«Als ich von einem Plan sprach, meinte ich einen guten.»

«Ich bin gerade nicht so offen für Kritik», erwiderte ich genervt.

«Durchaus nachvollziehbar», gestand ich ein.

Die Soldaten wollten mich jetzt abschießen. Wieder traute ich mich nicht, in die Mündungen der Läufe zu blicken, und schloss die Augen. Gleich würden mich die Kugeln durchsieben, und wenn sie mich nicht sofort töteten, würde ich angeschossen in den Tod stürzen. Davon war ich fest überzeugt. Doch Gott sei Dank rief der Admiral: «Haltet ein. Dieser Mann ist mein!»

Die Soldaten senkten die Musketen, und Drake schwang sich ebenfalls in die Seile. Doch aufgeschlitzte Waden hin oder her, der Kerl war ganz schön fix beim Klettern. In all den Jahren an Bord von Schiffen war er sicherlich schon Tausende Male einen Mast hochgejagt. Ich kletterte, so schnell ich konnte, die Takelage hoch, doch schon bald hatte er mich so gut wie eingeholt: In etwa zwanzig Meter Höhe war er nur noch drei, vier Meter von mir entfernt.

Panisch überlegte ich mir, dass ich ihn doch schon jetzt in die Tiefe hinabtreten könnte, doch ich hatte nicht mal ansatzweise den sicheren Halt in den Seilen, wie ich ihn im Ausguck haben würde. Es bestand also die Gefahr, dass Drake mich beim Tret-Versuch am Bein packen und mit herunterreißen würde. Bei dieser Höhe würde mein Körper nach dem Aufprall an Deck schon eine etwas arg breite Streuung haben.

Leider waren es jedoch bis zum Ausguck noch ungefähr weitere zwanzig Meter, und der Admiral hatte ein circa eineinhalbmal so schnelles Klettertempo wie ich. Auch wenn ich in der Schule bei solchen Textaufgaben Hirnblockaden bekommen hatte, wusste ich instinktiv doch, dass ich es nicht mehr rechtzeitig bis nach oben schaffen würde.

«Du musst Drake bis aufs Blut reizen. Wenn er zornig wird, wird er unvorsichtig, und womöglich verliert er dann vor lauter Wut den Halt. Beleidige seine Mutter, das ist immer ein probates Mittel.»

Mangels besserer Alternativen war dies einen Versuch wert, also rief ich ihm zu: «Ihre Frau Mutter ist promisk.» Leider antwortete er nur cool: «Das stimmt!»

«Und sie ist polypervers», erhöhte ich die Schlagzahl, aber auch das rang ihm nur ein müdes Lächeln ab: «Auch dies ist wohl leider wahr.»

Warum regte Drake dies nicht auf, bei unserem ersten Duell reizte ihn doch so etwas bis aufs Blut?

Das Ganze schien nicht zu funktionieren. Da erinnerte ich mich an sein Kastrationsproblem und rief: «Ihre Mutter kastriert Männer.»

«Sie hat es nur einmal bei meinem Vater versucht. Nach meiner Geburt», erwiderte er relativ gelassen. Dann kam er immer näher, und ich überlegte panisch, wie ich ihn noch reizen konnte? Wie sollte ich das steigern? Das Einzige, was mir auf die Schnelle einfiel, war etwas, das ich mal von einem meiner Schüler auf dem Pausenhof gehört hatte. Also rief ich: «Deine Mutter spielt die Hauptrolle in Schwulenpornos.»

«Was in drei Teufels Namen sind ‹Schwulenpornos›?», begehrte ich zu wissen.

Für eine genaue Erklärung fehlte mir gerade die Zeit, und der Admiral lächelte wieder nur: «Du kannst mich nicht mehr zornig machen. Nach unserer letzten Begegnung habe ich einen Alchemisten aufgesucht und mit ihm über die Problematik mit meiner Frau Mutter parliert.»

Au Mann, es gab also schon zu dieser Zeit Vorläufer der Psychologie.

«Er hat mir geraten, meine Mutter mit meiner Wut zu konfrontieren. Das habe ich auch getan», lächelte Drake etwas unheimlich. «Jetzt liegt sie mit Blei beschwert auf dem Grund der Themse.»

Offensichtlich hatte die Psychologie als Wissenschaft noch einen weiten Weg vor sich.

Der Admiral befand sich jetzt etwa noch zehn Meter von dem Ausguck entfernt, genau in dem Seiltrapez unter mir. Jeden Augenblick würde er mich packen. In großer Vorfreude verzog er das Gesicht, als ob er bei Hannibal Lecter eine Ausbildung zum Diplom-Psychopathen absolviert hätte.

Ich hielt immer noch das Schwert in der Hand. Es bremste mich beim Klettern, und ich fragte mich, ob ich es nicht als Ballast abwerfen sollte. Am besten direkt auf Drakes Gesicht. Und ich beantwortete mir die Frage selber mit: Rosa, manchmal bist du gar nicht so doof, wie du mal aussahst.

Ich zielte mit dem Schwert genau auf Drakes Schädel, ließ es los, traf ihn dank der schwankenden Seile aber nur an der Schulter. Es reichte jedoch, dass er seinen Halt verlor und schreiend hinabstürzte.

Ich war fest davon überzeugt, dass er gleich nur noch ein kleiner Matschpunkt an Deck sein würde, und schon beschlich mich ein schlechtes Gewissen. Aber nur für einen kurzen Moment, denn blöderweise fing Drake sich bereits nach wenigen Metern wieder. Schnell bekam er Halt in den Seilen und setzte seinen Aufstieg fort.

«Und wir sind jetzt ohne Waffe», sagte ich enerviert.

«Wenn du glaubst, dass du es besser könntest ...», pampte ich ihn an.

«Ich glaube es nicht ...»

«Gut.»

«Ich weiß es.»

Es war eine Konversation, wie man sie als Paar auch beim Einparken hätte führen können. Am liebsten hätte ich jetzt meinen Körper nicht selbst geküsst, sondern gewürgt, aber ich wollte ja nicht Drake die Arbeit abnehmen. Ich kletterte weiter hastig in Richtung Ausguck, von dem ich immer noch hoffte, dass er mir den rettenden Vorteil bereiten würde. Je höher ich in der Takelage kam, desto mehr holte mein Verfolger auf.

«Schneller! Schneller!»

«Ich würde mich über etwas unglaublich freuen», zischelte ich Shakespeare zu.

«Und über was?»

«Wenn du geknebelt wärst.»

«Und ich mich, wenn du schneller klettern würdest!»

Shakespeare und ich kabbelten uns schon wie in einer richtigen Beziehung. Und wie es bei solchen Beziehungsstreitereien manchmal so ist: Wenn man ehrlich zu sich war, musste man akzeptieren, dass der andere hin und wieder auch mal recht hatte. «Tut mir leid», lenkte ich daher ein, «ich muss wirklich mehr Tempo machen.»

«Und mir tut es leid, dich angeschrien zu haben», erwiderte ich mit schlechtem Gewissen.

Wir beide vertrugen uns jetzt immer wieder schnell, das war besser, als sich, wie viele Liebende, bei einem Streit gegenseitig so lange mit Missachtung zu strafen, bis einem der beiden Gewebeproben aus dem Magengeschwür entnommen werden mussten. Unsere Art zu streiten war ein gutes Vorzeichen für eine – zugegeben nicht mehr allzu wahrscheinliche – spätere Beziehung.

Von der Versöhnung befeuert, versuchte ich noch schneller zu klettern und erreichte das Trapez direkt unter dem Ausguck. Ich würde nur noch wenige Sekunden brauchen, um mich ächzend da hineinzuhieven. Mit festem Stand würde ich den ankommenden Drake von dort so hart treten, dass er im weiten Bogen flöge und sich nirgendwo mehr festhalten könnte. Die mögliche Rettung war also ganz nahe.

Schade eigentlich, dass Drake mich in diesem Augenblick fest am Bein packte. Und mich in die Tiefe riss.

Ich fiel vielleicht fünf Meter tief und knallte auf eins der schmalen Querbretter des Mastes, an dem die Segel hingen. Der Aufprall schmerzte höllisch, dabei brach ich mir vermutlich einige Rippen und konnte kaum noch atmen. Ich glitt mit meinem Oberkörper von dem Brett hinab, und es war nur meinem, aus der Liebe zu Shakespeare gespeisten, Überlebenswillen zu verdanken, dass ich mich in allerletzter Sekunde mit meinen Händen festhalten konnte. Mit ausgestreckten Armen, die Finger fest ins Holz gekrallt, baumelte ich circa fünfundzwanzig Meter über dem Deck.

Ich versuchte mich wieder hochzuziehen, war aber viel zu schwach für einen Klimmzug. So baumelte ich weiter, und es war nur eine Frage der Zeit, bis ich herunterfallen würde. Eine Frage von extrem kurzer Zeit, denn wie lange hätte ich noch Kraft in Armen und Händen? Eine Minute? Eine halbe? Oder noch weniger, wenn man in Betracht zog, dass Drake auf dem schmalen Holz nun auf mich zukam, elegant balancierend, wie es nur ein Seemann konnte?

Verzweifelt kam mir der Gedanke, mit der Hand nach seinem Fuß zu greifen, doch das war absurd. Bewegte ich auch nur meinen kleinen Finger ein bisschen, würde ich mich nicht mehr halten können. Das wusste auch Drake, der maliziös grinste: «Ich frage mich, was wohl passiert, wenn ich dir auf die Finger trete?»

Jetzt widerten auch mich rhetorische Fragen an.

61

Meine Rippen schmerzten, jeder Atemzug tat weh, meine Arme brannten wie Höllenfeuer. Doch am meisten brannte etwas anderes in mir: die Schuld, dass Shakespeare vor seiner Zeit sterben würde, nur weil ich in sein Leben getreten war.

«Es tut mir leid», sagte ich daher traurig.

«Das kommt zu spät», ätzte Drake.

«Du warst nicht gemeint, Psycho!», raunzte ich ihn an. Dabei war es ziemlich schwer zu raunzen, wenn man mit gebrochenen Rippen an einem Mast hing. Noch schwerer wog die Tatsache, dass Drake recht hatte: Ich hätte mir das wirklich alles früher überlegen sollen. Ich hätte nach der wahren Liebe suchen und in meine Zeit zurückkehren sollen, anstatt Shakespeare in diese Situation zu bringen.

Dank meines Egoismus würde er nie wieder seine Kinder sehen, er würde nicht mehr das ‹Globe Theatre› errichten und auch nicht die Stücke schreiben, für die er bestimmt war. Er würde, wenn überhaupt, in unserer Zeit den Menschen nur noch als Autor von ‹Hamlet, die Komödie› in Erinnerung bleiben. Drake hob langsam und genüsslich seinen Fuß, um mir damit auf die Hand zu treten.

«Ich befürchte, wir müssen uns endgültig voneinander verabschieden.»

Shakespeares Stimme war nicht von der körperlichen Anstrengung belastet und klang daher bemüht gefasst, dennoch konnte man heraushören, dass auch er traurig war. Ich kämpfte gegen meine Tränen an und antwortete: «Ja, wir müssen uns verabschieden.»

«Auf ewig!», frohlockte Drake, und ich raunzte ihn noch schärfer an: «Sag mal, kannst du dich nicht endlich mal raushalten?»

Der war davon sichtlich irritiert und murmelte: «Künstler ... alle verrückt ...»

«Sagte der Soldatensohn der Kastrations-Mutter», spottete ich.

Ich musste auflachen. Das war völlig irre. Da war ich dem Tod nahe, und Shakespeare brachte mich dennoch erneut zum Lachen!

Drake brachte das allerdings noch mehr gegen mich auf: «Mal sehen, ob du dich auch noch so amüsierst, wenn du fällst.»

Er trat mir auf die Finger. Ich schrie sofort auf, und jeder andere in so einer Situation hätte auf der Stelle losgelassen. Aber ich wollte noch bei William bleiben, so hielt ich den Schmerz aus. Fürs Erste. Dies beeindruckte Drake, er nahm seinen Fuß weg und erklärte: «Du bist also doch ein Mann. Und keine Maus.»

«Weil dieser Mann eine Frau ist!», erklärte ich, stolz auf Rosa.

Komisch, dass man sich in einer solchen Situation so sehr geschmeichelt fühlen konnte ... Mein Blick fiel nach unten, die Soldaten wuselten aufgeregt am Fuße des Mastes herum, keine Ahnung, was sie da taten. Dies war auch nicht mehr wichtig, es galt, die letzten Sekunden mit Shakespeare zu nutzen. Wann, wenn nicht jetzt, sollte ich ihm meine Gefühle gestehen? Aber was war, wenn er sie nicht erwidern würde? Dann würde ich die letzten Momente meines Lebens unter Liebeskummer leiden. Wollte ich mit diesem widerlichsten aller Gefühle sterben?

Sollte ich Rosa meine Liebe gestehen? Nein, dies war Wahnsinn. Wir würden gleich sterben, und ich sollte sie mit meinen lächerlichen Gefühlen belasten? Unfassbare Schmerzen durchjagten meinen Körper, die Rosa aber statt meiner durchleiden musste. Ich hätte alles auf der Welt dafür gegeben, um an ihrer Stelle zu sein, ihr die Pein abzunehmen. Aber dies war schier unmöglich. So entschied ich mich, sie in unseren letzten Sekunden auf Erden von ihrem Leid abzulenken, und begann zu diesem Zwecke möglichst munter mit ihr zu plaudern. Daher fragte ich: «Was ist ein Schwulenporno?»

«Etwas, was Queren große Freude bereiten würde», ächzte ich als Antwort, während meine Finger langsam, aber sicher erlahmten.

«So viel wie dir das Bidet?», schmunzelte ich.

«Ja», ich musste wieder lachen, und das lenkte mich von den Qualen ab.

«Dann sollten wir das Kloster von Lorenzo damit ausstatten», schlug ich vor. «Vielleicht auch mit Bidets.»

Ich lachte noch mehr und vergaß darüber den Schmerz. Shakespeare tat mir selbst in dieser furchtbaren Situation noch gut.

Doch meine vermeintlichen Selbstgespräche und mein Gelächter machten Drake jetzt sichtlich nervös.

«Du gehst mir langsam auf den Geist», schimpfte er und trat zornig auf meine Hand. Härter. Brutaler. Und ich schrie wie am Spieß.

Rosas Schrei zerriss mir das Herz, obwohl ich es, mein Herz, gerade nicht selbst besaß.

Ich konnte nicht mehr denken, nur noch fühlen. Keine Ahnung, ob meine Finger schon gebrochen waren. Aufgeben wollte ich jedenfalls nicht. Doch Drake trat erneut zu. Diesmal hatte ich schon gar keine Kraft mehr zum Schreien, und mir wurde schwarz vor Augen. Es war so gut wie unmöglich, sich noch länger zu halten.

«Lass los, Rosa … quäl dich nicht länger», flehte ich. Dass ich in diesem Fall sterben würde, war mir einerlei. Ich wollte nicht, dass Rosa noch länger so unmenschlich litt.

Ich ließ nicht los … aber es tat weh … so sehr weh.

«Bitte …», flüsterte ich.

«Ich will nicht, dass du wegen mir stirbst, William», weinte ich nun. Ich konnte nicht mehr gegen die Tränen ankämpfen.

«Rosa …»

Ich hielt mich weiter am Holz fest, während die Tränen über mein Gesicht flossen.

«Ich erlaube es dir …», erklärte ich sanft.

«Nein …»

«Du darfst loslassen …», bekräftigte ich.

Doch ich hielt mich, so lange, wie es nur irgendwie ging. Sogar noch ein bisschen länger. Aus Liebe zu Shakespeare. Doch schließlich konnte ich nicht mehr. Ich flüsterte: «Es tut mir leid … so leid …»

«Dies muss es nicht», antwortete ich liebevoll.

Und so bestärkt von Shakespeare, ließ ich los.

62

Das Letzte, was ich von Drake hörte, als meine Finger vom Holz glitten, war: «Das wurde ja auch langsam mal Zeit.»

Zeit, das wusste ich dank meiner Rückführung wohl mehr als jeder andere – selbst als Einstein –, war eine relative Sache. Sie konnte sich in gewissen Situationen ins Unendliche dehnen. Dies merkten Patienten bei der Darmspiegelung genauso wie Frauen bei schlechtem Sex oder die Zuschauer von experimentellem Tanztheater.

Und dies erlebte jetzt auch ich: Während ich nach unten sauste, befand ich mich in einer anderen Sphäre des Bewusstseins. Durch die gedehnte Zeit fühlte sich der Fall an wie ein schöner leichter Segelflug. Alle Schmerzen wichen von mir, und die Verzweiflung verließ meine Gedanken. Ich musste nicht mehr weinen, und fast hätte ich diesen Sturz sogar genießen können. Allerdings nagten Zweifel an mir. Sollte ich Shakespeare nicht doch noch meine Gefühle gestehen?

Ich fragte mich selbst: Was willst du sein, Rosa? Ein Mann? Oder eine Maus, die mit ihren Geheimnissen ins Grab geht? Schon wieder so eine rhetorische Frage.

«William, ich muss dir etwas sagen ...», hob ich an.

«Was genau ein Schwulenporno ist?»

«Du musst mich nicht mehr zum Lachen bringen», erklärte ich sanft.

«Lachend stirbt es sich aber besser.»

«Das mag sein, aber ich habe dir etwas Wichtiges zu beichten.»

«Dass du heimlich doch die männliche Lust ausprobiert hast?», fragte ich etwas erschrocken.

«Shakespeare!»

«Verzeih mir.»

Ich hatte keine Zeit mehr für Plänkelei. Auch wenn die Sekunden sich streckten, hatten wir doch schon den halben Weg bis zum Aufprall hinter uns. Ich musste es ihm sagen. Jetzt oder nie: «William?»

«*Rosa?*»

«Ich … ich …» Ich stockte. Der Mut schien mich genauso schnell zu verlassen, wie er gekommen war.

«*Du …?*», *fragte ich nach. In der irren, nun wieder aufflammenden Hoffnung, dass Rosa für mich Gefühle haben könnte.*

«Ich … ich … liebe dich.»

Vor lauter Glück verstummte ich.

Shakespeare antwortete nicht. O Gott, nun hatte ich Idiotin ihn zu allem Überfluss auch noch in die unangenehme Situation gebracht, mir kurz vor unserem Tod einen Korb geben zu müssen. Hatte ich ihm nicht schon genug angetan?

Sicher suchte er nach den geeigneten Worten, er konnte ja in dieser Situation wohl kaum sagen: «Du, wir können ja Freunde bleiben.»

Und falls doch, war es gewiss das Letzte, was ich als Letztes hören wollte.

Aber egal, wie er es sagen würde, ich würde mit Liebeskummer sterben. War das nicht trotzdem besser, als ihm meine Gefühle nie gestanden zu haben?

Ich wusste es nicht so genau.

Wir waren nur wenige Meter vom Boden entfernt, in dessen Richtung ich gar nicht blicken mochte, und William sagte immer noch nichts. Würde er etwa bis zum Tode schweigen, um meine Gefühle zu schonen?

Ich überlegte mir, ob ich ihn nicht bitten sollte, anstatt einer Antwort noch einen Scherz zu machen, zur Not auch über das Kleid der Königin, dann würde ich wenigstens lachend auf dem Deck aufklatschen. Mit Gelächter starb es sich garantiert besser als mit einem Korb. Ich wollte zu dieser Bitte ansetzen, da erklärte Shakespeare mit sanfter Stimme:

«Ich liebe dich auch, Rosa. Aus tiefstem Herzen.»

Es war unfassbar.
Er liebte mich.
Und ich liebte ihn auch.
Es war der glücklichste Moment meiner beiden Leben.

Wir segelten weiter zur Erde.
Vereint.
Zwei Seelen, die gemeinsam in den Tod gingen.
Wie Romeo und Julia.
Na ja, eigentlich war es in unserem Fall ja nur eine Seele.

Das bedeutete ... ich liebte meine Seele.

Das war verrückt.
So völlig verrückt.

Als ich hier ankam, konnte ich meine Seele kein bisschen ausstehen. Vor wenigen Tagen hatte ich es sogar noch regelrecht gehasst, ich zu sein. Weil ich so ein Klischee war. Ich war fest davon überzeugt, nichts wert zu sein. Und ohne eine blasse Ahnung von dem, was alles in mir steckt.

Aber nun kannte ich meine Seele.
Ich hatte erfahren, wozu sie imstande sein konnte.

Zu welchen Gefühlen sie fähig war.

Welche Kraft in ihr steckte.

Welcher Mut.

Welche Lebensfreude.

Und welche Poesie.

Ja, jetzt liebte ich tatsächlich meine Seele.

Zutiefst.

Ich war mit ihr im Reinen.

Kaum hatte ich dies empfunden, verlor ich das Bewusstsein.

63

Mit diesem wundervollen Gefühl des inneren Friedens wachte ich wieder auf. Ich brauchte eine ganze Weile, bis ich meine Augen öffnete. Und noch viel länger, bis ich mich orientieren konnte: War ich an Deck? Im Wasser? Oder wieder im ‹Rose›? Oder gar im Himmel? Mochte das sein? Hatte ich so einen Ort verdient? Jedenfalls fühlte ich mich himmlisch.

Allerdings würde im Himmel wohl kaum ein Mann im Schlafanzug rumlaufen und sagen: «Augenblick, ich zieh mir nur mal eben wieder den Bademantel über.»

Als meine Augen wieder fokussierten, erkannte ich, dass es sich bei dem Schlafanzugsmann um Prospero handelte. Also lag ich wieder auf seiner Liege im Zirkuswagen. Ich war zurückgekehrt in meine Zeit. Und das ohne Shakespeares Geist in meinem Körper. Diesmal hatte ich ja auch nicht die Regeln der Shinyen-Mönche gebrochen.

Dass ich dennoch wieder hier war, ließ also nur einen Schluss zu: Ich hatte die wahre Liebe gefunden.

Es war also wirklich die zu der eigenen Seele.

Doch was war mit Shakespeare in der Vergangenheit geschehen? Auch wenn ich ihn verlassen hatte und ich dadurch nicht auf dem Deck zerplatzte wie eine Ketchupflasche, war er doch weiter gestürzt. In den sicheren Tod. Ohne mich. Allein. Und das dürfte er doch wohl kaum überlebt haben, oder?

Inständig hoffte ich, dass ein Wunder Shakespeare gerettet hätte, doch wie sollte ich das je herausfinden? Wir waren ja jetzt durch Jahrhunderte getrennt. Und wenn ich mich von Prospero zurückpendeln lassen würde, könnte ich vielleicht in einer Leiche aufwachen. Freude würde dies gewiss nicht bereiten. Wenn so etwas überhaupt ging.

Mein Blick fiel auf den Laptop des Hypnotiseurs, und da kam mir ein Gedanke: Falls Shakespeare überlebt haben sollte, hatte er gewiss all die großartigen Stücke geschrieben, für die er bestimmt war. Ein profaner Blick auf Wikipedia würde reichen, um dies herauszufinden. Entweder würden alle Menschen ihn heutzutage kennen, oder sein Konkurrent Marlowe würde womöglich statt seiner als der größte Dramatiker der Geschichte gelten.

Ich sprang von der Liege auf, ging zum Computer und öffnete den Internet-Browser. Auf Wikipedia stellte ich fest, dass Shakespeare alles getan hatte, was er sich an dem letzten gemeinsamen Tag mit mir erträumt hatte: Er hatte Hamlet zur Tragödie umgeschrieben, Romeo und Julia sterben lassen und das ‹Globe› gegründet.

Shakespeare hatte also den Fall aus der Takelage überlebt. Die Frage war nur: wie?

Walsingham erfuhr von einem der Soldaten, dass einer der spanischen Spione überlebt hatte. Dieser wiederum gestand, dass Drake nicht nur kein Problem damit hatte, ein Schiff in die Luft zu jagen, auf dem sich sein Eheweib befand, sondern dass er auch der Meisterspion der Spanier sei. Daher befahl der Geheimdienstchef den Soldaten, ein Segeltuch aufzuspannen, auf dem ich landen konnte, und anschließend Drake zu seiner Mutter zu bringen ... auf den Grund der Themse. Leider brach ich mir beim Aufprall in dem Tuch diverse Knochen, von denen ich nicht wusste, dass ich sie besaß, wie zum Beispiel das mir bis dato völlig unbekannte Darmbein.

Erleichtert klappte ich das Notebook zu. Womöglich hätte ich mich sofort von Prospero zu William zurückschicken lassen können, um mit ihm zu leben. Doch dies wollte ich nicht mehr. Ich verstand nun, dass es bei meiner Reise in die Vergangenheit um etwas ganz anderes gegangen war, als im England William Shakespeares zu bleiben. Es ging darum, zu mir selbst zu finden. Und Shakespeare war ein Teil meiner selbst. Er war es schon immer gewesen. Und er würde es für immer sein.

Dank meiner Begegnung mit ihm kannte ich jetzt meine Seele und ihr großes Potenzial. Endlich liebte ich sie und verachtete mich selbst nicht mehr. Ich empfand darüber eine große innere Freude und war zutiefst glücklich. Nicht auf eine euphorische, sondern auf eine zufriedene Weise. Es war eine wohlige Wärme, die mich durchströmte und erfüllte. Ich fühlte mich ... ja es gab kein besseres Wort dafür ... ich fühlte mich beseelt.

Ich hoffte, dass Shakespeare durch mich ebenfalls seinen inneren Frieden gefunden haben mochte. Wenn ich mit meiner Seele im Reinen war, musste es ihm, dank der Tage mit mir, doch auch so ergangen sein, nicht wahr? Dass er seine Stücke hat schreiben können, sprach jedenfalls sehr dafür.

Als ich auf den Planken des Schiffes lag, war ich zutiefst überrascht, wie glücklich man sein konnte mit einem gebrochenen Darmbein.

«Shakespeare», unterbrach mich Prospero in meinen Gedanken, «Sie sind da doch nicht mehr in diesem Körper drin, oder? Ich meine, die verrückte Frau hat doch wohl nicht wieder geschummelt?»

«Nein, das hat die verrückte Frau diesmal nicht», antwortete ich lieb. Beseelt zu sein, ließ einen auch netter zu anderen werden.

«Dann», so lächelte der Hypnotiseur zufrieden, «hast du endlich begriffen, dass die wahre Liebe in dir selbst zu finden ist.»

Das hatte ich. Und es war wunderbar. Das erste Mal in meinem Leben konnte ich mich selbst lieben.

«Allerdings», so durchzuckte mich ein Gedanke, den ich auch sogleich gegenüber Prospero aussprach, «hat das mit dem ‹sich selbst lieben› doch auch etwas ... wie soll ich sagen ... etwas arg Ichbezogenes.»

«Ganz im Gegenteil», lächelte der Hypnotiseur.

«Im Gegenteil?», fragte ich nach.

«Erst wenn man sich selbst liebt, kann man mit vollem Herzen lieben: Freunde, das Leben, die Welt ... oder gar einen Partner.»

Er sprach aus, was ich schon ahnte und worauf ich mich freute: Ich würde endlich aus ganzem Herzen lieben können. Ohne Angst. Ohne Zweifel. Und ohne Minderwertigkeitsgefühle, wie ich sie bei Jan immer hatte.

Womöglich würde ich, mit viel Glück, sogar die mir verwandte Seele finden. Irgendeinen Mann da draußen, der das gleiche bezaubernde Lächeln besaß wie Shakespeares Anne. So ein Wunder war möglich.

Aber selbst, wenn ich diesen Mann nicht treffen würde, könnte ich ein besseres Leben führen als noch vor wenigen Tagen, denn mein Glück war nicht mehr abhängig von einem anderen Menschen.

«Vielleicht sollte man allen Menschen so eine Rückführung spendieren», schlug ich Prospero vor. «Die Welt könnte ein wesentlich netterer Ort werden.»

«Es gibt auch viele andere Wege, um zu sich selbst zu finden», antwortete der Hypnotiseur.

«Stressfreiere», grinste ich.

«Sehr viel stressfreiere», bestätigte Prospero.

«Aber die machen nicht so viel Spaß», grinste ich noch breiter. Trotz all des Wahnsinns wollte ich meinen aufregenden Ausflug nicht missen. Es war die beste Zeit meines Lebens.

Meines bisherigen Lebens, um genau zu sein. Denn jetzt würde ich ein neues, wunderbares beginnen.

Durch das Fenster des Wagens sah ich, wie über dem Zirkuszelt die Sonne aufging. Ein neuer Tag begann, und ich wollte ihn genießen wie fortan jeden Tag. Ich bedankte mich bei Prospero, umarmte ihn zum Abschied innig und kündigte an, meinen guten Freund Holgi demnächst mal vorbeizuschicken. Dann ging ich zur Tür des Zirkuswagens und öffnete sie. Die ersten Strahlen der Sonne fielen auf mein Gesicht, und die kühle Morgenluft wehte um meine Nase. Ich atmete tief ein, die frische Luft füllte meine Lungen, und ich empfand eine Lebensfreude wie nie zuvor.

Und so beseelt trat ich in mein neues Leben.

EPILOG
FÜNF JAHRE SPÄTER
(SOWOHL IN DER GEGENWART ALS AUCH IN DER VERGANGENHEIT)

Auch Jahre später war ich noch erfüllt von Glück und Lebensfreude. Ich lebte von meiner Arbeit als Autorin, schrieb Musicals, Theaterstücke und Geschichten. Darunter auch einen Roman, der mit den Worten begann: «Au Mann, ich war ja so etwas von einem Frauenklischee ...» (Mein Verlag fand die Idee ganz lustig, dass ich mich bei der Herausgabe dieses Romans als Mann ausgebe.)

Noch vom Krankenbett aus schrieb ich meine erste Komödie, die ein ganz und gar glückliches Ende besaß. In ‹Wie es euch gefällt› gab sich eine Frau als Mann aus (wie ich wohl auf diesen Einfall gekommen war?). Die Heldin war die wunderbarste Figur, die ich je erschaffen hatte. Eine temperamentvolle Frau voller echter Herzensliebe. Und ich gab ihr den Namen Rosalind.

Tatsächlich begegnete ich wenige Monate nach meiner Rückkehr einem Mann, der genauso lächelte wie einst Anne. Mit ihm erlebte ich eine Liebe, die in ihrer Intensität nie möglich gewesen wäre, wenn ich mich weiterhin selbst verachtet hätte. Ja, für die verwandte Seele musste man anscheinend auch empfangsbereit sein.

Ich fand keine Frau fürs Leben mehr. Doch dies bereitete mir kein Ungemach, war ich doch mit meiner Seele im Reinen. Der

Gott der Defloration hatte sich aus dieser Welt verabschiedet. Ich kümmerte mich viel mehr um meine Kinder, besuchte sogar regelmäßig mit ihnen das Grab von Anne.

Ich zog von Düsseldorf wieder in meine Geburtsstadt, gemeinsam mit meinem neuen Mann. Wir bekamen ein Kind, und ich stellte fest: Wow, man kann überall selig sein, sogar in Wuppertal.

Ich errichtete das ‹Globe Theatre›. «Wie es euch gefällt» wurde als erstes Stück dort aufgeführt und Rosalind vom ersten Augenblick an in ganz London geliebt.

Ich schickte Holgi tatsächlich zu Prospero, und er hatte eine ganz wunderbare Zeit im Körper von Madame Pompadour.

Mein bester Freund Kempe hatte eine wahrlich wunderbare Zeit in seinem eigenen Körper.

Doch wenn mein Mann und mein Baby schliefen, las ich in den Werken Shakespeares …

Wenn die Vorstellung vorüber war und die Kinder im Bett lagen, schrieb ich Sonette …

Ich fand ein besonderes in einer wenig bekannten Gedichtsammlung von 1599 …

Gewidmet Rosa, in der Hoffnung, sie würde es in ferner Zukunft lesen …

Es war ebenjenes Sonett, das wir einst gemeinsam verfasst hatten …

Lediglich die letzten Verse hatte ich neu hinzugefügt…

Beim Lesen hörte ich in Gedanken Williams Stimme…

Und ich malte mir aus, wie Rosa die Worte liest…

Durch diese Verse waren wir über die Zeiten…

miteinander verbunden…

in Freundschaft…

und in…

Liebe:

Doch unser Sommer, der wird nie verrinnen,
Nie fliehn das Lächeln, das uns eigen ist,
Nie kann der Tod Macht über uns gewinnen,
Da unsre Seelenkraft bestechend ist,
Länger, als wir atmen, unsere Augen sehn,
Lebt unsre Seele und wird nie vergehn.

DANKSAGUNG

Mein Dank gilt Ulrike Beck, der nervenstärksten Lektorin der Welt, Marcus Gärtner und Michael Töteberg, dem besten und weisesten Agenten des Multiversums.

Liebe Leser,

in meinem ersten Roman «Mieses Karma» wurde die Heldin, weil sie so viel schlechtes Karma angehäuft hatte, als Ameise wiedergeboren. Damit Ihnen und mir so ein Schicksal erspart bleibt, habe ich die «Gutes Karma Stiftung» ins Leben gerufen.

Spaß beiseite: Es ist nicht so relevant, ob man an Wiedergeburt glaubt oder an einen Himmel, um hier in diesem Leben etwas zu ändern. Es geht nicht darum, nach dem Tod für seine Taten belohnt oder bestraft zu werden, sondern darum, dass es jetzt, für diesen Augenblick, richtig ist, Menschen zu helfen, die es nicht so gut haben wie wir. Das tut nicht nur denen gut, sondern – und das kann man sich ruhig eingestehen, selbst wenn es nicht ganz so selbstlos ist – es bereitet einem auch selber Freude.

Die «Gutes Karma Stiftung», die nicht zuletzt durch den Erfolg meiner Romane möglich wurde, will Kindern in aller Welt helfen. Dabei liegt der Schwerpunkt auf Bildung. Durchgeführt werden sollen große und kleine Bildungsprojekte in aller Welt – auch bei uns in Deutschland. Zum Start finanziert die Stiftung bereits einen Schulbau in Nepal, der über siebenhundert Kindern die Möglichkeit geben wird, unter guten Bedingungen von der ersten bis zur zehnten Klasse zur Schule zu gehen.

Umgesetzt werden diese Projekte mit wechselnden, seriösen Partnern, bei denen gewährleistet ist, dass Ihre Spenden vor Ort sinnvoll verwendet werden. Also egal, ob Sie verhindern wollen, als Ameise wiedergeboren zu werden, oder einfach nur Gutes tun möchten, hier können Sie konkret helfen.

Weitere Infos erhalten Sie auf der Webseite www.gutes-karma-stiftung.de.

Mit allerbesten Grüßen,
Ihr David Safier